风起水波澜

牧太甫 著

上海文艺出版社

第一要为万人恳求、祷告、代求、祝谢……
他愿意万人得救,明白真道。

——《提摩太前书》第二章

目 录

引言 …………………………………………… 001

潜·释 ………………………………………… 005

第一篇 探 索

一、问·天 ……………………………………… 003
二、问·狱 ……………………………………… 042
三、问·自己 …………………………………… 080

第二篇 磨 炼

四、问·象 ……………………………………… 121
五、问·道 ……………………………………… 159
六、问·灵魂 …………………………………… 197

第三篇 蜕 变

七、问·名 ……………………………………… 237
八、问·利 ……………………………………… 277

九、问·真我 …………………………………………… 318

潜·觉 ………………………………………………… 361

引 言

或许我们并不介意有无上帝、天堂或地狱,以及抽象的灵魂。我们存在,感觉,知觉;但我们绝不推论或思考。

驱车行驶在非洲南部稀树草原的公路上,不时会有一个又一个像烟囱样的土堆映入眼帘,这是白蚁巢(冢)。

这些白蚁巢高度一般有二三米,据说最高的可达9米,有4层楼那么高呢。如果将白蚁个体的身体大小与人的身体大小作个比较,那么人类所建造的建筑物,无论是金字塔,还是万里长城,其规模都难以与白蚁巢望其项背。

这些高高耸立的白蚁巢穴,一直是科学家喜欢研究的对象。白蚁是自然界出色的建筑师,它们在巢穴内建造复杂的采暖和通风系统,利用阳光和自然风使蚁穴内空气新鲜。虽然,蚁穴外的温度白天高达摄氏40度,晚上在摄氏0度以下,蚁穴内却能保持在摄氏30度左右。

白蚁巢的地下建筑,规模更是宏大了。蚁穴内部有四通八达的道路,有垂直的管道,还有粮仓、寝室、洞穴。洞穴采用了拱形的建筑结构。生活在地下洞穴中的数以百万计的白蚁,维持正常生活,需要大量的清新空气,为了解决这个问题,白蚁们在蚁穴建立了一系列的管道,由蚁巢的顶部一直延伸到洞穴的底部。用过的空气可以通过换气口排出,新鲜空气可以通过侧部的小孔吸入。

白蚁王国是如何进行这些严密分工的?白蚁是如何建造这些巨大、节能、舒适建筑的呢?这就是一种神奇的自然现象——玄出(emergence),由简单重复的运作产生新的、复杂的系统的过程。

白蚁的生活习性引起了科学家的关注。生物学家关注白蚁家族严密的社会分工,建筑学家关注白蚁是如何建造节能舒适的建筑,地质学家则关注白蚁在建设巢穴时带来的找矿信息。

非洲南部大部分被风化产物覆盖,这些风化产物之下,隐藏着重要的矿产。因为无法观察到岩石露头,在这些地区找矿的难度就比较大。在这些地区找矿往往要借助钻孔,把地下的岩石取出来观察。而生活在干旱地区的白蚁需要湿润的泥土来建造蚁巢,为了找到符合要求的泥土,会向地下挖掘30米甚至更深,以找到湿润的黏土或岩石,然后将其含在口中,向上爬来建造蚁巢。白蚁的这种习性,就可能地下深处矿物或带有找矿信息的泥土带到地表。正如加拿大地质学家乔·诺尔斯所指出的:"一座白蚁蚁穴,就相当于一个倒置的钻孔。"目前一些地质学家,已开始对非洲大陆白蚁蚁穴的土样进行研究。很多地质学家和矿产公司,也都意识到这一方法的重要性,并利用这种方法找矿。据说博茨瓦纳的最大的金刚石矿床的发现,就有白蚁的很大功劳。在纳米比亚、莫桑比克和津巴布韦,利用白蚁巢穴找矿都取得了丰硕的成果。

神奇的自然现象或许能够启示我们:人类也许就是在进行着玄出活动。有人会说,当向地质学家学习,借助"白蚁巢穴"找寻埋藏在人类生命中的"矿产"——弗洛伊德说它是"本我"(id,本能活动的源泉——超我的道德监察者)。

然而，人们也当记得庄子所说："忘足，履之适也；忘要，带之适也，知忘是非，心之适也。"蜈蚣多足行走，却不知道自己是怎样动它们的，有一天蜈蚣知道自己有17对、19对或者20对足之后，竟不会行走了……

庄子相信，是与非同样混合于无限的一。林语堂则认为，一个人应该勇敢地接受现世的生活，且像禅宗的信徒一样和它和平共处。

圣保罗说："地上和其中的万物，都是主的。"

《风起水波澜》，正是力图"用一种普通人所能懂的语言来写关于哲学的文章"[1]，并希望这"不会是一件丢面子的事"。

---

[1] 林语堂《信仰之旅》。

潜·释

山下出泉,物生必蒙。风起波澜,果行育德。

蒙,《周易》第四卦。

蒙卦展示"蒙"的形势下各种变化的可能性。主方应当按客方需要做对客方有利的事,在条件可能情况下,做些对自己有益的事。

"蒙:亨。匪我求童蒙,童蒙求我;初筮告,再三渎,渎则不告。利贞。"蒙卦象征启蒙:亨通。不是我有求于幼童,而是幼童有求于我,第一次向我请教,我有问必答,如果一而再、再而三地没有礼貌的乱问,则不予回答。利于守正道。

这个卦是异卦(下坎上艮)相叠。卦形为山下有险,仍不停止前进,是为蒙昧,故称蒙卦。但因把握时机,行动切合时宜;因此,具有启蒙和通达的卦象。

《周易》第四卦　蒙卦

初六,发蒙,利用刑人,用说桎梏;以往吝。

九二,包蒙,吉。纳妇,吉;子克家。

六三,勿用取女,见金夫,不有躬,无攸利。

六四,困蒙,吝。

六五,童蒙,吉。

上九,击蒙,不利为寇,利御寇。

《象》曰:山下出泉,蒙;君子以果行育德。

蒙卦的卦辞以老师对待无知学童为比喻,说明在当前形势下,主方把自己的知识传授给学童,以自己的良好素质让客方受惠。

在《圣经·利未记》第十章开头有这样的记载:"亚伦的儿子拿答、亚比户,各拿自己的香炉盛上火加上香,在耶和华面前献上凡火,而这些是耶和华没有吩咐他们的。于是,就有火从耶和华面前出来,把他们烧灭,他们就死在耶和华面前……"

教育开发,就像是给受刑的人解脱手铐与脚镣。教育包容,接纳妇女,生育子女,治理家,不要娶那样的女子,她看见有金钱的男人就不顾自己。教育脱困,教育儿童。教育击技,不要当匪寇,应当抵御匪寇。

《风起水波澜》是一本关于"人性"的书。

当人性被物欲泯灭,灵性被情欲糟蹋,公义经受权欲挑战,是同流合污,还是奋起抗争?

善良的人们汇聚起来,他们来自各行各业,有警察、律师、商人、富豪、演员,还有沦落风尘的女子……如此众多的人放弃偏见走到了一起:誓死捍卫那值得为之而死、更值得为之而活的东西!

随着斗争的深入和反复,有人从中因信而升华,却也有人经受不住罪恶的诱惑而堕落,当然,也有人在堕落和升华中反复、徘徊……

　　在经历了种种,我们才能领悟到:人最大的谦卑莫过于能意识到身边的人其实都无从判断,明白到每个人都是用自己的方式实现自我。然后,或许才能彻底地谦卑:当看到一个生命,虽然不能理解,甚至并不认同,可是却明白和尊重他的生活方式。

　　《风起水波澜》潜蒙,一承蒙卦之意境,二是蒙受之泰然。既为蒙学百问,刨根究底;又为蒙受恩泽,惠及众生。

第一篇 探 索

一、问·天

天命之谓性。[①]

书有云：天有三界，一为自然，二为精神，三为神性。

盘古有训：纵横六界，诸事皆有缘法。凡人仰观苍天，无明日月潜息，四时更替，幽冥之间，万物已循因缘，恒大者则为"天道"。

天之道，损有余而补不足。高者抑之，下者举之，有余者损之，不足者补之。

也有云：通一道，而齐万道，此道即天道也。

1. 天　意

天意好善。

爱在施与中才能最好地表达出来。

你若行得好，岂不蒙悦纳？你若行得不好，罪就伏在门前。它必恋慕你，你却要制服它。

元旦。滨海市。

[①] 《礼记·中庸》。

夜幕降临,欢庆喜悦了一天的人们陆续归家。或享受新年第一天的愉悦时光,或收拾纵情一天的快乐,或整理安排明天新的"旅程",或打开电视机观看直播节目……

一场名为"关爱新生儿——新年慈善晚会",正在都市最繁华地段的滨海国际会议中心中央大厅举行。

滨海市各界有头有脸的人物都来了。

就在所有重要嘉宾都来得差不多的时候,市长郝斌先生挽着夫人步入红色地毯。所有闪光灯聚集而来,照得市长夫人邢谷惠有点睁不开眼。这是她作为市长太太,第一次在公共场合亮相,也是郝斌到滨海市做市长后第一次参加如此大型的社会公益活动。

固善投资管理有限公司是这场慈善晚会的高级赞助商,作为固善投资董事会主席的陆鸣远携妻子常静,站在红地毯的尽头、中央大厅的门口迎候着市长夫妇,陪伴他们进入晚会现场,并在中央靠前面的座位坐下。

晚会准时开始,不少企业家、文化名人、娱乐艺人和社会名流纷纷慷慨解囊。10万、20万、50万、100万……

中间插有一段文艺表演,紧接其后是一段纪录短片,讲述的是一个贫穷山村新生儿悲惨的故事。整段节目,由著名演员余幼薇和钢琴家邹忌现场配音、配乐。当节目结束,邹忌以一小段凄美的钢琴演奏,把悲伤用音符敲进在场的每个人的心坎里。

琴声哑然,各自封存。

先是稀稀拉拉的掌声,继而是整片、整齐的雷鸣,最后是全场的欢呼。这不仅是感动,更是艺术的享受。

纪实事件、艺术感召,现场各位慈善人士纷纷解囊。陆鸣远、常静更是邀请市长夫妇一同来到舞台中央,为"天使基金"的成立揭牌——该基金专门为贫穷孕妇和初生儿提供多项帮助，除了资金扶持，更有医疗、保健、成长教育等社会支持帮助系统服务。

陆鸣远钟爱"基金"，源于其对"爱"的特殊理解——社会上，有善也有恶，将"刀"交给强盗并不是一种善，爱必须先分辨出善恶之后才去付出。"基金"，不仅是"专项资金"，而且有一套相对完备的机制，一定程度上可以去恶存善，并且能够更持续和久远。

晚会后面接着是小型的酒会。特别重要和要好的来宾，被陆鸣远夫妇邀请进了停泊在滨海国际会议中心码头的豪华游艇。

著名钢琴演奏家邹忌在游艇的中央大厅演奏着乐曲，来宾们各自交流着、畅谈着、憧憬着。

"我们发现：有不少名人在公开的场合认捐了慈善款，可在获得公众眼球以后，却迟迟不肯兑现认捐款项。这行为其实很不好，不仅败坏了自己的道德品质，而且更为严重的是造成社会负面效应，败坏社会道德和诚信风气，损害社会诚信和激励社会不正之风。"郝斌市长在和滨海市慈善基金会的常务理事长郭溇夫等人谈论着。

"是的，郝市长。我市每年全社会认捐款项多到90个亿，可是，实际收到善款却不足60个亿。有不少网友在网上帮我们算出了这30亿的'蒸发量'，因大部分网友不明其中真相，矛头直指慈善基金会贪污！这真是莫大的冤枉啊。我们又不能把那些认捐不捐的人公布出去，因为暂时还没有法律依据。"郭溇夫向市长感叹着。

"是该建立一整套完整机制的时候了。你们基金会先拿出个方案来，适当的时候大家研究一次，时间要快，晚了又不知道会弄出什么事件来。"郝斌指示慈善基金会的几位高层领导，"社会的威慑是不得已的,主要还是要在全社会形成良好氛围,让每个人真心献出爱心来。"

那一边,市长夫人邢谷惠也被众人簇拥着。她却不像自己的丈夫那般侃侃而谈,大多的时候就是微笑和聆听。偶尔也会插上一两句话,却在更多的时候是沉默。她在观察,每一位在船上的人,他们大多是熟悉的,却也是陌生的。她要尽力去记住今晚在这艘船上的每一个人,或许他们就是自己日后要密切往来的人了。

"夫人,"沉默中,常静朝她走了过来,"我陪你到外面去透透气吧?"

看着邢谷惠现在这一副机械的模样,常静想起了孟翔跟她说过:郝斌市长只身一人从西部城市来到东部沿海城市为官,家里妻小却一直留在原来的城市,现在小孩都已经工作,妻子也退休了,自己的官也大了,这才把邢谷惠接来滨海市。

她原是学校老师,虽然也算见过不少世面,但是现在让她在这个大都市生活总还有些陌生。幸亏郝斌的秘书孟翔和自己有不少共同语言,看着他,自己心里也甚是喜欢的:外地农村来到大都市,也算吃了不少苦头才有了今天,是个知道要努力上进的青年。这常静,她也是认识的,自己在这城市没几个朋友,也不敢随便结交,都是在孟翔夫妇的牵线下,认识的好几个年轻朋友中的一个,也算是有个诉说家长里短的对象。

"新闻说,今天傍晚六点左右,阿根廷发生了 7.1 级的地震。也不知道又有多少人要受灾害和家破人亡,哎……"常静吹着海风,感觉有些冷,不禁将双手抱住自己的肩膀。

"接受死亡或者不测威胁的时候,不要倒下绝望。眼泪是要流的,但不会白流……"邢谷惠闭着眼睛祷告着,完了伸手抱了一下旁边微微颤抖的常静。

"夫人,你说的话一直以来都好有哲理啊,很值得我们回味和学习呢。"常静后悔没听陆鸣远的话,穿件厚一点的衣服出来,就不至于现在风中哆嗦了。

像是看出了常静的心思,邢谷惠没有像往常那样家长里短地聊个没完,而是在轻轻地与她一同哼完一曲以后就牵着手回到船舱去了。

岸边灯火依然璀璨。

游艇终于停靠了码头。人们上得岸来,踏着月色回家去了,留下美善一片,在江海边上荡漾——

小小花园里,红橙黄蓝绿 / 每朵小花都美丽 / 微风轻飘逸 / 蓝天同欢喜 / 在天父的花园里 / 你我同是宝贝 / 在这花园里 / 园丁细心呵护不让你伤心 / 刮风或下雨 / 应许从不离开你 / 天父的小花成长在他手里[①]……

行事为人要端正,好像行在白昼。不可荒宴醉酒,不可好色邪荡,不可争竞嫉妒。不要为肉体安排,去放纵私欲。

施舍的时候,不要叫左手知道右手所作的。

2. 天 象

天垂象,见吉凶,圣人象之。[②]

---

① 《天父的花园》。
② 《易·系辞上》。

1月4日星期二,早上7点,电视新闻报道——昨日,湖南省一路政队员抗冰时牺牲。雨雪冰冻严峻挑战湖南高速公路交通安全,上万名干部群众在高速公路"一线"紧张工作,以保持道路通畅。临长高速(临湘至长沙)管理处一名路政队员在结冰路面执勤时,被一辆小轿车撞倒,送医院抢救后不幸死亡。

清晨,政府机关大厦一号门口。

63岁的退休工人马拉带领着老工友们聚集在一起,手里举着两条横幅——"讨公道,涡轮厂班子侵占集体资产"、"要说法,集资委领导不顾百姓死活"。

白底黑字,在晨光中分外显眼。

民警已经拉出了警戒线,把马拉一干人等限制在一定的范围里。马拉他们也不乱喊胡闹,只是静静地、有秩序地站立在那里,有车辆出入政府的时候,才会摇摇横幅,呐喊几声。

眼看门口聚集的人越来越多,总值班室紧急呼叫了公安机关,不一会儿就来了二三十个年轻的民警。

"小伙子,大学刚毕业吧?"马拉见这些小民警各个都还是书生模样,忍不住问了身边的一位。

"是啊。还在警校培训,还要过几个星期才会正式上岗。对了,你们到底有什么事情啊?"年轻民警与马拉聊了起来。

"见区长!讨公道!见区长!讨公道!……"一辆黑色公务轿车正好要进去,马拉摇着横幅,领着大伙喊了起来。喊了几声,见轿车里面没啥反应,而是径直驶了进去,他们也就停了下来。

马拉接着和年轻民警聊天——

原来,马拉所在这家涡轮厂属于集体改制企业,近年来连续亏损,厂领导每年的奖励经费却只增不减,公款吃喝不说,还私自对外出售厂产,个人瓜分其中非法所得。工人们多次向有关部门反应情况,虽然集资委也派人来查了几次,但是每次都是不了了之。

马拉夫妻二人,都是这家工厂的职工。因为妻子一直卧病在家,生活日益困苦,先前厂领导逢年过节都会来家里看望、送关怀,可是自从五年前厂长改选以后,厂方以效益不好为由,再也没有看望过他们这些退休、重病职工。马拉和另外几位家庭情况与自己相仿的工友,结伴来到厂里找厂领导理论,希望得到厂里的帮助。可是,厂里非但没有伸出援手,还把他们打了一顿。

"我们当时去的时候,这帮狗娘养的正在办公室打麻将,也不知哪里叫来的几个卖淫女站在一旁给他们端茶倒水,整个工厂被他们搞得是乌烟瘴气。"马拉叹了口气,顿了顿继续说道:"见我们几个来找他们理论,也怕我们将所见到的宣扬出去,狗娘养的竟然让雇来的打手关了大门,绑了我们关在厕所里整整一天,直到半夜12点多让我们写了保证书放了出来。"说到这里,马拉哽咽了。

"你们怎么就认定那些女子是妓女呢?是什么保证书?"年轻的民警心生怜悯,却也有疑问。

"大冷天的,虽说房间里空调开得老大,但是也不至于穿得暴露成那样。再说,早就有工人反映这些狗娘养的经常在外面集体淫乱,更有人看见他们在澳门集体聚赌、招嫖。这几个女子,我们中间有人认出来就是隔壁夜总会的小姐。你们看看,他们竟然猖狂到这种田地!光天化日之下,众目睽睽之中,毫不顾忌社会风化,更不要说在这后面有多少见不得人的事情了。"马拉痛心疾首:"而这一切的开销,竟然都是使用厂里的公款、公费!天理何在?!"

"太可恶了！他们让你们写的什么保证书？"小民警是想刨根究底了。

"一是保证不报警,今日之事是我们自己自愿留下来与厂领导沟通交流;二是保证从今以后不再打扰厂长等人;三是今天看到的和发生的事情保证不会向任何人说起;四是身上的伤是我们自己不小心摔伤的;五是我们已经退休,厂里发生的任何事情和我们没有关系。如果不能做到以上五条,每人甘愿赔偿厂长等人18万元作为精神损失费。"马拉愤怒地念叨着,好像这事就发生在昨晚。

"那你们就签了？也没报警？"

"怎么敢不签字？ 10来个彪形大汉拿着铁棍、砍刀在我们面前晃着。"马拉无奈地摊开双手,"一逃出来我们就径直去了派出所,谁知道派出所的人一听是涡轮厂的事,就说负责的片区民警已经下班,改天一定会去搞清楚情况,打发我们回家等待消息去。"

"哪个派出所？"

"就涡轮厂旁边不远的那个。可是,我们第二天下午去派出所问情况,却跟我们说,他们摸清楚情况了,我们反映的情况不属实,如果再报假案,就把我们抓起来。"马拉眼泪都要掉下来了,"这才没办法,我们哥几个只好到集资委去上访。刚开始,集资委的领导还是对我们很客气的,向我们保证一定彻查,一定还我们一个公道,一个月内一定给我们一个满意的答复。可是,这都一年过去了,每次我们去集资委,他们却总是推脱说正在调查,再等一个月、两个月。后来,我们想这么拖下去可不是办法,你看我们这把老骨头,整天这么折腾怎么吃得消？"说着马拉咳嗽了两声,"工厂我们是不敢去了,集资委那里又不给力,没办法只好找区长评理来了。"

　　小民警本想安慰几句,可是他觉得还是最好做点什么的好。于是,他拿出工作簿,记录下了马拉等人的基本情况。他说,他会尽力向有关部门反映马拉所说的情况。

　　太阳出来了,马拉见小民警他们站在那里也挺辛苦的。于是,对小民警说:"我们先回去了。放心,肯定不会乱来。你们也早点回去吧。"

　　下午换班后,小民警换了便装,一个人悄悄地溜进了涡轮厂……

　　爱弟兄的,就是住在光明中,在他并没有绊跌的缘由。唯独恨弟兄的,是在黑暗里,且在黑暗里行,也不知道往哪里去,因为黑暗叫他眼睛瞎了。

3. 线　索

　　造物主让人类有着多种口音语言。

　　在创世纪之初,天下人的口音言语都是一样,大家都能彼此无障碍地沟通。可是,人类却不善用这个馈赠,为恶不断。于是,造物主变乱他们的口音,使他们的言语彼此不通。

　　可是,造物主是永恒的爱,TA给人类的信息岂止是语言和文字?这世上不是还有各种气候、景象、事件、物品吗?

　　唯愿他们有智慧,能明白这事,肯思念他们的结局。

　　话说小民警偷偷来到涡轮厂附近,透过绿化铁栏围墙,望见里面是一片破废景象——三四栋掉了不少墙灰的厂房,锈迹斑斑的机器放置在院子角落,院子内已是长满齐人的杂草。透过破碎的窗户玻璃,隐约看到里面还有几个人围坐在一起,像是在玩着什么游戏。

"喂!看什么呢?"从工厂的门房间走出来一位保安模样的中年男子,朝便衣小民警叫喊着。

"你好,师傅。我想借个厕所用用,你看行吗?"小民警说着,从口袋里掏出香烟拔出一根递了过去。

"厕所啊,好吧,跟我来。"保安接过香烟,带着小民警进了工厂大门,指了指门房间隔壁的一个地方:"那里,自己去吧,快点啊。"

在厕所待了一会儿,小民警就冲了水,出来到门房间与保安攀谈起来。这一闲聊,小民警还真了解到了一些有价值的情况。

原来,涡轮厂已经停产有三四年了,原来的一批工人全部下岗遣散了,现在雇佣来的人都不是生产工人,而是为厂长等人干些"私活"的人。这些人的工资从哪来?刚开始是靠变卖机器设备等,后来厂里搞了"三产",工资就有了保障。

说起这"三产",保安压低声音说:"看见里面那盏霓虹灯没?等它亮了,里面就会很热闹的。"

"哦,是什么?"小民警好奇地问道,正好迎合了保安卖弄、炫耀的心情。

"适合你们年轻人的活动,当然,也适合富有年轻心态的人的活动。"保安还在故弄玄虚。

"是夜总会吗?"小民警问道,他觉得保安说得那么神秘,总归不会是什么好生意。

"也可以这么说,就是娱乐休闲会所。"

"那有什么特别的?现在满大街都是啊。"

"嘿嘿,年轻人,不懂了吧。里面总有一款适合你,能让你满意。"说着保安叔叔冲小民警怪笑起来。

此外,小民警还打听到一个重要信息:这片土地马上要动迁了!

聊着聊着,天色渐渐暗了下来。

一辆黑色奥迪 A8 商务车缓缓驶进了工厂。只见保安冲着车子一个劲地点头哈腰。他说,这是厂长的车,这个时候过来,肯定是要宴请朋友吃饭、娱乐什么的。

小民警把最后一根香烟递给了保安,并拿出打火机再一次给他点上了。这时,果然陆续又进去几辆轿车。

"小伙子,天不早了,还不去吃饭啊?"保安突然想起,这小伙子不是来找厕所的吗?

"对哦,你看我,跟大哥你聊得投缘,都忘记时间了。这都要6点半了,今天不聊了,改天我再来看大哥,跟大哥你聊天、喝茶啊。"说着小民警伸出手,显得有点激动地与保安握手道别。

"我逢单值夜班,逢双值日班哦,记得来玩,小兄弟。"保安在小民警后面叫喊着,小民警回头向他挥挥手表示听见了。

回到家里,刚进得门来,家人就已在里面叫唤小民警了。

"航远,你回来啦?今天怎么没有出去约会啊?"

"大嫂,你又来了。不是说好你给我介绍女孩子的吗?"小民警一边换着鞋,一边与常静说笑着。

"都给你介绍过多少个了,谁叫你品味独特。漂亮的你说不敢要,怕镇不住;贤惠的你也不要,说人家没品位;性格好的你嫌人家丑……你不会是喜欢男人吧？"常静坐在客厅里，说着话从桌上端起咖啡杯闻了起来。

"应该不会吧？好像还是有自己喜欢的女孩子的。"

"那怎么不去追啊？"

"人家在电视剧里，没有路子啊。"

"你说说是谁？我让你哥帮你通通关系，认识一下，努力一把还是能够做到的。"

"我亲爱的大嫂，我说的是电视剧里的角色，不是演员哦。"陆航远说着脱下外套坐在常静对面的沙发上。

"哪个电视剧？哪个角色？"常静穷追不舍。

"就是那个呀——她有着从容端庄的外表，但不以此为骄傲，花开花谢只有果实才可以品尝，美酒历久才弥香，她明白我爱上她的灵魂甚于她的外貌。在她面前，我才能放下男人的坚强。她理解我的孤独、不安、脆弱和彷徨。悲伤时候，她会放下事情，静静地陪伴我。她用心在和我交往，理解我的快乐与悲伤，不需言语，就能感受得到……"陆航远陶醉于自己的幻想中。

"得得得，又在意淫了吧。现实点，先找几个女孩子，从普通朋友做起，等她发现你的闪光点，那时才能理解你的孤独、不安、脆弱，还有彷徨是吧？哪个女孩子见到一个男生，就能理解你的快乐与悲伤，这女人肯定你妈吧？或者就是脑残的花痴女子……"说着说着，两人哈哈大笑起来。

"不说这些了，大嫂。说件正经事，明晚把你那辆法拉利借我用用吧。"陆航远微笑着恳求常静。

"呦，把妹是吧？这种事情，大嫂没理由不支持你的。不过，要提醒：你一定要找个'正经女子'，别什么女人都让她坐我的车，免得让我恶心。"说着,常静放下咖啡杯,从桌子底下掏出车钥匙,甩给了陆航远。

"大嫂,你想多了……"

"得得得,注意安全就行。"常静微笑着扬起手,制止了他的狡辩。

没错,陆航远正是陆鸣远的表弟,去年通过公务员统一考试,被录取进了滨海市的公安局,现在派出所上班,还是见习民警的身份,严格说起来就是还没有获得"执法资格"的民警。因初到滨海市,什么情况都还不熟悉,于是陆鸣远盛情邀请他暂时和自己住在一起。反正现在他空置的房子也多得布满尘灰,陆航远过来住,正好帮忙"打扫打扫"。

与陆鸣远一家人一起吃过晚饭,陆航远坐在房间里,将下午在涡轮厂的收集到的资讯和马拉的叙述在脑海里过了一遍又一遍。

"总有一款适合你,能让你满意。"

最后,思绪停留在了那盏霓虹灯上……

特别的机遇,可能在我们意想不到的时候到来,不要胆怯,莫让机会白白溜走,当善用良机。

4. 倚　靠

人们都说人走茶凉,难道这不是应该的吗?却是走的人还在留恋,漠视时过境迁,心中的倚靠仍在过去,悲哉世人!

检查一下,我们是否总得到这种帮助:我们帮助的对象总在帮助我们对他们服务?

你的倚靠,不是敬畏神灵么?你的盼望,不是在你行事纯正么?

老市长倪仁杰退休已经有六七年了,可是却能始终保持良好的精神状态,对市政府的工作依然非常关心、并充满热情。有事没事就到各部门领导办公室转悠,逮到谁就向谁提出意见、谈想法。老人家自己算是舒服了,也蛮有成就感,退休生活也算是充实、有意义、有滋味。

可是,却让市政府各委办局的领导们有苦说不出、有难没处诉。老人家逮着你,经常一谈就是半天,耽搁人正常工作不说,还要求你有互动,要求你为这个建议,为那个意见进行表态、采纳。

这天,老市长倪仁杰一定要带着陆鸣远一行,来拜访商务委员会的邴坤副主任。

"小邴啊,今天我把固善投资的陆鸣远叫过来,主要是要帮你一起搞商务中心那个40万平方米的商业区域商业业态的哦。固善投资知道吧?陆鸣远认识吧?他原来可是咱们下边区里的区长呢。"倪仁杰一边介绍着陆鸣远,一边把外套脱下来交给了邴坤的秘书。

"哦,原来这就是前阵子大家一直在传说的陆区长,久仰,久仰。"邴坤说着伸出手来与陆鸣远热情地握起了手。

"幸会,幸会。以前在经委的时候,我们就见过面,我对你是印象深刻啊。认识你,就多认识一个字。"说着,陆鸣远冲旁边的人说:"你们可认识邴主任的邴字怎么写吗?"

"哈哈哈,陆区长好记性。"邴坤笑了起来,赶紧给大家派发名片。大伙看时,在"邴"字下面,还特意标注了拼音:"bing"。

"今天，倪市长带领我们来造访邝主任，主要是要向你汇报关于在商务大厦建立钻石珠宝交易中心的设想。当然，目的在于期盼得到你和在座各位领导的支持和帮助。"当大家坐定以后，陆鸣远开始切入主题。

"前几天倪市长跟我简单说了一下，所以我今天也把这栋大楼的业主方——新滨海集团的李铮玲总经理一道叫来，一起听听。"说着，邝坤介绍了一下这位滨海著名国有企业的总经理李铮玲女士："李总原来也是我们商务委的领导，后来才去的新滨海集团，可以说对政府商业项目这一块，实在是再熟悉不过的了。"

"非常感谢！那么接下来，我们就直接汇报了。先由我的张幽副总经理把项目的方案给各位领导介绍一下，之后我再做个补充。"开场白之后，陆鸣远把话题抛给了张幽副总经理，这也是她负责策划的重点项目。她原是银行的高层，后来经人介绍进了固善投资。陆鸣远只知道倪仁杰那时候还任市长，他们两个的关系就已经是非常熟谙的了。陆鸣远聘用她，倒不是看中她的这些社会关系，主要还是公司的需求和她自身的能力。

果然是在银行高层担任过重要岗位，言谈就是大不相同，句句话切中要害，字字深入人心，把在场的每一个人的热情都被调动起来了——时不我待，若不抓紧推进这个那么重要的项目，就会成为海滨发展历史的罪人，相反，如果抓住了这个项目，就能名垂海滨历史，为后人歌颂、铭记。

"怎样了，李总？我是被感动到了。只要项目能够落地下来，我作为商务委副主任，可以保证：定会全力支持。"听完张幽的介绍，邝坤迫不及待地表了态。

"喂，项目是非常不错的。邝主任都说是被'感动'到了，而不仅仅是'打动'到。当然,我也一样被张总的介绍所感动。所以,我刚才就在想:那么好的项目,我们如何把它落地,并确保它能够按照设计要求准确地实现。不过,话说回来,在商言商啊,无论多好的项目,还是要经得起市场的考验才行。"李铮玲顿了顿,继续说道:"这个项目说到底,首先还是得和我们业主谈好,不然一切都是假的。跟我们业主租赁等事宜谈得差不多了,尚缺一口气的时候,再把政府领导请出来,给予政策啊、补贴啊什么的,这样就能有效推进……"

"你这小同志",还没等李铮玲说完,一旁的老市长倪仁杰听得不舒服了,"你的意思是要先跟你汇报吗?不能跳过你直接找邴坤是吗?拎不清!"

倪仁杰这话一出来,会议室的人一下子全愣住了。李铮玲本无这个想法,只不过是在说实际情况,本来接下来是要表态愿意全力支持这个项目的,现在却闭口不敢语了。

"倪市长,李总应该不是这个意思……"邴坤本想为李铮玲分辩几句,再一看倪仁杰那憋得通红的脸色,话锋急忙一转:"我想,新滨海集团一定会全力支持的。是吧,李总?"

听了邴坤的话,倪仁杰本来还要发飙,这时也就不说什么了。而李铮玲则在一边保持着那种职业的微笑,却也没再说话。

陆鸣远感觉到了今天这个气场不对,不一会儿就找个理由,拉着张幽等人撤了。

在车上,张幽接到了倪仁杰的电话。

"陆董,老倪说为这个项目找了块空地,问我们愿不愿意自己盖房子?"张幽挂了倪仁杰的电话后,转过头来问陆鸣远。

"滨海商务区内哪里还有空地?"陆鸣远在政府的这几年下

来,对滨海还是了解得比较透彻的。

"他说紧挨着商务区有个老厂房,市里已经交代区里着手土地收储了,顺利的话年底就能上平台。"

"哦,这倒是不错。"陆鸣远眼睛亮了,"找机会去看看那地块。这个时间倒是和我们这个项目的时间也差不多,就不知道动迁起来会不会有很多的麻烦事。"

"是老厂房,不是旧里居民区,应该不会有太多的麻烦事吧?"

"现在这个社会,老百姓的权利意识都很强,维权更会不遗余力。"

"我先盯着吧。另外,我已经交代下面去其他地方也找找看。"张幽办事就是那么仔细,这也算是银行职业给她培养出来的良好习惯。

除你以外 / 在天上我还能有谁 / 除你以外 / 在地上我别无眷恋 / 除你以外 / 有谁能擦干我眼泪 / 除你以外 / 有谁能带给我安慰 / 虽然我的肉体和我的心肠 / 渐渐地衰退 / 但是神是我心里的力量 / 是我的福分,直到永远①……

只靠自己的光走路,我们就会自满起来,其结果就是痛苦。如果把信心建立在才智、外貌、权势、功名或者成就上,那么,当这些力量消失后,就会有痛苦的危险。

---

① 《除你以外》。

5. 修 持

1月9日星期日,春运预售火车票第一天。

中央气象台预计,9日开始到13日,中国南方地区将出现新一轮低温雨雪天气过程。江南等地维持低温状态,最低气温为2℃~零下21℃左右,并且有小到中雪或雨夹雪。

参加完主题聚会活动之后,常静陪着邢谷惠来到市中心的"销品茂"闲逛起来,享受着这美好的悠闲周末。

在商场里,节日的气氛最浓郁了。

本来没事都要找点由头集聚人气,现在是新年期间,再说马上就要过春节了,商家更是要"来事"。这也是好的,要不然在这钢筋水泥的城市里,只剩下冷冰冰的了。

二人手挽着手,像是一对母女,也像是亲密的姐妹。是共同的兴趣爱好,更是相同的信仰,让她们亲如手足。一样的生活态度和相似的空暇时光,让她们密切在一起。

看了几家衣服和饰品店以后,也没有觉得有看得中的东西——女人逛街在于逛。二人又手挽手地来到了旁边一部电梯,常静从自己的包里拿出一张 IC 卡,在感应区照了一下,电梯门打开了。

当常静、邢谷惠二人来到位于大厦77层的休闲会所,李晓已经斜靠在临窗的沙发上,正闭目养神地享受着冬日阳光的温暖,手上还捧着已经翻开一半的 C.S.Lewis 著的 *The Four Loves* 精装本。

这个会所是常静按照自己的想法设计装修的。在这1,000多平方米的"灵秀汇"空间里,设置了咖啡酒吧、SPA馆、多功能影视厅、健身房,还有美甲服务等休闲娱乐设施和项目。这些都不算什么,最让她得意的是,整个会所其实就是一个小型的图书馆。不管在哪个公共活动区域,还是最隐秘的厕所和更衣室,都放满了书籍。

这里的书,如果你看着觉得喜欢,就可以带走——当然,可以是购买或者租借。如果你就喜欢书中的某一段,可以拿到服务台去复印或者摘写在便签纸上带走。如果你看得觉得很有感触,很想抒发一下自己的感想,会所里一样为你准备有纸和笔,写好后,可以自己带走,或者留给服务员帮你保存好——她们会帮你整理成册放在一起,等你想起来了,再跟服务员索要。如果你想把你的想法和众人分享,那么会所也给你提供了这样的机会——读者分享册。

每个周末的下午,常静都会邀请朋友过来一起分享快乐和做一次心灵SPA——家庭聚会、小型演讲或是纯粹的思想和心灵的交流活动。

等会儿过来和大家分享、交流思想和人生感受的是著名演员余幼薇。

这会儿才刚到午饭时间。

显然,她们三人都提前到了。

常静轻轻地来到李晓面前,拿起了那本 *The Four Loves*,却觉扰了李晓。

"什么时候到的?这都睡起来了?"常静见她睁开眼睛,把书合起来还给她,问道。

"你们来啦,两位大姐好。昨天翻了一下这本书,觉得不错,所以今天就早点过来续读。"李晓伸了一下懒腰。

"那你怎么不把它带回去看？"邢谷惠一边把脱下来的外套递给服务生，一边问道。

"带回去？她哪还有这份看书的心思啊。既要照顾小的，又要看好大的。"常静替李晓回答了。

"原来如此。那么，阿静，你搞这个会所也是有'解放家庭妇女'的目的咯？"邢谷惠笑着问常静。

"倒是没有这个初衷，一段时间以后才发现了这个现象。也算是合宜的吧。"常静有点得意地说着，叫服务生准备了三个人的午饭。

"下午来的这个余幼薇就是元旦那天的余幼薇吗？"吃过简单的午餐，三人舒服地躺在沙发靠椅上喝起了咖啡、聊起了天，想到下午的活动，邢谷惠问常静。

"是啊。那天在船上跟她聊了一会儿，感觉她还蛮有思想和激情的。于是，跟她说了我们这有这么个平台，她也非常乐意和大家分享。"常静说着脱掉了鞋子，舒服地躺了下来。

"余幼薇，这名字好熟悉啊。好像有个历史人物？"李晓插了一句。

"那是鱼幼微，金鱼的鱼。"不愧是老师，邢谷惠接着给她们介绍了一下这位唐朝的鱼幼微——

鱼玄机，唐代女诗人，西安人，初名鱼幼微，字蕙兰。咸通初年嫁于李亿为妾，后被弃。出家为咸宜观女道士，改名鱼玄机。鱼玄机姿色倾国，天性聪慧，才思敏捷，好读书，喜属文。10岁左右，就与著名诗人温庭筠相识，吟诗作对。她出家后，对李亿却还一往情深，写下许多怀念他的诗。鱼玄机孤零一身，她无可奈何地发出

"易求无价宝,难得有心郎"的痛苦而又绝望的心声。据记载,后因打死婢女绿翘,为京兆尹温璋判杀。

"哦,'易求无价宝,难得有心郎'是她写的啊,我还以为是俗语呢。"李晓的天真,让邢谷惠甚是喜欢。

"遗憾的是,鱼幼微虽然名传千古,终因其非官宦显要,正史官文没能留下片纸只字,她的生平传记资料散见于晚唐皇甫枚《三水小牍》、宋初孙光宪《北梦琐言》、元代辛文房《唐才子传》等书。"邢谷惠叹息着,像是在回忆某个往事。

"哎哟,邢老师可真有学问。这个皇甫枚呀、孙光宪呀,还有那个辛文房,都没听说过呢。我就知道李白、杜甫、白居易:床前明月光,地上鞋两双。乱花迷人眼,涕泪满衣裳。"

在邢谷惠面前,李晓就是永远长不大的小孩。虽然这四句打油诗听了让人有点哭笑不得,却是把李白、杜甫和白居易三位大师的作品糅合在了一起。床前明月光,出自李白的《静夜思》;乱花迷人眼,出自白居易《钱塘湖春行》,原句是"乱花渐欲迷人眼,浅草才能没马蹄";涕泪满衣裳,则是杜甫的《闻官军收河南河北》,"剑外忽传收蓟北,初闻涕泪满衣裳"。

"哈哈哈,阿静,这个地方那么多书,你就自己慢慢找去吧。"知道李晓是出了名的伶牙俐齿,邢谷惠不再搭理她,免得又要弄出许多笑话来,这个午觉也不要睡了。

"这几位大师的作品我这倒真还没有。不过,为了给晓晓扫盲,这几天我就叫人去买些过来。"

阳光透过窗户温暖着她们。伴随着轻柔的音乐,三人进入了梦乡——

他使我生命重新得力／使我抬头高昂／他使我如鹰展翅上腾／飞跃在高岗上①……

单有情爱是不够的。

我们需要"常识",即理性;我们需要"彼此忍让",即正义,以便在纯粹的情爱淡漠时不断地激发它,在它忘记或无视爱的艺术时约束它。我们需要"修养",毫无疑问,这指的是善、耐心、舍己、谦卑、远远高于情爱的爱的不断介入——这本身就是善……

6. 心 善

虔诚的我们,应该在人际交往中保持直率和真诚。

1月28日星期五,农历十二月廿五,五九第二天。

　　人力资源和社会保障部发布消息称,该部与发改委等部委联合下发通知,要求解决拖欠农民工工资问题。通知要求各地要加大解决建设领域拖欠工程款力度,发现一起,查处一起,采取坚决措施予以解决。

　　已是年关,人们都忙着完成一年的收尾工作。同时,向亲朋好友传递问候、情谊和对来年的祈盼。

　　社会各界的迎春团拜活动真是应接不暇。

　　上午,秘书孟翔陪着郝斌市长简车来到困难户池平家里看望慰问。因为孟翔提前有要求,所以就是居委会主任陪着郝斌在里

---

① 《你是我生命的亮光》。

面嘘寒问暖。

今日的滨海市，困难家庭基本上都是因病致贫。这位 68 岁的老人池平，患有严重的尿毒症。之前，在他的腹腔中放置了一根导管，腹透析液灌入腹腔，靠腹膜的半透膜性质，使血液与腹透液间进行内容物交换排出体内毒素，每日要置换 4~6 次，以此替代肾脏维持生命。现在，改为血液透析，通过穿刺动静脉血管瘘或血管插管，将血液引出体外，导入透析机上的透析器，间隔透析膜与透析液进行血中代谢物的交换，排出体内的毒素，其尿毒症的治疗为每周 2~3 次，每次 4~5 小时靠透析维持生命。

患病以前，池平一家三口的生活还算能够维系，可是，透析治疗和药物的费用实在是太高了。虽然街道、社区时有补贴帮助，但是在这高昂的医药费面前，把一家拖到了濒临赤贫的边缘。

"刚知道自己得了这个病，心里害怕得要死。后来，亲戚朋友都来安慰，居委会也安排了志愿者来劝慰、帮忙，都没能宽慰我的心。最后，还是刚毕业的儿子给我送来了这本书，才算得到安慰。"说着，池平从身边把那把小小的册子递给郝斌。

触碰到他的手，郝斌心里颤了一下：这哪还是人手？分明就是枯枝。看了那本书的封面，郝斌心情变得愉悦、轻松了许多。

"老哥，这本书可不是一般的书，就是字太小了。改天我让我秘书小孟给你送一本字体大一点的过来，这样你看起来就不会觉得吃力了。"郝斌轻轻抚摸着书，向孟翔交代尽快把书送过来。

离开池平家，直奔滨海国际会议中心。在那里，民营企业家新春团拜会正在举行。

陆鸣远和孟翔这对拜把子兄弟已经在这种公共场合不知道相逢过多少次了，互致点头就算是问候。

午宴开始的时候,市商务委副主任邴坤在与同桌的企业家们聊天,也不知道怎么着就聊到官员的清正廉洁的话题上去了。

"我是从来都要求下属要清正、要廉洁,从日程穿衣、出行、吃饭做起,不要讲究什么名牌、奢侈品,只要体现出自己的风格就行。像我这身西服,也就几百块钱,布料还是我老婆去百货商店买的,做工是弄堂师傅的手艺,你们看,多合身。"说着邴坤站起来转了个圈,又把掀开了的外套给大伙看他的衬衫。突然,众人面面相觑,不约而同地鼓起掌来。看大伙的响应如此热烈,邴坤心里好不得意,另一面则假装若无其事地坐下,并与众人点头示意……

"他里面那件衬衫,在座的企业家都看得清楚,分明就是世界名牌 Zegna(杰尼亚)嘛!"晚上,陆鸣远陪同孟翔去池平家的路上,说起中午邴坤的事情,还是忍不住地大笑起来。"哈哈哈,要么是他不懂什么是奢侈品牌,要么就是送他这件衣服的人忽悠了他。"

"我估计他还真不知道几个奢侈品牌。看他那个年纪,和平时的穿着随便,这次应该是乌龙事件了。"孟翔笑着与陆鸣远说着,"现在看来,再一次说明公务员是个高危行业啊。一不小心就要被群众抓到'现行'。"

二人说着话,一会儿就到了池平家楼下。

竟在楼下遇见了穿着便装的陆航远。陆鸣远叫住他,说是要到楼上找人调查情况。一说楼层,竟然和池平住在隔壁。

"马上过年了,这帮退休老工人挺不容易。本来家里就不宽裕,突然再来一个重病的,这不就彻底贫穷了。"陆航远顿了顿,一边爬着楼梯,一边与孟翔聊着。

"哎,又是这么个情况啊。"孟翔叹了口气。

"他们也是没办法。单位不管他们了，也没富裕的亲戚朋友，政府救助的有关要求，他们又还达不到。这不，就来信访了。"

"哦，这样啊。最近，社会稳定工作的压力很大吧？"

"其实还好。应该说大部分信访者都是讲理的，只有一小部分是来闹访的。我看信访工作者的主要压力倒不是来自信访人员，而是来自领导的要求。"

"是吗？怎么说？"孟翔停了下来，要听听一个一线信访工作者的心声。

"我们国家设立信访机制，本来的目的应该是开辟一条让上层领导听听百姓心声、呼求的直接通道。可是，现在领导们都对信访数量有严格的要求，这不等于就是要让百姓跟政府少说话吗？再者，社会上那么多不公平的事情，总要有个让他们泄愤的渠道吧。其二，领导接待信访人员，不对政府负责，主要表现在乱表态、胡要求、限时办。老百姓来信访，一是寻求解决办法，二是反映问题和情况，三是情感的宣泄。所以，接访领导应该保持理智，不能一味地被人牵着鼻子走。我看，不少领导一时激动，被情绪左右，影响了对信访事件的理性判断，带来了很多严重的后果。同时，搞得一线工作者，对问题只能治标，未能治本。"

陆航远的这番话，孟翔甚是认同。这些年来，自己也确实见到了不少像陆航远的这些情况。从本质上说，就是我们的出发点还停留在从"完成工作"上，而不是真正的"为百姓服务"上。

"翔哥，这么厚一本书你都随身带着？"陆航远打断了孟翔的思绪。

"哦，不是。我是受人之托，来送书的。走吧，太晚了可不好……"

假装友好很容易,恶人通常戴上善意或友好的面具,来达到他们最终的目的,这些人终将获得应有的惩罚。真正重要的是,不要让别人的虚假,影响到我们以真诚待人的心。

7. 口 善

口善应对,自觉喜乐;话合其时,何等美好。
回答柔和,使怒消退;言语暴戾,触动怒气。

2月2日,除夕。

自从成立了固善投资公司,陆鸣远感觉自己现在才算是"入对了行"。之前,靠着长远集团算是在经济上打下了坚实的基础,并凭借着这个基础,进入了政府高级管理层。又借着"政府官员"赢得了社会地位,并且广结人脉。所有这些都像是为了现在这份事业做的准备。

在长远公司的时候,需要拿自己的生命去拼;在机关的时候,需要拿生命去耗。只有在固善,既在实现生命价值,又在做着奉献社会的事情。这让陆鸣远感觉很幸福,每天都是一份快乐的心情。虽然,投资这个行业风险不小,可是,他秉持顺服,内心获得了极大的平安。

一大早,老市长倪仁杰就带着自己的儿子倪豪坐在陆鸣远的客厅里。

"小老弟,我在海滨市20几年了,你是我这辈子遇到的最年轻有为的企业家。所以,老哥我是看好你的,也愿意发自内心地帮助你。"老市长握着陆鸣远的手,深情地说着。

"谢谢老市长一直以来对我的关心和厚爱!"陆鸣远心潮澎湃地表达着谢意。

"上次张幽跟我说的你们那个商业项目,我给你们找了另外一个地方。"听老市长说着,陆鸣远叫佣人把上等好茶端了上来。

"哦,有劳老市长了。"

"那位新滨海集团的小李不行,不跟她合作也罢。我现在给你们找的这块土地,位于海滨市商务中心繁华区域,目前是一个老厂房,是该区域最后一块待开发的土地。"倪仁杰说话还是那么有激情、能煽动。

"太好了!我们一定把这个项目做出水平,做成精品,绝不辜负老市长的期望。也请老市长放心:我们一定派出精英团队,把项目做深、做细、做实!"受到倪仁杰的感染,陆鸣远豪情万丈。

"好!我相信你一定能够做得好!"倪仁杰又一次紧紧握住陆鸣远的双手。

……

工厂门口门房间里,两三个人聊得正欢。

"小陆啊,我估计在这里也待不了多久了。"保安说着深吸了一口烟。

"为什么?不是做得好好的吗?"陆航远疑惑道。

"厂房要动迁了。昨天市政动迁公司的人来看过了,说是今年就要完成动迁,准备上平台。对了,小陆这个'上平台'是怎么一回事?"

"哦,应该是'土地交易平台'吧。那是好事情啊,老哥你可以领一笔遣散费了?"陆鸣远说着,眼睛不停地往厂里面瞄。

"放屁！就现在这帮厂领导，还不早把我们这点钱给私吞了？"保安大叔有点激动了。

"应该不会吧？有法律、有政府呢。"

"法律是约束良民的。对他们这群无赖、土匪没用！昨天还有一个来闹事的老员工被他们打了。你看看那些坐在二楼的那群小年轻，就是他们雇来的打手和帮凶。"顺着保安的手势，透过破玻璃窗，陆航远又看到了那群无所事事的人在那里坐着。

"公安局不管吗？"

"不是每个警察都像你这样的。"原来保安叔叔早就知道陆航远的身份了，"你上次走后，我就在回想，越想越觉得你脸熟，后来到派出所去办事，在办事大厅看到了你的照片呢。"

"哦，我也不是有意要瞒你，不告诉你我的身份，也是为了大家的方便和安全。"陆航远解释了一下原因。

"明白的，明白的。你明天下午如果有空，我带你进去看看。我打听到这帮打手明天回家休息去，里面没人。我可以放你进去。"保安叔叔热情地说道。

"好啊，好啊。"陆航远兴奋地与他握手……

"小老弟，我给你讲个故事。"倪仁杰品了一口香茗，含在嘴里再慢慢咽下去，一股清香直沁心肺，"好茶！好茶！"

"我们自己在福建投资了一家茶厂，这就是他们生产的。如果觉得好，一会儿带点回去多尝尝。"陆鸣远回应道。

"好！我就不客气了。"倪仁杰顿了顿，继续道："我做市长的时候，遇到过一位做金矿开发的大企业家。他给我讲了一个道理，我觉得非常好。他说，如果一个好的项目自己一个人干能够赚到

10 块钱,这时,跑过来一人说'给我分享 2 块钱,不然我把这项目给搅黄了',于是,给了这人 2 块钱,自己还可以赚 8 块钱;后面又来了三个人,都跟第一个人一样,虽然对项目没啥贡献但都能把项目搅黄了,于是,分别又承诺给他们每人 2 块钱。他说,如果不做,自己 1 分钱都没得赚。"

"啊,那再来一个人,也要 2 块钱,他还干不干?"坐在一旁的倪公子实在是觉得无聊,这会儿冷不丁来了这么一句。

"别打岔!"倪仁杰对他儿子训斥了一句,继续说:"这位大企业家跟我讲其中的道理:看似他们这 4 个对项目没有任何贡献的人,却拿着和自己一样的报酬,其实是不然的。因为,他们 4 个人得到了 2 块钱会帮我去宣传。于是,又会有 4 个 10 块钱利润的项目找到自己,我从此便会有源源不断的项目和利润。"

"原来如此,果然高明!"陆鸣远在心里思量着,想想这确实是非常高超的做生意的艺术。

"他怎么那么傻?如果别人不给他介绍项目不就傻眼了?"倪公子这会儿倒是想着加入他们的话题了。

"倪公子,他愿意给出这'2 块钱',肯定已经是摸清楚了他们的底细啦,不可能仅凭一句话带有恐吓的话,就给人家钱的。不过,就算后面不给介绍项目,他也没有任何损失,而且还交到了朋友。"陆鸣远像是在给倪公子解释,其实是在发表自己的感受。

"小老弟果然智慧过人!小子,以后多向陆叔叔学习、请教!"

其实倪公子只比陆鸣远小一岁,"别别别,叫我大哥就行。以后,弟弟若是愿意,就过来固善吧,一起参与这个项目,如何?"

"这不是乱了辈分吗?不行,一定得叫你叔叔!"倪仁杰坚持要自己的儿子叫陆叔叔,陆鸣远也只好随他去。

"我让小倪春节后就过来给你帮忙,你一定要帮我教育好你的侄子啊!"直到离开,倪仁杰还在那里一再叮嘱倪公子要好好向陆鸣远学习。

等他们走后,常静从楼上下来,问客人是谁?来干什么的?陆鸣远回答说:"市里的老领导,来要'2块钱'的。"

"2块钱?"常静听得是莫名其妙……

智慧人的舌善发知识,愚昧人的口吐出愚昧。温良的舌是生命树,乖谬的嘴使人心碎。

你的话是我脚前的灯,是我路上的光。

8. 意 善

书有云:你施舍的时候,不要叫左手知道右手所做的。

达摩初见梁武帝。帝问:"朕起寺度僧,有何功德?"摩云:"无功德。此但人天小果,有漏之因,如影随形,虽有非实。"帝问:"何谓真功德?"摩云:"净智妙圆,体自空寂,如是功德,不以世求。"帝问:"如何是圣谛第一义?"摩云:"廓然无圣。"

2月3日,农历春节,大年初一。

一大早,当整个城市都还没有苏醒的时候,陆航远就来到了涡轮厂。保安把他放了进去,并跟他说要尽快出来,免得生出什么事端来。

经过一条细长的走廊,陆航远来到那盏霓虹灯下面,用力推了推门,没能推开,原来从里面上了锁。

只好顺着楼梯,拾级而上,来到 2 层。在细长的过道两边,各有三四间房间,都上了锁,因没有朝向过道里面的窗户,看不到房间里面的情况。只是看见过道上残留有不少生活垃圾,墙面也有不少油漆已经掉落,一副败落的景象。

来到三楼,楼梯口多了扇铁门。推开铁门,里面还有扇虚掩的防盗门,可能是因为走得匆忙,没来得及上锁,亦或许为了进出方便,故意虚掩着。推开防盗门,里面一片漆黑,一股浓郁的香味夹着淡淡的霉臭冲鼻而来。这香味,充满着肉欲的诱惑和挑逗。陆航远拿出手机,调到手电照明模式,发现地上铺着红色地毯,墙面装饰奢华,一副巨大的裸女艺术照挂在中间。

顺着手机微光,推开第一扇门,陆航远在墙上摸到了开关,房间里顿时闪烁起炫目的霓虹,赶紧关上。又按了另一个开关,这时房间亮起了暧昧的红色,可以看见里面有张小床和一些物品。再按了旁边的开关,这时整个房间亮堂了。

不足 10 平方米的房间,用透明的玻璃隔墙分隔成了里外两间。外面这里中间放了一张小床,上面铺着白色床单,正对着床的天花板上方是圆形镜子,并有两根水平平行的不锈钢管垂吊在那里。左右两面墙上,都贴着镜子,人若躺在床上,正好从上面、左侧、右侧三面看到自己的状态。在靠门的这扇墙上,则挂着液晶电视机,还有一幅全裸男女激情场面的照片悬挂在上面。

里面,是个淋浴房,却也有一张床。这张床不像一般的床,外面包了一层红色的像是皮质的东西,天花板上绘有一幅栩栩如生的裸女图。此外,在淋雨器下面放了一张古怪的凳子——本是圆形的凳面,中间沿着直径被切开了,两个半圆相距约有六七公分。

虽然一时间,陆航远还不知道这间房的功用,但是他已用手机都一一拍了照片,准备回去后再慢慢研究。

一层楼转下来,约有二三十间这样的小房间,布局都大同小异。当然,房间装饰部分看起来都是奢华、让人产生肉欲联想的。

来到最后一间,陆航远刚一推开门,里面传出一句黏糊糊的话:"几点了嘛?"

先是愣了一下,陆航远马上轻声回答:"快8点了。"

"哦,谢谢。还没走呢?要不要陪我再睡会儿?"依然是黏糊的女性的声音。

"不了吧。我睡够了。"陆航远沉住气。

"那好吧,记得下次来找我哦。三八就是我,别忘了哦。"

"好的。"

"我送你出去吧,现在楼下的门应该关掉了。"说着里面骚动着。

"不用了,我知道怎么出去。"说着,陆航远急忙退了出来,出了三楼的防盗门,顺手把它关牢了……

2月4日,农历大年初二,立春节气。

12点30分左右,外面响起了噼噼啪啪的鞭炮声。人们庆祝着春天的到来,心中满是欢喜。

众人聚集在常静的"灵秀汇",来的都是特别要好的朋友,还有他们的孩子们。

孩子们聚在影视厅享受视觉盛宴,女人们在SPA房里放松身体,男人们则在酒吧里品着美酒畅谈着对新一年的期望和憧憬。

他们谈到了今年严峻的经济形势,谈论离得很近却又遥远的政治形势,谈论刚刚发生的新年"第一脱"车模的社会娱乐八卦事件……

就在众人口若悬河聊得正酣的时候,陆佳颖不知道什么时候已经站在父亲陆鸣远的身后,不停地扯着他的衣服。

"怎么了宝贝?电影不好看吗?"陆鸣远充满慈爱地抱起宝贝女儿,把她放在了吧台上,好让她不用仰视大家,当然也为了不让大家俯视她。

"爸爸,我们去把玲玲接过来和我们一起玩吧。过年了,大家都应该欢欢喜喜地团圆、幸福。可是,玲玲家里穷,吃的东西不好,穿的衣服不好,玩的东西也没有。我们去把她接过来,一起吃、一起穿、一起玩吧。"玲玲是陆鸣远夫妇在汶川大地震后资助认养的孤儿。

那时候,通过电视,常静就看到了玲玲,她的心都要碎了,于是几经周折,终于如愿成功资助认养。

自从 2009 年以来,每年暑假常静都把玲玲接到滨海家里来团聚,陆佳颖跟她一起玩得甚是和睦。舍得把自己喜欢的衣服给她穿,愿意拿出自己中意的玩具和她分享,这让常静夫妇心中甚是高兴。

现在,女儿想念玲玲了,陆鸣远心中觉得也是应该要去看看在汶川还和奶奶生活在一起的这个"女儿"了。于是,当下就和众人商议:明天就去汶川看看,顺道带点衣服钱物过去。

再与女人们一说,这事就这么定了。孟翔和励志分别去准备机票、联系当地车辆和购置物品去了。原来不仅是陆鸣远一家,在场的所有家庭,都在汶川有自己的"亲人"。

当陆佳颖兴奋地冲进影视厅宣布这个消息的时候,里面的孩子们全都雀跃起来,灵秀汇一下子又沸腾了——

亲爱的公主／为何以泪洗面／为何你愁眉苦脸／现实的生活为难你了吗／让你忘记你的身份吗／亲爱的公主／你坐在角落／你的宝座很冷空／许多的期待／不该成为负担／而是你的财产①……

　　要小心,不可将善事行在人的面前,故意叫他们看见;若是这样,就不能得赏赐了。所以,施舍的时候,不可在你面前吹号,像那假冒为善的人在会堂里和街道上所行的,故意要得人的荣耀。告诉你们:他们已经得了他们的赏赐。施舍的时候,不要叫左手知道右手所做的;要叫你施舍的事行在暗中,在那暗中察看的,必然报答你。

9. 自　净

　　我们因对自己的知识太过自信,而骗了自己。

　　2月9日星期三,农历大年初七,春节七天长假后上班第一天。
　　可能还有不少单位还在放假,也有可能是职工自己多请了几天假,反正一大早乘地铁出门的陆航远并没觉得交通的拥挤,真希望滨海每天的出行都能如此的顺畅和舒适。
　　到站后,陆航远随着人流从地下三层上到地下二层,只看见不少人在一旁排这场队领取什么东西。出于职业的敏感和习惯,陆

---

① 《亲爱的公主》。

航远止住了脚步,站在一侧观察。

原来是在派发精美的报纸一沓报纸(夹着不少广告单)装进了很有设计感的袋子里,看着着实让人心动,加上派发报纸的工人在一旁叫嚷着:"一人一份,不要多拿!"更是引来无数乘客路人盲目排队领取。

在我们的观念中,大家竞相争取的东西,总是好的,于是,也不管自己是不是真的有需要,先争抢了再说。这种心态,估计这就是在都市中常常在街头巷尾能够看见的"人来疯"的一个重要原因吧。

站了一会儿,没有发现异常,陆航远就随着人流来到地下一层,却看见不少人将前面排队领来的一袋子报纸扔在走廊里垃圾桶旁边的地板上。

唉,辛辛苦苦排了队领到了"限量"的东西怎么才走两步路就忍心扔掉了呢?陆航远心里正想着,一位20岁出头的青年,还没翻几页报纸,就把外面的纸袋撕烂了,狠狠地摔到垃圾桶旁边。

陆航远走过去,把人们丢在垃圾桶外面的报纸整理了一下,放进桶里。完了,顺便拿了一份翻阅起来。夹在里面的一张广告单引起了陆航远的注意——

"顶级私人会所——地处黄金地段,以高品位的环境设施,高品质的服务,一直被客人当作最尊贵身份的象征。

"导入国际一流的娱乐运作管理模式,以超一流的硬件设施,创造超一流的服务品质,执著推行品牌战略,并以主导时尚潮流为一贯追求的目标,多年来引领的生活潮流,在滨海的时尚人士中享有盛誉。

"本会所,豪华的设备、炫目的灯效、动感的慢摇,足以满足你挑剔的目光，驾驭生活的'霸道'，让你在雅典皇宫激情渡过你最销魂的夜晚。

"酒品独特加上多多的优惠是最实惠的需要。有黑方，红方，绿方，金方，尊爵，尊荣，芝华士12年，芝华士18年，皇家礼炮等。

"如梦的环境：投资数百万元引入有玛田音响系统，全系统由广东汇丰音响公司精心调试保证了完美的音响效果。另外由四面高清晰LED墙，5W寰宇激光雨系统，雅典皇宫特有的梦幻影像柱组成的视觉影像系统更是给予了每一个在场人员无与伦比的震撼。

"每天舞蹈表演众多。目前舞蹈有街舞，巴西桑巴，欧美芭蕾等。加上不定期的精彩互动的活动，都是吸引你的理由。

"到顶级私人会所，让你玩得开心，玩得更是放心。我们员工约200余人，给你皇家般礼遇的服务。保安人员都是退伍军人，每天营业结束都要训练，场所安全绝对有保证。

"美的设施，优质的服务以及前所未有的娱乐体验是我们面向广大宾客的承诺！成为夜滨海又一处绝色之地则是我们的目标，首选！等你来亲身体验和品鉴哦！

"我们不仅有专业的设施，全方位策划，更拥有一流的服务。我们不仅是娱乐的空间，时尚的舞台，更是文化的聚点。我们诚挚的邀请您的加入，我们共同致力于这充满希望和朝气的团队。欢迎有能力人士加入我们公司，这意味着您已经找到了个人职业发展的理想工作场所，准备好迎接挑战，获取成功以及被认可和赞扬，抓住时机改变人生。

"敢于挑战自我的年轻男女，立志改变人生，勇于挑战高薪！！"

随广告附的是奢华的设施场景图,还有几张穿着火辣的美女照片。看着这些设施场景图,陆航远猛地回想起前几天在涡轮厂看到的情景,这不就是那里嘛!赶紧记下了上面的联系电话,要找地址,却怎么也找不到。赶紧拨了个电话过去,电话通了,响了好久,对方才接了。

"你好,是妈咪李吗?"在得到对方肯定回答后,陆航远接着问道:"我从广告单上看到了你们的介绍,可是没找到地址。"对方在另一头把地址给说了,陆航远赶紧掏笔记了下来。

"先生,你准备什么时候过来?最近春节,小姐回家过年的不少,如果人多,要提前跟我说,我好预先为您安排好。"

"好好好,我过来前一定先给你电话。"陆航远兴奋地说着,因为他看见了自己写下的地址,这里他是如此熟悉。

把这张广告单抽了出来,折好塞进包里,却发现一位秀气的女孩子正站在自己身后盯着自己看,一脸的鄙视颜色。

"证据,证据,我在寻找证据!"陆航远尴尬地解释着,见女孩还是板着个脸。他赶紧把报纸扔进前面的垃圾箱,回头再看了一眼女孩,抱紧自己的包,开溜了。

晚上,应常静的邀请,陆航远来到灵秀汇。

常静一个人已经坐在咖啡厅了。

"大嫂,怎么就你一个人啊,你不会有什么企图吧?"陆航远与常静就是喜欢彼此贫嘴、逗来逗去。

"是啊,你大哥刚刚出国了,剩我一人在家寂寞、空虚、难耐啊。"常静说着,拉着他坐到自己的对面。

"这样不好吧?他前脚走,你后脚就来找我。我一会儿打电话告诉他去。"

"不用你打了,我都跟他说了。"

"那他怎么说的?就随着你这么胡来?"陆航远故意做出夸张的惊讶表情。

"不然还能怎么办?谁让你正当青春年华,看你这身材还真是激情四射的模样。怎么也得让你的青春之火,有个喷泻的地方吧?"

正说着,一高挑秀美的女子朝常静招着手走了过来。

"静静姐姐好,我来晚了。"女子的声音是如此甜美,陆航远来不及回答常静的话,扭头去看人家,却是惊出一身冷汗来——这不就是早上那个'板着脸的女孩'吗?

"咦,'妈咪李'?"显然女孩也认出来了。

"你们两位认识?"常静很诧异。

"不认识!"两人异口同声,对视了一下,女孩坐到了常静旁边的位子上。

"哟,这里面有故事啊。"常静微笑着说:"男的这个呢,叫陆航远阿航;女的这个呢,叫冒梅茹阿梅。"

"貌美如?哪有人自己夸自己貌美如花的?"陆航远听到常静介绍女孩的名字,扑哧一声笑了出来。

"阿航,干什么!正相亲呢!给我严肃点!"常静见冒梅茹的脸色已经变得难看,赶紧训斥了陆航远。

"相亲?!"两人再一次异口同声:"跟她(他)?!"

……

人心都是偏的,不要因为公众的压力,影响我们对某人、某事和某物的判断。

坚持立场，有时是对的，可有时却是自以为是。顽梗不顺服，会害人害己。顺服真知，避免殃及他人。

二、问·狱

书有云：狱亦有三层，或为恶灵，或为恶魔，或为恶鬼。

每个人的社会生活应该有三大要素：健全的公民生活、道德生活和灵性生活。这三种生活必须取得平衡，不然就会有"寂寞"、"空虚"，还有"冷"。

越是流淌着善与恶的社会江河，越是能让通向天堂的训练道场。不要逃避世俗风波，当以迎战的精神去努力经营生活。

10. 人以群分

友爱是最令人愉悦、最具人性的爱，是生命的冠冕、培养美德的学校。在所有的爱中，真正的友爱嫉妒心最小。在所有的爱中，唯有这种爱似乎将我们提升到神明或天使的层次。

"不是说好要在南美那边待足一个星期的吗？"在机场国际旅客到达口一见到陆鸣远，常静就急着问道："电话里也不说明情况？"

"电话里说不方便。去年底成立的公益'天使基金'出了点状况，刚刚被我们的审计查了出来。"陆鸣远说着，拉着常静的手快步离开机场，钻进了自己的车。

"静,我已经让张总召集了公司所有有关人员,现在等在办公室了。"陆鸣远跟常静说着,又朝前面的驾驶员吩咐:"沈师傅,我们直接去公司。"

"好的。我在家里等你吧,你忙好了回来就行。想吃什么?我亲自给你下厨。"常静知道,这种时候自己能做的就是给他做好后勤保障工作,让他感觉到没有后顾之忧。

因为她的这一番话,陆鸣远稍稍平静了一下心情,把她拥入自己的怀中,又在她额头上亲了一下:"谢谢,只要是你做的,我都喜欢吃,你知道的。"

常静也把自己埋进他的臂弯里,抱得紧紧的,轻声说道:"不要急,事情肯定会处理好的。"

等陆鸣远进入办公楼,常静吩咐司机直接去了灵秀汇,并打电话给了励志——因为他现在也是固善投资的一位董事,叫他也过来灵秀汇共进晚餐。

"好吧,急急忙忙把我叫回来,到底是怎么一回事?"在陆鸣远的办公室里,集聚了副总经理张幽、财务总监辜正甫,以及高级财务经理莫逆。

"情况是这样",财务总监辜正甫汇报着,"昨天,我们例行检查多个项目情况,当查到天使基金的时候,发现有几笔不明转出转入账目。经过我们的仔细核查,我们感觉到里面可能有重大问题。具体情况,由莫逆介绍一下。"

"陆董事长、张总,情况是这样:天使基金是由我们固善投资公司根据董事会要求,出资 1.3 亿元人民币于 2010 年 8 月设立,截止到今年元旦累计投资收益、社会捐赠等收入,基金总额已经超过 2 亿元人民币。"莫逆顿了顿,继续说道:"可是,昨天我去查账时,发现基金库里只剩下不足 1.5 亿。于是,我们向银行查证,回复是滨海慈善基金会于上星期分三次转账出去了。可是,按照之前由固善投资、慈善基金会和托管银行达成的协议,慈善基金会使用该专项基金时虽不用固善投资的签字许可,但必须提前向固善投资告知备案,并由固善投资跟踪监视每一笔善款的流向。我们向慈善基金会征询此事,对方回复是其常务理事长郭溪夫之前已经通过电话向固善投资董事长,也就是陆董事长您进行了告知。"

"等等,他什么时候跟我通过电话?我怎么不知道?"陆鸣远赶紧为自己澄清。

"别着急陆董。之前,我们三方在签署协议的时候,慈善基金会使用基金项目时,必须是要书面告知备案,托管银行,也就是滨海发展银行,看到我们的告知备案收据,才能将钱款提出或者转走,并同时告知我们委托的监管银行跟踪钱款的流向。显然,慈善基金会的这个说法是不符合规定的。"莫逆见陆鸣远着急了,于是,快速把话说完。

"很明显,滨海开发银行和慈善基金会之间有不可告人的秘密。更直白地说,他们两家里面串通讹了天使基金的钱。"辜正甫激动地双手握拳。

"我现在最关心的是,这笔钱哪去了?派什么用场去了?一定要给我找到。"陆鸣远指示张幽动用银行和社会关系去全力寻找该笔资金的走向,并命令辜正甫:"马上与滨海开发银行高层协调,暂时冻结天使基金。"

二人分别出去办事去了。

当此时,秘书小高送进来一份文件,是慈善基金会发来的公函,邀请陆鸣远担任慈善基金会副理事长的征询函。

手里捧着这份来函,陆鸣远一个人待在办公室里,在心中梳理着千头万绪,一个可怕的预感缠绕着他……

晚饭时间。灵秀汇。

"怎么不报案?"励志建议陆鸣远马上向警方报案。

"不行。"陆鸣远坚决反对,"会带来很多负面的社会影响,'天使基金'就毁了。这是令仇者快、亲者痛的事情。在没找到这丢失的5千万之前,我们不能报警。"

"要不,我先跟市长夫人邢谷惠说说,让她给郝市长吹吹风?也好让郝市长为后续的事情有个准备。"常静也给陆鸣远出主意。

"肯定是要给郝市长吹吹风,可是,这要把握好时机。让邢夫人还是翔子去吹风,或是我直接去,都还要周详考虑才好。"陆鸣远顿了顿,接着对他们二人说,"就现在我们掌握的线索和证据来看,这里面可能会牵扯出重大的腐败案件来,远远不止是'天使基金'这5千万,涉及的人员远远要超出慈善基金会和滨海开发银行。我隐约感觉到:有一个可怕的阴谋利益集团正在蚕食着滨海人民的财富。"

"不可能吧?那么夸张!像是电视剧啊?"励志不愿意相信这个荧屏上才能见到、隐身大都市的黑暗利益集团就这样存在于滨海,只要一联想,心里就发颤、发毛。

"我也希望是我想错了。可是,我们还是要提早做好准备,坚决和他们周旋到底。"陆鸣远说完,分别交代了他们几件工作,限时要他们完成。

如果真有这么一个黑暗利益团体的存在,那么也就应该要有一个维护正义的团体出现。而且无论付出多少代价,正义最终必然战胜黑暗!

在有限的范围内,随着人数的增加,我们对每位朋友的拥有不是减少,而是增加。每位朋友身上都有一些东西,只有另外一位朋友才能将其充分地引发出来,仅凭自己不足以让他展示全貌,需要有其他的光束来呈现他的方方面面。

据说,在天国,蒙福人数之众本身就增加了每个人从上帝那里享受的恩典,因为每个人都从自己的角度看上帝,无疑都向其他人传达了他对上帝的独特认识。

11. 喜欢生存

喜欢做自己必须做的事,有助于生存。

在两个同类发现了彼此,不管是克服巨大的困难,用磕磕巴巴的语言,还是以我们看来惊人的简练表达,分享彼此的洞见时,友爱开始诞生。

元宵节前后,涡轮厂动迁的事情传遍了全厂在职、退休所有的职工。这一石激起了千层浪,不少人原来对工厂本来没有任何利益想法,现在也被有利益想法的人挑动起来了。

"听说这次动迁,是要在这里盖一个大型商业载体,不是市政项目,可以拿到的动迁补偿款可比往常要多很多呢。"

"我们厂以前是集体企业,后来好像也没有改制,所以所有职工,不管在职的还是已退休的都应能获得补偿分配。"

"可是,现在的厂长班子太腐败、太自私,根本不把职工当回事,会不会把我们厂私自卖给开发商了?或是低价卖出,他们却从中获得见不得人的暴利?"

"现在工厂已经成为他们的摇钱树了,工厂已不再是工厂,已是一个淫窝、毒巢。他们才不会把工人们的利益当回事,他们巴不得把工人全部赶走。"

"傅厂长已经放话出来:谁要敢来和他谈动迁补偿的事情,一定打断他的腿。他还说:派出所所长是他哥们,报警也没有用。"

"既然这样,我们应该联合起来,不能老是让他骑着大伙作威作福……"

"是的,坏人应该得到报应!"

流言在工人们中间风行,一股能量正在集聚……

工人们联名写信给了信访办,或许他们觉得政府的反应太慢,又或许是觉得不够放心。反正他们在寄出挂号信件两天后,又决定一起到市政府去,要找市长反映情况。

事实上,他们一起来到市政府门口聚集,只是为了让政府对他们的处境引起注意。从这一点来说,他们成功了。市信访办主任在区政府信访办主任的陪同下,亲自接待了他们,并耐心地做了记录。他们在得到通知说下去直接到区政府信访办反映情况和打听工作进展以后,30几个工人代表推荐马拉为总联络人,并留下了联络方式,然后各自回家去了。

当马拉回到自己家的时候,已经是下午两点多钟。

赶紧下了面条端给躺在病床上的老伴,马拉自己也坐在她的床边胡乱吃了一碗。

"此后,约伯开口诅咒自己的生日,愿我生的那日和说怀了男胎的那夜都灭没。"马拉翻开《圣经》继续昨天的故事和经文,这是《约伯记》一章的内容,讲述约伯的哀苦及他对上帝的信心和敬仰。可当所有悲惨袭来,他心中依然感到极其的痛苦。

"愿那日变为黑暗,愿上帝不从上面寻找它;愿亮光不照于其上。愿黑暗和死荫索取那日;愿密云停在其上;愿日食恐吓它。愿那夜被幽暗夺取,不在年中的日子同乐,也不入月中的数目。愿那夜没有生育,其间也没有欢乐的声音。愿那诅咒日子且能惹动鳄鱼的诅咒那夜。愿那夜黎明的星宿变为黑暗,盼亮却不亮,也不见早晨的光线;因没有把怀我胎的门关闭,也没有将患难对我的眼隐藏。我为何不出母胎而死?为何不出母腹绝气?为何有膝接收我?为何有奶哺养我?……"马拉继续轻声地为老伴朗诵着。

"上帝若是仁爱,怎么忍心任由魔鬼撒旦在约伯身上作恶呢?"老伴咳了两声,打断了马拉。

摘下那副用白色胶带缠绕了许多圈的老花眼镜,马拉给予她安慰:"上帝是爱,是完全的良善。上帝和人类就如同父亲和儿子,父亲爱自己的孩子就不会仅仅是仁慈。爱比仁慈更为严厉和丰富,爱里包含着仁慈。仁慈根本不关心其对象会变好还是变化,只要对象能够脱离痛苦就万事大吉。对于我们不在乎,我们只盼望他们快乐,不考虑其他。但是,对于我们的朋友、爱人、孩子,我们才会严格要求,宁愿他们吃些苦头,也不愿他们在卑劣无度、离亲背友的生活里寻欢作乐……"

老伴听着马拉说着,心里似懂非懂。不过,她最喜欢听马拉说话了,不仅一套接着一套的,而且那声音特别好听。自己年轻的时候,就是因为马拉的甜言蜜语和这声音而折服嫁给他的。

突然,有人敲响了门。

"是马拉家吗?"站在门口的人大声往里面喊着。

马拉才应了一声,外面的人已经使用铁棍敲开了门,冲进来了几个彪形大汉。挥舞着铁棍,见东西就砸,吓得两位老人缩在一起惊叫着站不起来。

等把家里能砸的砸完,其中一个用铁棍指着马拉喊道:"再到信访办去,下次过来打断你的腿!"

……

由于马拉夫妇害怕这帮匪徒再一次过来,陆航远与他们商议后,征得常静同意,安排暂时住进了灵秀汇。马拉刚开始还不愿意,常静只好跟他说要找他过去帮忙做做服务员什么的,这才答应留在灵秀汇。

常静让人空出一间SPA包房给他们,陆航远买来一张大床垫,换掉了做SPA用的小床,让马拉夫妻二人住着。

那几个入室打砸的匪徒,派出所却一个也没抓住。

当陆航远等人跑去工厂,带回来了几个小混混让马拉夫妻指认,却都不是。讯问、羁押了二十四小时,也就放人回去了。

因为可能是信访直接造成的后果,常静让冒梅茹过来一起帮帮马拉的忙。当冒梅茹听了马拉的叙述,义愤填膺。当即表示不要一分报酬,也要帮助他们讨回正义和公道。

虽然前面两次见面后,陆航远和冒梅茹对彼此都没有什么好印象,或者说印象极差。可是,这次为了马拉等人,他们都愿意暂且将个人恩怨放在一边,联手为他们讨回公道。

而在区政府这里,当有关领导听了信访办的汇报,特别是听到马拉夫妇的遭遇后,拍案而起。很快,由政府发起的信访专案组成立了,有关部门强力介入,抽丝剥茧后,彩虹终会出现……

谦卑的君王,荣耀的君王,你甘心卑微顺服,舍命在十字架上。谦卑的君王,荣耀的君王,我得医治,因你鞭伤,无尽恩典。我心感恩,十字架的爱,何等奇妙,超乎我所求所想,洗净我罪,脱离污秽,穿上公义洁白衣裳。十字架的爱,何等奇妙,我生命从此不再一样①……

不论是共同的宗教信仰、共同的研究、共同的职业,甚至是共同的消遣,都会成为人们友爱的内容。友爱必须具有内容,一无所有的人无以与他人分享,足不出户的人不可能拥有旅伴。

12. 友爱反叛

每一份真正的友爱都是一种脱离,甚至是反叛。

拥有真正朋友的人,不大容易受人控制和"受骗上当"。

可是,友爱也可以是孕育罪恶的温床,也可以使人变得更坏。友爱的危险在于,这种对外界意见局部性的漠不关心或充耳不闻,虽然貌似合理、必要,但有可能导致全面性的漠不关心或充耳不闻。

2月21日,元宵节后的第一个星期一。兔年正月十九。

老市长倪仁杰家的倪公子倪武良正式到固善投资公司"上班"。陆鸣远把他派给张幽做助理,张幽再安排他负责跟踪在滨海商业中心的投资项目,这也是满足了老市长的要求。至于其他

---

① 《十字架的爱》。

的事情,陆鸣远嘱咐张幽:"不要让他太辛苦,而是要一个项目完成以后再接一个项目地来。"

但是,张幽是个大忙人,只吩咐倪公子先去了解一下地块的情况,也就"放手"随他去了。

毕竟是年轻人,有得是精力,总要找到消耗的地方,也总能找到消耗的地方。倪公子在办公室坐不到一个小时,就已经按捺不住了。也没跟张幽说一声,自己就驾车出去了。

驱车在大街上逛了一圈,看着时间已是中午,胡乱在路边吃了饭,倪公子驾车来到顶级私人会所。车刚到门口,保安已出来给他开门,并且毕恭毕敬地站立在一旁满脸堆着笑地欢迎他。

在倪公子的意识里,能够成为顶级私人会所的一名钻石会员是件荣幸的事情。这不仅是他个人的认识,也是他朋友圈子里的共识。

这不仅是因为开设在涡轮厂里面的顶级私人会所的装修、装饰、布置奢华有特色,而且会所里面的服务内容比较全面:沐浴、桑拿、全身SPA、休闲餐饮、酒水品种齐全、音响设备高档效果好,更重要的是里面的两百多位小姐个个长得俊美、服务水平就是高,几乎关心到了顾客的每一个细节,总有一位小姐、总有一种服务能够满足客户需求。还有就是私密性高(这代表安全):不仅严格采取会员消费制度,而且路径设计相当用心——只要你不是特意要找人,进入会所后,你绝对不会与其他客户"偶遇"和照面。

今天,显然是来得太早了。不过,对于倪公子,顶级私人会所上下全是认识的。所以,赶紧把他迎进了贵宾休息室。

"把李经理给我叫来吧。"别人进入会所都是要出示会员卡的,倪公子嘛,他的这张脸就是会员卡喽。

这虽只是个三室一厅的复式套房,却因是厂房改造而来,所以楼层也就特别的高,看上去比较恢弘、有气势。地板和家具看上去红木铺设和制造的,全进口棕色真皮沙发摆在当中,一张长条形餐桌摆在靠窗的位置,上面已经摆上了鲜花。

倪公子才躺在美人榻上闭目养神,听着班得瑞空灵缥缈的音乐,很是惬意。一个热情、响亮的声音响了起来:"倪少爷,今天来得可真够早的啊。"

"主要是想念李经理的音容笑貌了呀。"倪公子躺在榻上,侧目打量着李经理。只见她穿着黑色薄丝裙裤,红色的高跟鞋衬托出她那傲人的身材和青春的诱惑,黑色的开襟外套里面是浅色的内衣,大半个白嫩的奶子暴露在外面,像是向你呼唤着、点燃你的激情。脸蛋也是俊美姣好的(可是,却没有形成自己的特点出来,不能立即给人留下深刻的印象),只是这妆容上得太浓重了一些。

"哎哟,倪总,你这是在嘲笑我呢。叫我妈咪李就得了,我也就是带带小姐,服侍服侍你们这些公子爷们啊,这经理是万不敢当真的。"妈咪李说着坐在了榻边上,双手放在倪公子的胸前轻抚着。

"哈哈哈,多少男人被你这张嘴巴酸死啊。这样,今天你先去帮我办两张会员卡,我把名字和有关信息写给你。"倪公子嘴上说着,两只手也没有闲着,一直在她腰间、胸前揉捏着。

"好啊。什么时候叫小姐过来给你选?还是让老娘来服侍你?包你满意哦。"妈咪李趴在他身上,贴着脸,轻声耳语。

"好啊。先让我把正事办完。打电话去把傅厂长叫来,就说我找他有急事,马上过来。"说着,倪公子双手捏住了她的屁股,使劲抓了几下……

一尘不染的音符,确实能够让人感觉共鸣——不管你是善或是恶,伟大还是平庸,圣洁抑或浑噩。倪公子听得入神,恍如进入大自然的怀抱。多么美妙,远胜于女子之美;多么美奂,远超过药物的迷幻……

"大哥,我来了。"也不知道过了多久,一个微胖的中年男子穿着会所宽松的睡衣睡裤进来了。

"嗯。傅厂长啊……"倪公子闭着眼答应着。

"不敢,小傅,是小傅。"傅珣唯唯诺诺。

"来,搬个凳子坐过来。"等傅珣搬了凳子坐下,倪公子接着说:"你上次叫人到人工人家里,把人给打了?"

"没有,就是让二毛他们几兄弟去把东西砸了。"

"你怎么那么笨呢?"倪公子呼一下坐了起来,厉声说道:"人家上午在市政府上访,你竟然下午就去人家家里恐吓人家,现在大家都知道是你干的好事!蠢啊!"

"不会有事的,砸完之后,我直接让他们到外地去了,警察来找过,也没有任何收获。"傅珣为自己辩护着。

"你啊!"倪公子捶胸顿足,"虽然警察没有找到他们几个人,现在是不能把你怎么样。可是,你和这个地方已经引起了大家的关注了。"

"怕什么,我们有得是朋友和后台,别人能把我们怎么样?!"傅珣继续为自己辩护。

"这些朋友只能在底下管用,放在台面上,谁敢维护你?现在是法治社会,你懂不懂?"倪公子顿了顿,"下次要采取行动,务必要先和我商量,再不可莽撞了。知道吗?"

"哦,知道了。"傅珣心里还有些不服气,不过,在倪公子面前他是不敢也不能犟下去的,中间的厉害他自然是晓得的。

"今天开始,在项目投资方那里,这个项目就由我跟进了。你只要妥善处理好和工人们的关系,让他们不要再胡闹,我们几个里应外合,肯定能够大赚一笔。一定不能再给我搞出任何乱子来了。知道吗?"倪公子教训起傅珦来,自有他的一套。

而在傅珦那边,只要有钱赚,干什么都行,孙子就孙子呗,就是做玄孙又有什么关系呢?

在友爱当中,每个成员在其他人面前往往感到谦卑,认为他们很出色,自己与他们为伍很幸运。但是这种个人的谦卑,极易变成集体的骄傲。"圈子"的神神秘秘,其实是为了炫耀,这种友爱除了排外,几乎没有任何"内容"。

13. 性欲诱惑

无论爱情是否存在,性欲都可能产生。这事是一种感官的快乐,即发生在一个人肉体上的事。

不管是从神学角度,还是社会道德等角度来看,性爱都是严肃的,但是,我们又不可以彻底严肃。彻底的严肃必然会戕害人性。千万不要试图在肉身中寻找绝对。

2月25日星期五。

离开商务委办公大楼以后,邴坤让驾驶员把自己载到离固善投资公司不远的一个商厦附近,就跟驾驶员说自己要进商场去逛逛,让他把车开走了。

不一会儿,一辆黑色奥迪商务车停在了邴坤的身边。很快这辆车带着他驶进了涡轮厂,并由早就等在停车场的倪武良和傅珥迎了进去。

晚上 11 点 49 分,倪武良把邴坤送进一辆军车牌照的商务车,驶离了涡轮厂……

这一切尽被静待在门房间的人们看见,并记录了下来。

当然,邴坤今晚这自以为安全、隐秘的举动,除了门房间的人以外,还有别人记录得更加详尽。

"衣冠禽兽啊!"傅珥一边把电脑里的监控录像刻到光盘里,一边用播放器观看着,并冲着坐在沙发上的倪公子说:"这位邴主任,就是个老不休!"

"好咧,还说人家,你自己不也一样?一见到小姐、姑娘,也不管人家愿不愿意就上去捏人的屁股!"倪公子冷冷地说着。

只见电脑荧屏上先是出现了一裸女,在床上摆弄着各种惹火的挑逗姿势,不一会儿,一裸体男子出现了……

"别看他年纪不小了,还玩得挺猛啊。"全神贯注地盯着屏幕,傅珥对那男子的床上功夫显然很是佩服。

"刀,还是要经历过磨炼才成器啊!"倪公子微笑着认真地盯着屏幕看,"就是这灯光暗了点,把人的脸拍得不是很清晰。"

"我明天就把摄像头换成高清的去。"傅珥应答着,"哟,再来一个小姐呢,看不出啊。"

"你仔细看,人家那是有技术的。搞得她们嗷嗷叫呢。"

"我等会儿去问问她们,真是舒服呢还是在演戏。如果是演戏的话,这两小姐倒也算是演技高超了。"

"你不是说她们都受过专业训练的吗?"

"那是对外宣传的需要。其实,只要小姐的身材够火辣,脱了衣服都一样。至于,长相什么的,不要太丑就行。再说,'萝卜白菜各有所爱',就算是丑点也无所谓的。只要男人喝了点酒,再加上这里的灯光效果,哪个姑娘还不是客人心目中的女神?"傅珦得意地说着。

"肉体既有诗意的一面,也有非诗意的一面;性爱既有严肃的一面,也有轻浮的一面;既有庄重的激情,也有熊熊的欲火。"倪公子的这番话,傅珦根本就不知道是什么意思。倪公子也不期望他能听懂,只管自己往下说去、感叹着:"这是人性的堕落啊——他把同类当成是一件玩物,一台用来满足自己情欲的机器。"

"幸好这些'机器'是由我们掌控着的,哈哈哈。"傅珦接了一句,二人相视,大笑起来。

正说着,一张光盘刻录好了。

傅珦熟练地拿出来,把光盘放进了预先准备好的壳子里面,并在上面写上了日期和姓名。

"一定要保管好这些光盘,不可有任何闪失。要不然,它也会成为对准我们的'剑'啊!"倪公子清楚这些录像的价值,也知晓其中的厉害。不到万不得已,这些光盘是"不存在的",当在必要时,它们又自然会"存在"。

"放心吧,大哥。"说着,傅珦移开了墙上的那副"春光图",原来里面是一扇门,推门进去里面有好几个架子和保险箱。打开最里面的一个保险箱,傅珦把光盘放了进去。

"大哥,我们去吃点夜宵吧?"等重新关好门,恢复"春光图"的位置,傅珦征询着倪公子的意见。

"好啊。到廷芳会馆去吧。把刚才那两个小姑娘一起叫上。"廷芳会馆是倪公子自己开设的一家专门吃饭聚会的餐饮会所,只是外面的人并不知道此间缘由。

"哪两个？哦，录像里面的？"傅珧阴险地笑着，"原来大哥也对这双胞胎动心啦？"

"双胞胎美女在一起，确实是很难得啊。让邴坤这糟老头这么搞，真是可惜了。也难为她们了啊。"说着，倪公子像是很痛惜的样子。

"什么难为啊，你刚才不也看见了？她们可是在享受呢。"在傅珧心里已是对她们上了心，本来打算打发走了倪公子，自己去就找她们的，现在看来今晚她们是要被人抢走了。

"不管怎么样，那起码也是'甜性涩爱'吧？"倪公子又说了一句让傅珧听不懂的话，搞得他只好闭嘴无语。

"是韩国片子吗？好像很有名的吧？"过了好一会儿，傅珧才接上话茬。

"这是一部图解性的欢愉是怎样逐渐地转化为情的隔膜的成人电影，在影片里，最频繁出现的道具与角色就是性。因为性爱，当初男欢女爱的滚滚热浪，到最后，进入到相互哀怨的冰天雪地。"倪公子叙述着自己的观后感。

"就一部'爱情动作片'吧？被你解读地跟奥斯卡大片似的啊。哈哈哈。"听了倪公子的叙述，傅珧不以为然，还用言语向他开涮。

倪公子没搭理他，只是问道："双胞胎可以走了吗？"

"在换衣服，马上就好。"傅珧赶紧跑出去催人。

不一会，一对高挑秀丽、清新美貌打扮的姑娘跟着傅珧进得房间来。

"啧啧啧，好一对璧人啊！"倪公子上下打量着双胞胎姐妹，发了好一阵的感叹。伸出双手,分别牵了两个,让她们坐在自己的两边,一边左看看右瞧瞧,一边不停地点着头:"卿本佳人呢!"

"意思是'卿本佳人,奈何从贼'呢?还是指情色电影'卿本佳人'呀?"一妹在左边嗲声问着。

"如果是'奈何从贼',我们可是凭自己的本事在赚钱的,所以并没有'从贼'。如果说的是香港电影,等一会你就知道是电影精彩还是我们精彩咯。"二妹在右边和着发嗲。

"好,好,好!非常好!好有才,好有貌。我喜欢!"倪公子心花怒放,"走,到我那吃夜宵去。"

多情和悲伤同样可以让人流泪,然而,性爱对自己的对象并非总是"紧追不舍"。

性行为往往被认为是人类一切活动中最真实、最坦诚、最无掩饰的活动。然而,实际上,裸体突出的是共同人性,掩饰了个性,穿上衣服时,我们才是"更真实的自己"。

14. 爱情感受

爱情,追求的是爱的对象。

爱情,使男人真正想要的不是女人,而是一个具体的女人。爱者渴望的是爱的对象本身,而不是她能给予的快乐。这种渴望虽不可思议,却毋庸置疑。

因着马拉等人的事情,这几天陆航远与冒梅茹的接触还真是频繁。刚一开始,冒梅茹以为这只是一般的民事纠纷案件,但是随着调查的慢慢深入,她开始相信陆航远跟她说的话——这是个错综复杂的案件,里面恐怕不仅有民事纠纷,还有刑事案件,更有其他可怕的因素在里面。

要想解决马拉等人的民事纠纷,就先要去理顺里面的复杂关系(不仅仅是金钱利益关系,还有社会关系,甚至政治关系等)。而这些事情,远远超出了律师的职责和能力范围,甚至也超出了警察的职责和能力范围。这也就是为什么事情进展缓慢的根本原因。

当她真正理解了这一点,不禁开始关注起了这位小小的民警来——1米70几的中等身材,人长得精瘦,但看起来很阳光、结实,整天把自己的头发打理得"清清爽爽",合体的衣服衬托他俊美的身材,脸上始终保持着微笑,时不时会跟身边的人来几句笑话,走到哪里笑声就传到哪里。

在陆航远这边,对涡轮厂集访案件的调查,其实,到目前还是他一个人在进行着。当然,大部分的调查也就是在工作之余进行着。从一开始,马拉跟他诉说涡轮厂情况开始,他的直觉就已经告诉他,这不是个简单的信访案件,里面的"水"深了去了。

随着这些日子的明察暗访,他已经感觉的里面有个强大的势力、利益团体在操控着整个事件。职工的上访,在他们看来,只是其"脸上发出来的一个痤疮",一直以来都是只要挤一挤,它自己很快就会痊愈了。

当发现了这一点,陆航远心中萌生了退却的想法。此时,冒梅茹给予了他特别的鼓励——她那维护正义的热情、专注工作的激情以及对弱势群体的感情。只是小会儿,他再一次恢复了斗志高昂。

他自己也不清楚是从何时开始,她已经左右着自己的情绪。

或在白天,或在夜晚;又在每天,也在每刻——

丛鬓愁眉时势新,初笄绝代北方人。一颦一笑千金重,肯似成都夜失身。乍听丝声似竹声,又疑丹穴九雏惊。金波露洗净于昼,寂寞不堪深夜情。琥珀尊开月映帘,调弦理曲指纤纤。含羞敛态劝君住,更奏新声刮骨盐。乳燕双飞莺乱啼,百花如绣照深闺。新妆对镜知无比,微笑时时出瓠犀。巫山云雨洛川神,珠襻香腰稳称身。惆怅妆成君不见,含情起立问傍人。①

爱情来到,当事人或还不知晓,或还在犹豫,或还在怀疑,却已是急煞了旁人。

"怎么样?"在家里,常静凑近了陆航远,诡秘地问着他。

"什么怎么样?"陆航远没有反应过来,"最近一切照旧,一样的上班维护正义,一样的下班、回家、吃饭、睡觉。"

"装吧,你就。我们都看出来的,你现在对阿梅的相思可是不浅吧。"常静直接给他敲了边。

"毛病!"陆航远白了常静一眼,"她这种女孩不是我喜欢的类型,太强势了!"说着,捧着书往自己房间走去了——更切切地说,是逃跑了。常静在他后面叫嚷着,陆航远就是当做没听见。

……

"老公,我跟你说:我觉得,阿航和阿梅肯定能成为一对儿。"洗好澡,常静裹着毛毯从浴室出来,便饶有兴致地与躺在床上看着电视的陆鸣远说。

"是吗?"陆鸣远知道这几个月常静一直在给人做媒,却是一次也没有成功,但他并不想泼她的凉水,于是说道:"看来以后可

---

① 唐权德舆《杂兴五首》。

以给你开一婚姻介绍所咯。"

听出了他话中有话,常静拿起一个枕头扔了过去,"我跟你说正经的呢。"

把遥控器扔到一边,陆鸣远端坐起来,说:"好吧,请领导指示!"

"我不是先介绍他们两个相亲认识嘛,谁知道两个人在之前就已经有故事了,有误会。所以相亲那天还互相吐槽,寻不开心。我本想,完了,这次做媒又是白忙乎了。谁知道,上帝早有安排了。这些天他们两个不是一直在帮助马拉他们嘛,两个人经常在灵秀汇碰面,你看看我,我瞅瞅你,开始还一直贫嘴,这几天倒是出现另一番情景了。"常静顿了顿,在衣柜里拿了件充满情趣的紫色真丝睡裙在自己身上比划了一下,冲陆鸣远说:"今晚要我穿这件么?"

"透视装的诱惑啊,嗯,不错。"陆鸣远端详着、赞美着……

"两人现在不吵也不闹了,阿航整天把阿梅逗得欢声笑语的,看得旁边的人也跟着欢乐。"说着,常静解开裹巾,把那女性几乎完美的胴体展现在陆鸣远的眼前。正要换上睡裙,却被陆鸣远一把拉进怀里。

"是呀,我看着甚是欢愉呢。"陆鸣远深情的一吻,轻轻地传递在她的额头上。她用双手把自己环系在他脖子上,还以深情的热吻……

激情之后,常静趴在陆鸣远的胸上,轻轻地抚摸着、疼爱着。

"对了,"突然想到什么,常静抬头跟他说,"你们固善准备投资的商业项目,选址在涡轮厂那个地方?马拉他们就是那里的员工,当心点,好像有不少问题啊!"

"嗯,都是老市长在忽悠的。我已经交代张幽先做个详尽的项目可行性分析,把更多的因素都放进去考量。"陆鸣远不急不缓地说着。

"别忘了张幽和老市长的交情远比和你的交情深啊。"常静提醒他当心身边的人。

"用人不疑,疑人不用。再说,张幽是个聪明人,她自己会分析形势和做抉择的。"

正说着,陆佳颖站在卧室外敲门。

"妈妈,妈妈,我睡不着……"

常静答应着,赶紧穿了睡衣还披了件睡袍,拿了书就出了卧室。

一边常静平静地朗诵着书里的故事,另一边陆佳颖闭着眼睛自己在那里默默地祷告着,慢慢地、慢慢地……

> 当我一个人独处,你总是陪在我身旁;当我伤心绝望无助,你恩典总为我守住;当没有人听我诉苦,你总是搂住我肩膀,你说我的孩子,在我没有难成的事[①]……

在爱情中,需要愈强烈,对象自身就愈值得渴慕,其重要性远远超出了她与爱者的需要之间的关系。

正如爱情中的性爱并非以快乐为目的,爱情也同样不以幸福为目的。在心中有爱时,宁愿与心爱的人分担一切,也不愿意在其他条件下享受幸福,这正是爱情的标志。

---

① 《孩子的祷告》。

15. 爱情戕害

爱情的首要任务之一就是消除给予与接受的差别。
"我宁愿这样也不愿分离,宁愿有她而痛苦,也不愿没她而幸福。只要两颗心在一起,心碎也愿意。"这就是爱情的伟大,也是爱情的可怕之处。

虽然,嘴巴还硬着,心中却早已满是柔情。
陆航远和冒梅茹这一对年华正茂的青年,开始找着各种能够成为理由或不能够成为理由的理由相遇着、交叉着、磨蹭着、试探着……
此时的冒梅茹,有一件特别烦心的事,或许就是因为这件事情,她一直以来爽快的性格这会儿才收敛了,在与陆航远相处一事上变得磨蹭起来。
原来,几个月前的一个下午,冒梅茹背着运动包从健身房出来,遇着一个老人摔倒在马路对面,也没见个旁边的人过去扶一扶。冒梅茹赶紧冲了过去,刚蹲下问着老人,这时也跑过来一位小伙子帮忙。
后来,两个年轻人还一起把老人送去了医院,并电话通知了老人的家人。由于冒梅茹还要急着去跑个案件,没来得及留下任何联系方式,就离开了医院。
本以为此事就这样过去了,谁知道两个星期后,却有同事跑来告诉冒梅茹,她现在已经是网络红人了。赶紧上微博搜索,发现自己搀扶老人送医院的事情已经被一个叫"找寻天使"的人放到了网上,并附了她俯身搀扶老人时的照片。

不仅如此,"找寻天使"还在微博上号召网友"人肉"这位"天使",不仅因为她的善举,更因为他自己已经完全为她坠入了爱河——

"本以为天使只在天上,那一次与你的邂逅,让我知道:天使就在人间!只看了你一眼,而不是在人群中多看了你一眼,我就爱上了你。你存在我的脑海,我的梦里,我的文字里,更在我的每一个细胞里……

"有说是:挥一挥衣袖,不带走一片云彩。你却已经把我的心、我的灵魂都带走了。可是,我却不知道到哪里去找寻我的心和我的灵魂,因为我找不到你。于是,我迷失了,因为你而迷失了我自己……"

在微博中,除了这两段还有其他好多篇情意绵绵的博文。此外,这位"找寻天使"还"跪求"网友给他提供线索,并公布了自己的手机号码。

"如果再不能见到你,我的生命还有什么意义?神啊,救救我吧!网友们啊,帮帮我吧!"

刚开始两天网民的反应一般,可是到了第三日,突然整个网络爆发了。铺天盖地的转发和评论,有说这位"天使"妹妹不但心灵善良外貌更是长得如天仙下凡,有说这位"找寻天使"真痴情……当然,也有批评者,如"炒作"、"恶搞"等秽语。

不管什么原因,反正这个消息就这么火了。

不过,真有好事者给"找寻天使"指了条明路,把"天使"冒梅茹的微博号发给了他。果然,"找寻天使"开始在冒梅茹的微博里诉衷肠、大吐相思之苦。本来没几个"粉丝"的冒梅茹,一天内增加了十多万前来围观的"粉丝"。把冒梅茹吓得是几天不敢看微博，更不要说更新内容了——只要发一条微博，就会引来网友们千百种的解读。

这天下班，冒梅茹才出了办公大楼，远远地看见一辆厢式小货车正往大楼这边倒着车。眼看就要撞上台阶，冒梅茹正要呼喊停车，卡车已然停住了。货箱后门开了，里面满满全是玫瑰花、千纸鹤——那大红的玫瑰花摆成了一个心形，中间还用粉色玫瑰摆出了一行"我爱你"，千纸鹤则从车厢顶上垂吊下来，各种颜色都有，满是梦幻的感觉——大男孩手捧一枚戒指站在车厢里，一见到冒梅茹，立马单膝下跪，也不知从哪里冒出来一帮摄影摄像的人。

"嫁给我吧！没有你，我的生命就没有任何意义，我活着就是因为你的缘故。你在故我在，你的爱是我生命的能量！求你嫁给我吧！"还没搞清楚什么状况，男子这架势着实把冒梅茹惊呆了。

看看旁边一干拿着摄影摄像器材的人们，冒梅茹脱口而出："你是哪位呀？你们在拍电视吗？街头恶搞吗？"说着大声笑了几声，就要离开。

"天使！茹茹！你不认识我不要紧，我是'寻找天使'池翰啊，我们一起扶助过摔倒在地上的老人的呀……"不管他们后面如何叫喊，冒梅茹发挥了她在学校时候短跑冠军的水平，飞似的逃跑了。

第二天清晨，当闹钟都还没响起的时候，同事中的好事者电话吵醒了她。

"赶紧上微博，'寻找天使'自杀了！"

"哪个'寻找天使'啊？自杀就自杀呗……什么？自杀了？为什么？"从迷糊中苏醒过来，冒梅茹震惊了。

赶紧打开电脑登上微博,果然铺天盖地都是"'寻找天使'求爱不成,为情自尽!"、"'天使'不相认,'寻找'寻短见"、"遭'天使'抛弃,'寻找天使'今夜自尽"……

"你见,或者不见我,我就在那里,不悲不喜;你念,或者不念我,情就在那里,不来不去;你爱,或者不爱我,爱就在那里,不增不减;你跟,或者不跟我,我的手就在你手里,不舍不弃;来我的怀里,或者让我住进你的心里,默然,不爱,寂静,欢喜。——我在另一个世界等你,恒久……"——这是"寻找天使"最后的网络遗言,细心的网友发现,这首诗改了一个字,"相爱"变成了"不爱",却道尽了他心中多少的凄凉与无奈、痴迷与悲伤,或许还有凄美、无助、哀怨以及缠绵……

可是,他那是真爱吗?也有不少网友开始反思。

终于,当陆航远从网络上知道了所有情况,他默默地陪伴着她。逝者痴迷,生者却为他而承受着网络舆论的巨大压力和伤害。这种痛,这种伤,究竟是她的应受的惩罚,是公众力量的无情戕害,还是诸位看官已在不经意间犯下的罪?

这种经历之后,冒梅茹与陆航远的心却因此贴得更加紧密了,没有社会的关注,甚至连他们自己都没有察觉到……

爱情的伟大中潜伏着危险。

爱情一向以上帝的口吻说话。因为爱情而残酷虐待伴侣,发假誓骗婚,甚至相约自杀或谋杀对方。只要不放弃爱的对象,乐意做任何牺牲。

爱情,既不考虑他们个人的幸福,也不考虑道德规范。它的目的只是:使人类这一物种趋向完美。达到巅峰的爱情最酷似上帝，然而，爱情单凭自己不能有所作为。

爱情需要帮助，因而也需要加以规范。不服从上帝，爱情之神不是死亡，就是变成魔鬼。

16. 爱之反叛

"一切为了爱"，这个反叛的口号，实际上是爱的死刑令（只是行刑期暂且未定）。

当一个人真正的困难在于怀有尘世之爱时，将超越尘世之爱的义务强加给他，是很危险的。

3月8日星期二，国际劳动妇女节。

不知道从什么时候开始，这天竟然成了众多女生"接受爱的礼物"的节日了。

"关爱孕（产）妇——滨海市'三·八'国际劳动妇女节主题慈善关爱活动"正在滨海国际会议中心一楼中央广场举行。市长郝斌出席活动，并为活动致辞。活动主办方代表、滨海市慈善基金会常务理事长郭淏夫主持活动。郝斌市长致辞后，就急忙忙赶去参加全市妇女节庆祝纪念大会去了。

这个情况，慈善基金会早已掌握。等郝斌等市领导一离场，主办方换了司仪上台，换了口号——"以爱之义，为孕（产）妇献爱心"。号召在场的群众购买现场指定的卫浴用品，在销售所得中，由商家拿出其中的一部分资金捐献给慈善基金会，为孕（产）妇提供帮助。

"我们的'天使基金'已拿出5千万购买产品，向孕（产）妇提供确实的帮助……"司仪在台上叫喊着,引来台下群众盲目购买——既献了爱心,又得了实惠,谁不争抢?

"这是既做了婊子,又立了牌坊!"听说了此事,陆鸣远被气得直跺脚。"天使基金本来就已是专项善款,慈善基金会用它去购买产品,再从商家的利润中提取一部分作为善款捐赠,这就是抢劫!5千万买了一堆垃圾回来,还假意用这些所谓的收益所得捐赠出来,这是赤裸裸的洗钱啊,是'以爱的名义'在洗钱啊!"

"他们这是在绑架'天使基金'、绑架固善投资!"财务总监辜正甫也已是义愤填膺,"他们是要把前面无故消失的那五千万,通过这种堂而皇之的手段落入个人的腰包。太无耻了!"

"可是,我们能够怎么做?——告他们?举报他们?还是和他们拼个你死我活?"张幽还算比较冷静。

是啊,从表面上分析来看,也就是监管不到位,这一结果的惩罚与这5千万比较起来那是轻得不能再轻的了。而对于天使基金来说,这5千万却是追不回来了!

"让我们冷静地、缜密地思考一下,接下来的应对措施。很快,市民和网友就会明白这件事情的蹊跷,到时面临压力的不仅是慈善基金会、天使基金,还有固善投资,更有可能蔓延影响到与固善投资关系密切的长远集团。如此一来,亦有可能影响到股民对长远集团的信任,所属上市公司的股票将存在重大波动风险!"励志分析着,这几年在商场跌爬滚打,已经把他砥砺成一位深谋远虑、思考缜密的商人。

"这一招够狠的。看来有人在背后蓄谋已久,其目的在于长远集团,而天使基金只是其中的导火索。"辜正甫接着励志的话,不禁手心开始冒汗。

"不一定,现在只是励总的分析而已,事情还有其他可能。就事论事来说,就是一帮'蛀虫'偷吃公益资产。"张幽则还是持比励志要乐观得多的态度。

"不管怎么样,也算是励总也是给了我们一个警醒。"陆鸣远平静地思考了一下,"张总,你去安排一下,明天一早召开固善投资公司全体董事会会议。"张幽接到指令后,马上出去吩咐办公室安排了。

等张幽他们都走了,陆鸣远把励志留下来,说道:"我以大股东的身份,提议长远集团晚上召开董事会议,一起商议应对可能出现风险的预防和处置办法。我会准时出席。"

励志走后,陆鸣远一个人在办公室里来回踱着。突然想到了什么,拿起电话拨通了在市政府办公厅的孟翔:"我今天无论如何都要见到郝市长,有重要情况要反应。几分钟也行!"

……

傍晚,天色已变。乌云笼罩在滨海市上空,却被大风吹地正快速移动着。

一场大雨就要降临,回家的人们紧赶慢赶着。

刚刚结束了民生工作专题会议的郝斌市长,显得有些疲惫,却还要赶去参加滨海市各界妇女联欢活动。

在孟翔的陪同下,刚走进车库,看见陆鸣远已等在汽车旁边。郝斌与他握了下手,并请他与自己一同上了车。市长的驾驶员则被孟翔叫到了车库的另一边。

5分钟,陆鸣远择要紧的话向郝斌说了,听得郝斌脸色突变。不过,只一会儿,就恢复了平静。听完以后,郝斌向陆鸣远致谢,并对他说:"你反映的情况我清楚了,非常重要和紧迫,我会直接关心此事。有什么需要你们配合的,我会通过小孟转达,也请你能够配合。此外,也要请你对此事保密,毕竟涉及重要官员,而且影响面可能还不小。"

陆鸣远下了车后,郝斌的汽车疾驰着赶往下一个活动地点。

在车上,郝斌与孟翔吩咐了几件事情,这在后面发挥了重大的作用和影响——这是后话,这里暂且不表。

当华灯初起,乌云还在上空密布、飘动,风也没有要停下来的迹象。

此时,长远集团的办公楼灯火通明,董事们正齐聚在董事会会议室。

今晚又会是个不眠之夜吗?谁知道呢……

祷告因为我渺小,祷告因为我知道我需要,明了你心意对我重要。祷告已假装不了,祷告因为你的爱我需要,你关怀我走过的你都明白。有些事我只想要对你说,因你比任何人都爱我。痛苦从眼中流下,我知道你为我擦①……

所有人都会逝去,不要将自己的幸福抵押在可能会失去的东西上。

只要爱,就一定有受伤的危险,只要爱上一样东西,心就一定会痛苦,还可能破碎。要想确保你的心完好无缺,就不要爱任何人,甚至不要爱宠物。可是,在这副安全、黑暗、没有动静、没有空气的灵柩里,心会改变。它不会破碎,但会变得硬如铁石、麻木不

---

① 《祷告》。

仁、无法拯救。

17. 心之破碎

通过抛开一切自卫、接受痛苦、将痛苦献给造物主，并趋向TA。如果我们的心需要破碎，如果造物主选择通过爱来让心破碎，那就破碎好了。

3月10日星期四12时58分，云南省德宏州傣族景颇族自治州盈江县发生里氏5.8级地震，震源深度约10公里，国家启动4级应急响应，后提升至3级。截至17时统计，地震已造成19人死亡，157人受伤，部分房屋不同程度倒损，相关情况正在进一步核实统计。

自从池翰自杀以后，事件却并不为此而停息。

这些日子，冒梅茹总感觉到有人在日夜跟踪监视着自己。早上起床，就觉得好像有人透过玻璃窗在观察自己，走近窗户朝外面仔细察看，却又什么也没发现，只好一直把窗帘拉着。走在路上，也觉得后面有人跟踪，回头时，却没看见人影。就连晚上睡觉，听见外面有脚步声，也觉得有人会从窗外或是破门而入……

受了两天的折磨，冒梅茹向常静求救。常静理解她的心情，答应她晚上住到灵秀汇去。正好现在马拉夫妇也住在里面，互相也算是有个照应。

听到这个消息，陆航远自说自话的晚上也住了过来。

"一则，灵秀汇现在住着的三位都是来'避难'的，也没个'勇士'的保护，我住进去正好可以担当这一角色。二则，老在你们家窝着,这个'灯泡'也当得实在是太久了。"陆航远把被子抱到灵秀汇的时候,正好撞见了常静,为自己辩护着。

"得,得,得,我看你主要是因为阿梅吧。不然,先前马拉夫妻住过来的时候你为什么不来做'勇士',现在有美女了才来?当然,你要从我们家里搬出来,这倒是欢迎的,你都不知道照顾'您'这位少爷是件多么辛苦的事情。"常静拆穿了他的阴谋,接着说:"要住进来可以,但有一条要做到:保持好会所的整洁和干净!"

"这整洁和干净不是有马叔在做嘛,我去插一手,不是要跟他抢饭碗了吗?"陆航远还在贫嘴。

就要惹得常静差点发飙时,站在一旁的马拉接过他的被子,赶忙笑着说:"常总,不用他整理,就这点活我做得过来。再说,这种活也不是你们文化人做的,就是做也是做不好的。我还得返工,到时更加麻烦。"

"马叔说得对,你就别为难我们大家了。"陆航远还真能掰理,把常静说得不知道怎么接话。

"好。你不整理也没关系,就成全你的'勇士'角色。如果灵秀汇的任何人和财产有损伤或损失的话,唯你是问!"陆航远一边答应着常静,一边选了冒梅茹隔壁、靠会所大门外面的 SPA 间,准备以后常住了。

等全部收拾妥当,陆航远打开电脑登录微博,发现到处都在转帖冒梅茹与一男子酒店"亲热"的照片,网友还给加了个标题:"尸骨未寒,'天使'已在酒店幽会新欢!"

该博文绘声绘色地描写了冒梅茹如何精心打扮出门,如何在酒店门口私会新欢,如何进入酒店开了房间,还有二人何时酒店门口吻别……

细节描述详尽，再配上了冒梅茹出门时的照片、在酒店门口与"新欢"热聊的照片，以及透过玻璃窗拍到穿着火辣睡衣的照片等。反正是有图有叙述，让人看了不自觉地就要相信。

好事的网友们，接着又进一步"挖掘"、"爆料"：原来，那个"新欢"是个外国人，是某跨国公司在滨海的总代表。跟风的网友感叹道："原来如此，怪不得要抛弃旧爱'寻找天使'了"、"我又不相信爱情了"、"我们整个社会的心，因为你的所作所为而破碎了！"……

也有网友替冒梅茹表示出同情和怜悯。"不要传播谣言，让谣言止于我们，不再流传"、"我们更应该反思我们的爱情观和社会责任，而不是追逼个人"……但是，却遭到众网友的一顿恶骂。

看得越多越仔细，思绪却越是紊乱、越是繁杂。那些惟妙惟肖的描述，以及"有图有真相"的常识，逼着陆航远开始怀疑、开始郁闷、开始烦躁……

显然，常静也看了微博上这些关于冒梅茹的流言蜚语。她把陆航远找了过来，却发现他正在焦躁、不耐烦。

"你也看到了？"常静问道。

"嗯，没想到她是这样的人！"陆航远愤愤地说："我能搬回去住吗？"

本来常静要批评他几句，却又发现他的这种愤怒，正好证明他对她的在意和感情，于是转口说："还说对她没感觉？你现在说的这些话，我看是吃醋的表现呢。"顿了顿，继续说："感情，会蒙蔽人的眼睛。用你的职业智慧，好好分析一下吧……"

常静的这一番话，平静了陆航远急躁的情绪，并在心里细细地分析起来。

当冒梅茹拖着疲惫的身心回到灵秀汇的时候,陆航远笑脸相迎,又是帮忙拿包,又是沏茶倒水,又是削好水果递过来,还给她捶背……

他的这些举动,让冒梅茹终于"扑哧"一下笑了起来。

"说吧?"冒梅茹一边享受着他的捶背服务,闻着香茗,一边说道。

"说什么?"陆航远故意装作无辜。

"无事献殷勤,非奸即盗啊。"她舒服地闭着眼睛,感觉像是回到了自己的家里那样。

"哦。我是说,不要在意那些和自己不相干的人的胡言乱语。如果因为这些虚假的流言而伤神,那就正好中了他们的诡计。这是令亲者痛仇者快的愚蠢行为……"

"放心吧,几张拼接在一起的照片,再来一段捏造的故事,伤害不了我的。"冒梅茹感受到了陆航远对自己的信任,并由此对他生出一种可倚靠的感觉来。

"我分析了一下",陆航远转过来,坐到她的对面,"我们可以通过法律手段,来为自己维权,惩治中伤诬蔑者的。"

"算了,这样做只会让事情越搞越大,没完没了。说不定,还会惹出其他什么麻烦的事情来。"显然,冒梅茹自己已经仔细分析、权衡过其中的利弊了。陆航远口中的"我们",却让她感觉很是温馨。

"即使不追究他们的法律责任,也要给他们一些警告才行。不然,他们还以为善良是可以随便践踏的,以后他们还会在网上更加无所不用其极,也不知道还有多少人会被他们伤害。"

"好吧。"冒梅茹也觉得警告他们一下也是有必要的。

"法不责众",却不代表我们没犯罪。

如果所爱之人的态度中暗含着"一切为了爱"(名副其实的"一切"),那么,他的爱就不值得拥有,因为他没有摆正自己的爱与大爱之间的关系。

"道法自然"[1],老子定会认为,我们的意志唯有属于自然,才属于我们自己!

18. 灵性苏醒

人的本质特性决定了人有需求,而这种需求又因为人的堕落无限地增加。自然的恩典赋予我们的,是对这种需求的彻底承认、清楚的意识和完全接受(即使不完全接受,有所保留,至少也是乐意接受)。

"有物混成,先天地生"[2],倘若没有自然的恩典,人的愿望和需求是相互冲突的。

3月14日星期一,白色情人节。

中午一吃完饭,工商所副所长匡正挂了个电话给傅珒,二人相约来到离工商所不远的新滨海大酒店的咖啡吧。

因为离得不远,匡正是自己走路过去的。步进咖啡厅,一眼就望见傅珒坐在正对着门的一个位子。匡正没有朝他走过去,而是

---

[1] 老子《道德经》。
[2] 老子《道德经》。

让服务员领着自己去了屏风后面的座位。坐好，点了一杯咖啡，匡正才给傅珩去了个电话，让他绕到屏风这边来。

"今天上午我们所里来了一位律师，"咖啡上来后，匡正礼貌地对服务生道了声谢，等服务生走远了，才对傅珩开门见山地说道："拿着律师介绍信，要求查阅你们厂的工商注册等资料。"

"哦？哪里的律师，查我们厂干什么呢？"傅珩显然有些吃惊。

"律师介绍信上说，是你们厂那帮退休职工的代理律师。其他的情况，我们也不方便多问。"

"原来这样啊。"傅珩明白了，原来这帮老家伙开始学会使用法律来为自己维权了。思索了一会儿，又问匡正："这律师叫什么名字？可有他的资料？"

"是位年轻的女律师，名字叫冒梅茹……"说着，匡正还掏出自己的智能手机登陆了微博，指着上面冒梅茹的照片，简要讲述了关于"天使"的故事，以及网友们评论的主要几个观点给傅珩看。

有了匡正提供的相关线索，傅珩联系了在公安局的朋友，很快就得到了关于冒梅茹更为完备的个人资料。看了她的这些资料，傅珩觉得自己要对付这个年轻的女律师是胸有成竹了，而且可以毫不谦虚地说那是"轻而易举的事"。

等匡正副所长离开酒店以后，傅珩厂长并没有直接回涡轮厂，而是坐在那里打了几个电话。然后又去了一趟数码城，买了几个高清摄像头，和一台高清摄像机，这才满怀愉悦地驱车回涡轮厂……

下班前，陆航远发手机短信给冒梅茹："今天过节，晚上请你吃饭。然后，还可以一起去看范冰冰的《观音山》哦。"

"明天吧。我今天工作特别多，一定要加班完成了，估计还挺晚的……"冒梅茹好一会儿才回短信。

陆航远知道她是个工作狂,虽然今天是个特别的日子,他也不敢要求她为爱放下工作。

也不好意思一直给她发短信,也就是每小时发一条类似"快结束了吗"、"别太卖命哦"之类的短信。也没有等到她一条的回信,陆航远在灵秀汇听着音乐、看着书,终于无聊地打起了盹。

在梦中,他隐隐听到有人在交谈——

"他不过是一种生物,因为他的一切生理和心理活动都是为着纯粹的物质需要和自然需要。"一个刺耳的声音传来,这是陆航远有生以来听过的最为刺耳的声音了。

"他容易被事物的表象蒙蔽,也无法讲出自己的真实情况。"另一个同样刺耳的声音附和着。

"因为他里面充满了轻蔑、嫉妒、淫乱、贪婪和自满,这些念头他是绝不肯化为言语暴露出来的。"

"他以为时间可以掩盖罪恶,其实,这只是幻想。我们知道时间根本不能掩盖罪恶,也不能抹杀犯罪感。他是如此的愚钝,竟然没有发现藏在他身上的两样东西,才可以洗刷这犯罪感……"

"嘘!有人在偷听!"

还想听时,却已经什么也听不见了。

随着音乐的变幻,陆航远恢复了意识。拿出手机看了下时间,已经过了零点。赶紧从沙发起来,跑到冒梅茹的房间,却发现门还是敞开的,里面没有人。而刚才在梦中听的内容,已经忘记得差不多了,再说,也没听明白那是什么意思。

赶紧给冒梅茹挂了个电话过去,通了,但是没有人接。想着她是不是跑到隔壁同事那里去了,也就又回到沙发上躺着,关了音乐,无聊得转着电视频道……

耳朵里又出现了另外个人的交谈,因为这次的声音是那样的温和、柔暖和给人鼓舞——

"他已经开始知道了思辨,虽然这种思辨还很有限,有时候甚至非常荒唐。但是,他毕竟开始了思考。"一个温和的声音传来,这是他这辈子听过的最好听的声音。

"他需要常识,即理性;需要彼此忍让,即正义,以便在爱变得淡漠时不断地激发它,在它忘记或无视爱的艺术时约束它;他需要修养,即善。耐心、舍己、谦卑、远远高于尘世的爱的不断介入。"另一个温和的声音回应着。

"这本身就是善。"

"不要再说了,免得他如此接近真理,却又是如此致命地错误。好自为之吧!"

还要听些什么,可是,这摇篮曲般的美妙声音,已经让他甜甜地沉睡起来……

当陆航远再一次醒来,已经是大清早5点多了。

赶紧从沙发上翻身起来,看见马拉已经开始在打扫卫生了。看到陆航远醒了,马拉马上跟他说,冒梅茹昨晚一夜未归,会不会出什么事情呀?

一边安慰着马拉,陆航远一边整理了一下衣服和头发,就要往冒梅药的公司赶去。

在路上,陆航远又拨了几次冒梅茹的手机,依然没有人接听。心中责怪自己怎么等着等着就睡着了呢?又一面祈祷她不会有事。

在地铁上,有几个人拿着手机在说笑着微博上的趣事,细听却是在议论"天使"冒梅茹的事情。

"原来她是这么一个人,'寻找天使'池翰还称她为'天使',真是瞎了眼啊!"

"是啊,池翰为她殉情真不值得!"

"不过,她的身材还真不错啊!"

"说得也对,也算是娱乐大众了。哈哈哈!"

肯定出事了!陆航远有个强烈的不祥预感。

赶紧掏出手机,登上微博搜索。看过了上面的内容,陆航远差点没有晕倒过去……

好人"深受众神的青睐"是因为他们自身的价值。

在我们所做的一切事情当中,真正的宽恕应该最为隐秘,甚至尽可能连自己都不察觉。左手不应当知道右手所做的事。

人很容易相信,无止境地延长尘世的幸福会带给人彻底的满足。

知道自己在做梦,就证明自己不再沉睡……

三、问·自己

自然就是爱。

我们常常没能把爱想透,把它看得简单,或者混同于别的东西。我们常常只用一种爱(如男女之爱)取代别的爱,眼光变得太狭隘。我们常常对爱过于信赖或近乎崇拜,把它当成了神灵,但是人间的爱并不就是神灵!

人间的爱并不可靠,甚至有沦为魔鬼、毁灭人生的危险。为此,必须有仁爱加入,必须由圣爱来转变。人类的爱必须有超人间的基础,必须有超人间的目标——大爱。

19. 需　求

需求之爱自贫乏中向自然呼求。

需求之乐的本质在于,它让我们只看到对象与自己的需要(哪怕是暂时的需要)相关的方面。

喜欢,不能说明什么问题,因为喜欢还可以是另外的方式——需要被人需要。

3月15日星期二,消费者权益保护日。

上午，滨海市著名的房地产开发商尤国海受邀，来到市商务委副主任郉坤的办公室，在座陪同的还有市商务委综合处处长葛亮。

"葛处长约了我很多次，我也觉得是应该和政府来一次对话了。我那个工地，现在还停在那里，请政府给我和工人们一个交代吧。"对话一开始，尤国海就先冷冷地说。这让郉坤心里很不舒服，要是换了其他商人，他早就发飙了。

"尤董事长，我们今天找你过来，主要是受市政府主要领导的委托，就原机械厂转型、改造项目，和你好好聊一次。"郉坤保持着微笑，不急不缓地说着："我听说，之前葛处长等几位处长都已经和你谈过多次。那么，今天我也就直陈主题。原机械制造厂地块，地处我市中环边上，地理位置优越。因着'创新驱动、转型发展'的要求，政府决定把盈利不错的机械制造厂搬迁到了郊区，腾出地块发展第三产业。三年前，你们江海置业公司通过公开招标的形式，拿到了该地块的改造开发权，并与机械制造厂签订了租赁合同。现在三年过去了，按照当初你们给政府的承诺，应该今年就要开业了。可是，上星期市政府督查室的同事在督查的时候发现，该地块已经停工多日。尤总，你当初的承诺可还算数？"

"项目的停工是因为收到了政府的停工整改通知书，所以这些责任应该由政府承担。"尤国海不屑地说着："自去年初我们收到建委发来的停工整改通知书，进度就一直停在那里！我们每天都要支付10万块的租金、银行利息、员工工资等费用呐！"

"给你们发停工整改通知，那是因为你们没有按照上报的规划审批方案建设。"葛亮处长和他有过好几次的交涉，心中对他甚是厌烦。"你自己去看看，你自己去对照一下。"

"那是根据项目需要做了点小的调整而已。"尤国海眨巴了一下眼睛。

"你那也叫小的调整？完全就是换了一个方案！"顿了顿，葛亮转向邴坤："这还不算，邴主任，机械厂原来有几栋老厂房可是市级历史保留建筑，也被他们拆了！"

"那当然是要拆的呀，不拆掉，项目的容积率怎么够撑足呢？"尤国海左顾右盼地说道，商人是逐利的，在他心里看来逐利更是唯一的吧。

江海实业有限公司是滨海市著名的、也是最早的民营房地产开发公司之一。在滨海市有多个商业地产项目，包括住宅、宾馆、写字楼等地产项目。江海实业的创始人和董事长尤国海，是改革开放第一批先富起来的人，80年代初期，30出头的他靠在全国各地到处倒卖商品维生（历史上说的"投机倒把"）。后来，出现商品房交易，他又靠倒卖房屋赚取中间介绍费营生。再后来，转行开发房地产，这时才慢慢开始成长为一方巨商。故事听起来很顺理成章，可是，事实是如何，或许只有当事人才能说得清楚。不过，有几个人敢去真正面对它呢？

凭借在商海的成就，尤国海开始涉及政治生活，从区政协委员一步一步发展到如今的市人大代表——中间经历过市政协委员，后来有人跟他说，人大代表有一些豁免权，于是，他就摇身一变成了市人大代表。他的政治生活的下一步目标，已经瞄准全国人大代表、全国政协委员。此外，他还兼任多个社会组织职务，如某商会副会长、行业协会会长、某慈善基金会会长等职务。这些政治和社会职务，不仅给他个人带来了个人荣耀，也给江海实业带来绵绵不绝的商机和源源不断的利润。

当今的社会，有个很不好的价值引导和取向：有了钱，或者是有了名,就可以成为"政协委员"或者其他什么"委员"。更可怕的是,现在的学校都把自己培养了多少高官、富人当作重大成就加以炫耀。当然,学校出了高官和富豪,确实是值得高兴的事情。可是,这不能成为吸引、激励下一代学子的唯一"动因"啊,这样不是把整个社会的价值观都引到一个"逐利"的方向去了吗?

如果大家以为以上这些,就是尤国海之所以敢和政府及其官员们叫板的资本,那么,大家就错了。其实,他手中自然保留着一张皇牌,而这张底牌此时还不是亮出来的时候。

"当时,包括现在还是,我可以毫不客气地说,是你们政府需要我和我的江海实业为这个城市的发展付出力量,我是在帮助你们!"经过与葛亮处长几个来回争辩以后,尤国海变得烦躁起来:"你们不要搞错了! 要不是我极力控制,工地上那帮民工早就跑到政府来追讨工资了!"

"说起这事,我正要说:你们拖欠农民工工资,这是违法行为!"葛亮几乎要发起火来。

原来,春节前这批民工结伴到项目所在地区政府信访,要求政府出面解决江海实业拖欠工资一事。区里一方面与江海实业交涉,另一方面把情况报到市商务委。在交涉未果以后,考虑到年关将至的实际情况,以及"稳定压倒一切"的工作要求,葛亮与区政府有关领导商量,先由区属企业垫资,解决一部分的拖欠工资先稳住民工的情绪,再由政府慢慢向江海实业讨要拖欠的工资。可是,现在近两个月过去了,江海实业和尤国海对此事不理不问,对政府和民工的交涉,只抛出一句话:"项目是政府让停的,一切责任应由政府负责!"

"你不要跟我搞!"说着说着,尤国海终于先发飙了:"这些都是你的责任,政府的责任!我在替你'作为',你还不识好歹是吧!"

"跟你没法说!"说着葛亮合上笔记本,起身愤愤地离开了……

"无赖!流氓!社会渣滓!"陆航远在心里骂着。

找了大半天,陆航远终于在律师事务所附近的一个垃圾场里,找到了依旧昏迷躺在垃圾桶后面的冒梅茹。

凌乱的头发,凌乱的衣服,脚上只穿着一只鞋,另一只不知哪里去了。看她脸色憔悴,嘴唇干白,头朝上,下半身浸泡在污水里……

联想到微博里那些不堪的照片,陆航远似乎明白了昨晚在她肯定发生什么那些我们不愿去提及的人间悲惨事件。

脱下外套,披在她身上,抱起她,拦了出租车,直奔医院而去……

在车上,陆航远紧紧地把着她,呼唤着她的名字——

不管昨晚发生了什么事,也不管以后还会发生什么事,我都要好好爱护你、保护你,不会离弃你!你一定要坚强啊!

他必不叫你的脚摇动,保护你的必不打盹,他在你右边荫蔽你,白日太阳必不伤你,夜间月亮必不害你①……

那些最受欺压的人,被逼至绝境,终有一天会掉转身来,脱口说出可怕的真相!

---

① 《我的帮助从何而来》。

20. 给　予

给予的正确目的在于让接受者脱离需要的境地。

给予之爱肩负着重任，它必须朝着自己的引退努力。

有一种离开，并不意味着逃避，也不是胆怯和放弃。

面对铺天盖地的网络流言，虽然有好友相伴冒梅茹的左右，并且支持她拿起"武器"成为一位正义的勇士。

可是，她没有这么做。

"一个快活的恶人究竟是怎样的人？他的行为不负责任，与社会法则、自然法则相抵触，但他对此却麻木不仁。"对来劝慰自己的人，冒梅茹选择微笑，而当夜深人静，只有陆航远相伴的时候，她与他分享自己的感受。

"恶人应该受到惩罚，大家都认同这是真理。"陆航远陈述着自己的观念："这就是'恶有恶报'或者'罪有应得'，这也是我选择警察这个职业的原因——依靠法律，惩治恶人！只有恶人得到报应，对社会上的其他人才能起到威慑的作用，或者促使罪犯自身改过自新。"

"其实，这样做会使所有的惩罚有失公正。"冒梅茹依偎在他的胸膛，感受着强健的心跳和安全的味道。这是在灵秀汇会所顶层的花园，头顶是皎洁的月亮，伴着点点星光，脚下是城市璀璨的霓虹。

"如果我罪不至此，"冒梅茹接着说，"为了'威慑他人'的缘故，却要忍受巨大的痛苦，世上还有什么比这更不道德的事么？当然，如果我是罪有应得,就必须承认'恶有恶报'的必要性。可是,仅仅依靠今天的社会法律,无法公正地惩治恶人,它也无法塑造好人。"

"难道就这样让恶人嚣张、得意吗?"陆航远有点不服气地与她辩驳。

"我们应该思考,而且要努力思考社会和经济体制的改善——虽然,我们的贪婪、怯懦、坏脾气、目中无人都将阻止我们遵守社会规范。"冒梅茹没有正面回答他的辩驳,而是从更深层的意义上给予分析,"除非我们意识到,除了个体的勇气和无私,没有什么能够使任何体制运转。"

"我应该把持这份职业的勇气和公义,坚持对抗下去。"沉默思考了好一会,陆航远把她揽入怀中,"但是,脱下职业装束以后,应该遗弃报复的冲动,好好享受我们两个人的美好时光。"

"复仇的种种手段,常常会使我们忘了它的目的",在与他一段热吻以后,冒梅茹双手挽着他的脖子,望着他的眼睛,那是多么温柔、多么柔情似水。"虽然,我们这个社会现在比较认同这种复仇的冲动。但是事实上,整个人类很可能处于'最起码的正派行为都会被视作英雄的节操,而彻底的败坏却被当作可以原谅的缺陷'的陷阱里。"

……

两个人的爱情,是两个灵性的交流与追问,也是互相的给予和需要。

终于,冒梅茹决定回东北老家休养一段时间,等社会上关于自己的流言蜚语和关注度冷下来以后再回滨海。虽然在陆航远的心里那是万分说的舍不得她,这些日子也正好是他们二人陷入爱河的热恋期。可是,看到她能在短短的几天时间里从极度的伤痛中恢复过来,现在已经有了自己想做的一些事情,最后也只好支持了她的决定。

时间不能洗刷一个人的罪行,但却可以让我们站到另一个高处俯看过去,使自己变得坚强、洒脱、谦卑、甚至宽容起来。

可是,时间也同样可以让一个人变得骄傲和狭隘起来。

原本以为冒梅茹会采取一些报复行动,为此傅珧还做好了准备呢。可是,这么多天过去了,眼看网上的沸沸腾腾就要平静下来,也没有等到有什么报复行动的袭来。

或许这小妞是害怕了,不敢出声了吧?傅珧心里想,派了人到律师事务所去打听,才知道冒梅茹已经离开了滨海。心里好不得意,也让他更相信了这种采取恶意打击的威力。

可是,虽然把律师赶走了,那帮职工却依旧不依不饶的,很是难缠。

"现在是法治社会",倪武良跟他说道,"这帮没多少文化的工人都懂得找律师,难道你还不去晓得也去找个律师来吗?"

这句话倒是提醒了傅珧,心里接受了,嘴上却说:"可是,我们上哪去找信得过的律师呢?那么一大摊子事,随便找个律师过来,我可不放心啊。"

是啊,把律师聘来了,难免要让他知道很多情况,无疑等于是雇来了一位"定时炸弹"啊。哪天要是翻脸了,自己的把柄也就要落入他手了。傅珧的话启发了倪武良,"是要从长计议,想个万全之策。可是,这律师总归还是要找的,这也是我们事业能够继续做大、做强所一定要经历的阶段。要讲究与时俱进、科学发展嘛!"

"是,是,我留意着,先去找几个候选人让你挑选吧。"顿了顿,傅珧凑了过去:"今晚我给你安排'三飞?'"

"'三飞'？不了，还是双飞吧，就还是那对双胞胎就行。"自从上次与大姝、二姝有过鱼水之欢后，倪武良就日夜思念着她们的好。可是，好几次过来找她们，都被人抢先一步点走了。

"她们二人正在服侍上次那位邴领导呢。才进去没一会，估计也没那么快结束。"

"看来，大家的口味都比较相同啊。"说着，倪武良心中生出不快来：才带邴坤来过一次，就已经让傅珧和他混得那么熟谙了，这次过来这两人谁都不给自己打个招呼，得防着点傅珧这厮了，不要不知道哪一天让他们把自己卖了都不知道。

看到他在一边眉头紧皱，傅珧以为他在为双姝惋惜和吃醋，忙去宽慰："都是婊子嘛，人家以这个谋生的，何必执著呢。这几天新招了几个人，刚刚调教好，说是也有新花样，何不尝尝鲜？"

"对！何必执著！"倪武良站了起来，"今晚就算了，改天再来尝鲜吧。"

说完，离开了顶级会所，驱车赶往滨海艺术学院。远远地看见在校门口站着一位清秀貌美的姑娘，倪武良的车正好停在了她的前面。没等他招呼，女孩自己拉开了车门，钻了进去……

给予之爱，渴望为她提供安全、舒适和幸福，如果可能还有富足。

给予之爱应该称作仁爱。大爱可以在那些对他一无所知的人身上运行。

21. 欣 赏

欣赏之爱说:"我们因为你无上的荣耀称谢你!"
自然界的万物,以不同的方式反映造物主的形象。

4月,是花开的黄金时节。
垂丝海棠、君子兰、春杜鹃、郁金香、木棉花、樱桃花、铁线莲、榆叶梅、山杏花、晚茶花、含笑、牡丹、桃花、樱花、橘子、代代、葡萄、梨花、连翘、枣花……百花齐放争相艳,万紫千红总是春。
3月花开,4月花繁,5月花妖。
无论是高山、平原、峡涧、溪边、林中、田野……都是花的海洋、花的世界。只要在她旁边经过,就会感觉到她的气息,闻到她的芳香。

不管是艳红、粉红、粉白、淡红、浅红、殷红、洁白、橘黄……错落相间,繁花似锦,姹紫嫣红。只要漫步其中,都将融入花海,温馨陶醉,芳菲迷恋。

在这乍暖还寒的日子,不管是女人还是男人,都学着这繁花,把自己打扮得花枝招展,誓与众花相争艳——有美丽"冻"人的春光乍泄、有穿着时髦的"欲露还羞",有保持矜持的"欲罢不能",还有顽固不化的些许亮彩……

当第一次见到闫莉的时候,倪武良只觉得芬芳扑鼻。那是春天的感觉,且是:娇艳不做作,华丽不空洞,锦绣不杂乱,繁华不虚荣。

那是在倪武良自己的廷芳会馆门口,穿着一袭粉色碎花连衣裙的闫莉正和服务员打听招聘的事情。

倪武良在车上远远就看见了她——淡黄色的披肩卷发,雪白的脖颈若隐若现,单肩背着个印花布料的小包,淡黄色蕾丝裙底刚好遮住大腿,却裸出膝盖,一双洁白匀称的小腿裸露在外面,脚上是一双浅色平底的印花布鞋……

眼看着她带着失望,倪武良赶紧把车停在门口,摇下车窗,问了服务员缘由,吩咐服务员带她到二楼的会客室等他。

原来,闫莉还是在校的大学生,今天出来是要找份兼职工作的。路过廷芳会馆,望见里面好像很高档的样子,心想职工的工资应该也不会低,于是,拉着站在门口的服务生打听起了是否需要招人的事情。

可是,廷芳会馆的员工现在正好满员,闫莉心中不免有些沮丧,正要离去,却又被服务生喊了进去,说是老板有请。

闫莉跟着服务生到了2楼的一个房间里。刚刚穿过一楼的时候,会馆的布置和装潢已经令她在心里大呼"金碧辉煌",进了这二楼的包房,更让她觉得自己进了"皇帝的寝宫"——虽然自己从未进过皇帝的寝宫,可是通过电视、书籍还是知道一些的——古色古香,但又不缺乏色彩的美轮美奂,精致典雅,但又不缺乏样式的精彩变幻……

当闫莉还沉浸于各式摆件的精美之时,倪武良已经悄悄地坐在旁边的"龙椅"上——中间摆放的是一张"龙床"——观赏着闫莉。

正是:"你站在桥上看风景,看风景人在楼上看你"、"明月装饰了你的窗子,你装饰了别人的梦"……

就这样,闫莉留在了廷芳会馆。也不用端茶倒水,也不是装盘摆菜,每晚过来坐在帘子后面、流水旁边弹奏古筝。也幸好她懂点古筝,不然这双巧手、嫩枝怎受得了劳累的折磨与摧残?

没过几天,闫莉发现来这廷芳会馆的客人,大部分都是熟客。同时,她还发现并不是所有服务生都是干"苦力活"的,还有不少的"经理"就是负责迎来送往和陪吃陪喝的。

服务生告诉她,她们其实是会馆的销售经理,整个会馆的客人都是靠她们招徕的,当然,她们就"不用干活"啦。不仅如此,客人的每次消费,她们都有提成。所以,工资远远高于其他服务生——少则每月万余元,多则要每月10万甚至更多的都有。

"喔噢,那么厉害,都要赶上'金领'了吧?"闫莉很是吃惊,也带有些怀疑。

"那算什么!很多来这吃饭的客人的收入,都没她们的高呢。"服务生继续和她侃着这些八卦的事情。

"真有那么多吗?"闫莉还是不太相信。

"不过,她们也确实很辛苦的。要去找客人、要去和客人维持关系、要陪客人喝酒,还要保证自己的客人在这里吃得愉快、称心。不然,人家下次就不来了。我就看到过有满嘴酒气的客人对她们动手动脚、搂搂抱抱的,她们虽然也觉得恶心,可是脸上还得堆着笑脸。钱不是那么容易赚的,我没那本事和能耐,打打杂拿这点工资也就满足了。"

"这里的工资水平和外面比较起来,是高还是低呀?"闫莉心里已有所思。

"我干过五六个会馆了,这里是最高的。当然,工作要求也是最严格的。"说完这句,见到倪武良进来,服务生们赶紧散开了去。

自从闫莉到会馆来做兼职,倪武良几乎每天晚上都要过来。

沏上一壶上等的碧螺春,隔水坐在她的斜对面,虽然自己不懂古筝和音律,看着她那优美的姿势已是心满意足。

要说倪武良好色吧,那还真是不假,每星期都要和各式各样不同类型的女子发生性关系。可是,闫莉到了会馆来,他却对她不来"性"趣,要么过来之前、要么离开之后,和别的女人发生性事。连他自己都觉得奇怪——就这么看着她,心里就觉得舒坦和满足。同时,在内心或许也怕当扯下她那一层薄薄的衣裳,会让自己追悔莫及。

当倪武良提出要送她回学校,闫莉心中甚是忐忑,也出于一种自我保卫的心理,她找了个借口拒绝了。

可是,当他再一次提出送她回校,她钻进了他那辆黄色迈巴赫。一路上,倪武良与她有说有笑,她也问了他"十万个为什么",他都一一给予了完整的回答。

有了这一次的美好经历,闫莉充分感受到了他的风趣和浪漫。后来,她特别乐意搭乘他的车——他好像有很多各式各样的车。

此外,闫莉还发现,不仅仅是同学们,还有很多其他女孩子,看到她乘坐他的车,都会投来羡慕的眼光,这让她心中不仅充满自信,还有莫名的骄傲。

由于熟悉和信任,慢慢地倪武良不仅仅开车送她回学校,还经常半夜带她出去兜风,引来旁人好一阵的羡慕嫉妒恨。当然,也害得"圈内"人士都以为,闫莉是新任"大嫂"……

欣赏之爱,屏声静息、凝神注视,为世上竟存在这样的"绝代佳丽"而欢欣。即便不能拥有,也不觉得彻底失望;宁肯不能拥有,也不肯未睹芳容。

22. 嫉　妒

　　情爱，是最本能的爱，也是最具动物性的爱，所以，与之相称，其嫉妒心也十分强烈。

　　趁着这清明节的国定假期，陆鸣远、常静邀请了一干好友，租了艘 Ferretti 551（法拉帝）豪华游艇，趁着夜色，沿着海岸线，耗费了整个夜晚，终于在黎明前来到东海上的一个无名小岛。因为是登岛的主要目的是为垂钓海鱼，所以众人戏称其为"钓鱼岛"。

　　游艇停泊在了离岛还有 150 米左右的海域，众人合力放下一只橡皮艇，十几个人穿着救生衣划着它终于登上了"钓鱼岛"。

　　带着亢奋与新奇，有人跳入海中游了起来……

　　刚上得岛来，众人就被岛上的景色所吸引——游艇停靠在岛的南面，放眼望去，有的只是峻峭的岩石。当登上岛来，东方开始泛红——不一会儿，先是海天相接的地方，天空慢慢地燃烧，随后，"火焰"越烧越旺、越烧越近，直烧过众人的头顶。再看东边，艳红的骄阳已经冉冉升起，此时，水中也出现了一个太阳，一时间分不清哪个是真哪个是影……

　　再过一会儿，整片天空都亮了，阳光照射在岛上，现出五颜六色来。原来，整片岛屿都被花儿覆盖着，就像是条花毯子铺在上面一样。再朝海边观望时，波光粼粼茫茫一片，波浪亲吻着礁石缠缠绵绵。

　　有人已经坐在礁石上甩开钓竿，不在于鱼，也不在于渔，在于海天之间的体验，在于山水之间的意境……

孟翔拉着爱妻胡妍儿的手,攀上了一块独礁,在上面铺了条毯子,二人背靠着背,甩开了钓竿。鱼儿久久不来,两人互相把头舒服地靠在对方的肩膀上休憩着……

在岛上找寻鲜花的覃嫣,刚拍摄了几张娇艳欲滴的花儿,心情大好。一首小诗,涌出心头——

我嫁,或者不嫁你,俺妈总在那里,或喜或悲;我剩,或者不剩你,青春总在那里,不来却去。你挑,或者不挑我,货就那么几个,有增有减;你认,或者不认我,爱情总会消逝,有舍有弃。来剩女的怀里,或者,让剩女住进你的心里。默然,相爱;对视,欢喜。

心里正乐着,抬头望见不远处,正朝这边飞来一群十光五色、色彩绚丽的蝴蝶,覃嫣赶忙举起照相机,跟随着它们的踪影不停地按着快门。

翻看着刚才拍摄的蝴蝶照片,覃嫣突然变得失落起来。那"背对背的垂钓"不经意被摄进了照相机,照片拍得清晰,"两只钓鱼的馋猫"还肩靠着肩地在那里亲吻!好一对不害臊的"奸夫淫妇"!

紧皱了一会儿眉头,覃嫣把相机里全部的照片都删除了,关了电源,盖上镜头,把相机斜背在了腰间。又戴上墨镜,伸手去采那先前拍摄的花儿,一个不小心,被花儿的刺扎了一下,钻心的痛。虽然强忍着,泪水还是从眼角挤了出来。

又拿脚去踢扎到自己的那株花儿,却一个不小心滑了一跤,把覃嫣摔得是四脚朝天,躺在地上一时间喘不过气、说不出话来。好一阵子，疼痛分别从左脚踝、股部、背部传来，终于疼得把覃嫣大声哭喊出来。

众人只得先把她送到游艇去，因为她把左脚踝扭伤了，并有几处擦伤，包扎的医药全在游艇上。但是把她一个人留在船上也不是办法，大伙正商量谁留下来陪她，覃嫣自己开口了："就孟翔吧。"

"我？"胡妍儿还在岛上，孟翔怎么舍得呢，"不要吧，我还要去钓鱼呢。"

"船上也可以钓的呀。"覃嫣开始发嗲。又加了一句："船上有我陪你钓，和你说话呀。"

"这个"，孟翔看看众人，好像是在求救，可是，这几个男人却只是看着他笑。"我的渔竿还在岛上呢。一会儿鱼儿上钩了，她们几个女孩怎么搞得定？"

"没事，我们帮你看着胡妍儿，准保她的安全。"陆鸣远和励志早已经看出孟翔和覃嫣的心思，却故意在一边起哄。

"这样吧，"陆航远不明其中原委，看到孟翔不乐意，自己也觉得拆开一对不好，于是插话进来，"我留下吧，反正我也不钓鱼。"

"对，对，对，这样问题就解决了！"说着，孟翔赶紧跳进橡皮船，冲着游艇上的人喊道："你们走不走？不走，我自己划过去了！"

恨得咬牙，覃嫣却在艇上喊："小心海水淹不死你！小心鲨鱼咬不死你！……"

孟翔只当没听见，却是已经乐坏了橡皮船上的陆鸣远和励志。

钓到几条青花鱼，众人就收竿在岛上生起了火，与带来的肉串、蔬菜等菜肴一起烧烤起来。就着啤酒，吃着自己钓的烤鱼，大伙说着、笑着、唱着……

世俗的烦恼,没有;世俗的打扰,没有;世俗的一切,没有;虚空的虚空,一切都是虚空!

晌午的时候,潮水慢慢退去。

露出水面的岩石被牡蛎覆盖着,有人过去捡拾贝壳,却一个不小心被牡蛎壳割伤——它们才是这一片海域的主人。

"小梅的事情难道就这么算了?"只剩下陆鸣远和常静在岸边享受海风的时候,她问他。

"你想怎样呢?"陆鸣远平静地说,这让常静有些生气。

"起码得把罪犯绳之以法吧!"常静有些激动。

"对!可是证据呢?"

"网上那么多的照片,难道还不算犯罪证据吗?!"

"算,可是还有人证呢?嫌疑人是谁?"

"肯定是涡轮厂的那帮流氓、无赖!"

"那只是猜测。根据医院的检查报告,小梅的身体并没有受到直接的伤害。"陆鸣远叙述医院检查报告。

"可是,已经伤害到了她的身心!"常静心中还是很气愤。"你看看网上流传的这些裸照,就知道这帮流氓对她的伤害有多么深!"

"可是,医院检验报告已经说了,没有强奸的痕迹,小梅还是处女呢。"

"那更要维护女孩的尊严和名声!"

"你的意思我都明白。这件事情没那么简单,里面千丝万缕。表面上看,是针对小梅一个人的。可是,往里面深究下去,或许还有更深层的用意。"

"你是说针对我们?"

"或许还不只是如此。"

……

一只蝴蝶停在游艇的围栏上,轻轻地摇摆着翅膀,在当空阳光的射下泛着荧光。覃嫣拿了围巾就要去驱赶它,却被陆航远止住。

他说:蝴蝶是善意,她努力呵护着时间的良善,蝴蝶是善灵……

若有人给予我们情爱,那未必是因为我们有什么优点,我们可能不费吹灰之力就可以得到它。

熟悉既然可以产生情爱,也就可以同样自然产生一种无名的、无法根除的恨恶。

23. 骄 傲

人类的一切罪,源于骄傲。

"人有多大胆,地有多大产",听着像是一种豪情,其实却是一种可怕到极点的骄傲。

骄傲来,羞耻也来。

一个人的见识和阅历,在某种程度上,决定一个人的能力和胆识。有人凭借这些,获得了世俗上的"成功"。这"成功"令世人羡慕嫉妒还有恨。他知道这些"成功"到底是怎么一回事,于是,他为自己的见识和阅历比别人或多或广而变得目空一切、目中无人,这就是骄傲,甚至是狂妄。

倪武良出生的时候，父亲倪仁杰是某部队的高级将领。

由于倪家三代单传（其实，倪武良还有个年长五岁的姐姐，可是，一直以来百姓都不认为女儿是"传人"），等倪武良出生的时候，已是享受"万千宠爱"。

什么没见识过？什么没体验过？什么没享受过？

是的，出生开始，倪武良就是享受世间最好的东西：吃的、住的、玩的、乐的、耍的，哪一样不是最贵、最好、最时髦的？

等到了上学的年纪，最好的学校，最好的老师，却是最轻松的学习——根本就不用担心考不了好成绩、考不上好学校，他这一辈子都因为他父辈的功荫一早就被安排好了——他是超脱于一般社会法则之上的。

你要跟他比？怎么比？比什么？没法比！你为之奋斗一辈子才能得到的东西，在他这儿，只要他想要，或许还没等他开口，就有人帮他完成了。

钱，对他意义不大；官，对他也没什么大意义。那他还有什么追求？有！——荣耀（这本不该属于他的东西）！

所以他不为官也不为商，但是他却又为官也为商——官和商都不过是他使用的不同手段和方法而已。

是夜，一帮中年男人正在廷芳会馆包房里觥筹交错。

酒过三巡，众人迷糊，有人起哄叫漂亮的服务员过来敬酒、助兴。负责这一桌客人的美女经理赶紧捧了酒杯过来，东家领着她逐一介绍，"这是鸭市市长"、"这是鹅县县长"、"这是鸡公司总经理"、"这是谁谁谁"，一圈十来个人，喝了十几杯白酒。

果然是有练过，一桌喝完美女经理虽然脸色绯红，却依然头脑清醒。带着点酒意迷蒙，经理看着越是娇俏美丽。东家怂恿着她又和主宾鸭市长连饮三杯：小交杯、中交杯，还有大交杯。怎么个"交杯"？无非是挽手、熊抱、互相喂酒，就是图个热闹、互相揩油呗。

鹅县长在一旁看着领导表演，心里来了兴致，伸手就去捏这位美女的臀部，却被她用手挡住了，没有得逞。

在一阵热闹以后，美女经理就退了出去。鹅县长紧跟着她出了来，到了旁边的工作人员休息室，冲过去一把抱将起来就要和她亲嘴。美女经理吓得拼命挣扎，双手胡乱拍打，却把鹅县长的眼镜打了下来掉在地上，不幸还被他自己踩了一脚，碎了。

鹅县长放开她，捡起踩碎的眼镜，看了一眼，上前就是一巴掌，打得她头冒金星，五个鲜红的手指印留在她的脸上。旁边的人早已经跑去向倪武良报告去了。

"你知道我是谁吗？你知道这副眼镜值多少钱吗？！"鹅县长飞扬跋扈地冲着她一顿臭骂，还不时地用手指点她脑门，可怜的女孩只好缩在一旁，耷拉着脑袋，等待着救援。

"你是谁啊？"旁边有好事的客人在一旁起哄。

"我是鹅县县长！晓得不？！"

此话一出，旁边围观的人立马拿出手机就在拍摄。

旁人的这一举动，更加惹怒了鹅县长，指着在那旁边拍摄的人大声嚷道："再拍！老子弄死你！"

这边正热闹着，屋里那边也闹开了花。

原来在大堂弹奏古筝的闫莉被叫进去演奏，刚坐下来还没开始演奏，鸭市长见她貌美，强拉着她一起喝酒。这还不算，还要来交杯酒，一只手硬揽着她的臀部。闫莉挣扎着却没能挣脱，脸上露出难色："领导，我还是给你演奏吧。"

"不行！"鸭市长板起个脸来，"演奏个屁，喝酒！"

旁边的人也一个劲地起哄，让她和鸭市长喝"大交杯酒"。几个来回，闫莉就是不从，并想用手去掰开揽着自己屁股的手。

鸭市长把酒杯摔在桌上，全场安静了下来。东家立马劝说闫莉赶紧喝酒道歉，可是她就是不依。

突然，鸭市长把她搂入怀中，对着她的嘴一阵狂吻，还吐出了舌头。

闫莉使出浑身的力气，终于逃了出来。满屋子里却是哄堂大笑……

出了房间来，却在门口撞见了倪武良。

闫莉冲上去，抱着他大哭起来。倪武良瞧她这模样，已经猜到七八分的情况。又见鹅县长还在那里叫骂着，而且越骂越难听。再看看怀中美人的委屈模样，心中实在窝火，自己长这么大，哪受过那么大的气？打狗也得看主人不是？

掏出手机，一个电话，只5分钟，几十个人便冲了进来，二话不说，把这一干人全部带走。

这些白日里有头有脸的人，还没弄明白怎么一回事呢，都被押到隔壁大院，关起了大门……

在廷芳会馆这边，还没等其他客人反应过来，已经恢复了平静。

倪武良叫人和刚才拍摄的客人交涉，花了点小钱，把手机拿了过来，删掉了里面刚刚摄下的全部内容，确定没有遗漏后，才让他离去。

又回过头，向那位美女经理打听了一下这帮人的来历，丢给她去一些钱，让她自己去医院看看伤着了没有。

最后，倪武良扶着闫莉进了自己的办公室，关上门，让她坐在

"龙床"上,递上一杯水,轻轻地拍着她的后背,抚慰着……

骄傲在败坏以先,狂心在跌倒之前。
当我们真正感觉到羞愧的时候,才能收敛骄傲,慢慢使人变得谦逊起来。谦逊人却有智慧。

24. 尽　心

有一个人既没有被踩也没有被偷,却在那里宣称他因为你踩了别人的脚趾、偷了别人的钱而原谅你。对于他的这种行为,也许"蠢如鹿豕"就是我们所能给予他的最友善的形容。

然而,这就是《圣经》里面记载的关于耶稣的所作所为。

当孟翔接到电话的时候,已是午夜 12 点。

听了值班人员的汇报,孟翔心里又气又好笑,人家堂堂地级市副市长竟在这里不明不白地给扣了,还被吓出尿来,说出去岂止是笑话?又想想他们在廷芳会馆的所作所为,真是丢脸,也是耻辱,更是气愤。

细细想来,也不是什么光彩的事情,于是给出一个建议:"这件事情我觉得还是大事化小小事化了的好,你们自己妥善处理吧,市政府就不参与进去了。"

廷芳会馆倒是听说过的,只是没想到它的老板有如此背景。挂了电话,孟翔躺在床上反侧。更不得了的是也不问问对方的来历就把人给扣了,这背景可是不简单啊——此时,他还不知道这廷芳会馆的老板就是鼎鼎大名的倪武良。

早上,孟翔把昨晚的事情向郝斌市长做了简报。

"丢人啊!"听完汇报,郝市长叹息着:"这就是内地的厅级干部?素质太差了!当然,这是个别现象,但是却给我们的干部队伍抹了黑!你去,给他们省长的秘书去个电话,告诉他这里发生的一切。"

"那此事就不再追究了?"孟翔试探着。

"让他们省里自己去解决吧。"

"需要发给公函什么的吗?"

"我看你是很有正义感的啊,就是还要学会正确地运用这种感情,不要被它冲昏了头脑,反而害了'正义'才是。"

"明白。我马上给省长秘书去个电话。"郝斌一句的点拨,就把孟翔点醒了。赶紧退出去,给鸭市上级省政府省长的秘书挂了个电话,简要地把情况给他说了,也不多聊就挂了。

没过多久,省长秘书电话回了过来:"省长请你向郝市长转达一句话:'谢谢,知道了。'"

郝斌听了孟翔的转达,脸上露出一丝笑容,只是一闪而逝,没有被任何人发现……

4月12日星期二,农历三月初十。

近日,中国"最年轻市长"周森锋因省委组织部的"拟提拔交流任职"干部任前公示公告,再一次把他推向网络舆论的风口浪尖。更多人相信他"有背景",更多人质疑他的"显著政绩"。

当年,30岁前就被提拔为副局级领导的陆鸣远,看到这些报道和网民议论,陷入了沉思:为什么大众首先关注的是"背景"和"年龄",而不是他的"能力"和"政绩"?个中情况绝大部分的网民并不了解,却首先表示出了"怀疑"的态度。如果有一个即将退休的庸庸之辈被提拔为市长,估计没有人会质疑他的"背景"吧?

真正值得我们关心的问题,不是提拔的领导是年轻还是年长、有背景还是无背景,而是我们的考核选拔和监督体制是否完备、是否执行到位。体制完备,且执行到位了,只要符合要求,就应该让他到适合的位置上去发挥作用!

另一个方面来看,我们对他的种种质疑,却恰好反映了我们这个社会群体的嫉妒心,以及在人性中更深层次上的"骄傲"!——有人举着正义的旗帜,正在戕害公义!——别躲在角落里窃笑,我们都是帮凶!

……

天使基金挪用、滥用一事,今天有了新的进展。

前段时间,由于陆鸣远带领其团队,连续打出了商业宣传组合拳,及时启用危机公关方案,动用社会关系,向各大媒体示好,没让这一丑闻曝光出来,为下一步补救赢得了宝贵的时间。

同时,郝斌市长从旁协同也是重要因素。在几次大会上提及要大力弘扬社会风尚,号召全社会特别是企业和企业家积极投身到慈善事业中去,政府有关部门和媒体在做好社会监管、监督的同时,引导好企业和企业家"把好事做好",也要更多一些宽容和理解。说着,郝市长脱开稿子,好好地把固善投资公司和陆鸣远宣传和表扬了一番。

"滨海市的慈善事业正处在蓬勃发展的阶段,肯定会有这样或者那样的问题和不足。我们不怕问题的存在和出现,有哪件事情是完美的?只要我们敢于正视问题、承认错误,并找出问题的症结,及时进行改进和完善,就一定能够走向正确的发展道路上,人民就一定能够从中受益。"郝斌市长顿了顿,接着说:"现在,有些干部举着'慈善'的旗帜,利用社会的善意,在为自己牟私利,这是严重的思想道德问题,也是干部廉洁的作风问题。我警告那些正在从事这项危险事情的人,不要以为自己的所作所为神不知鬼不觉,天底下就你自己最聪明!我可以告诉你们,每天我都会收到不少的举报信件,而且我都会亲自拆封阅读。有不少基层干部和百姓反映的情况,我都作了批示,目前正在核实,一经查证,必将严肃处理,毫不手软!我劝有干那些事情的人,赶紧到纪律检查部门自首、坦白、交代,向百姓和组织承认错误,求取百姓和组织的原谅。及时挽回损失和伤害,争取宽大处理……"

这是郝斌担任市长以来,第一次如此严肃地谈论腐败问题。有心里清楚的人知道,郝斌市长在手上真的已经抓着好几位局级以上领导的腐败问题。只是,就像他说的,他不担心"问题的出现",他要利用这些问题,深究体制里面的问题,从体制、机制上,纠正问题和错误——对于一个组织来说,体制的腐败才是最根本的腐败。

无疑,郝斌市长这些日子的举动,向一群人敲了警钟——这或许就是暴风雨来临前的"雷声"、"风声"。一些蠢蠢欲动的人,听到、闻到这些声音和味道,暂时收敛了起来——虽然,他们始终还是要行动,但是,只要利用这短暂的时间,及时修复体制和机制的问题,他们的这些罪恶行动就不再那么容易得逞,要付出的代价也会更大,广大老百姓也更清楚中间的故事。

罪恶,自从夏娃在伊甸园受到诱惑以来,就一直存在于这个世界。害怕或者回避"罪恶",只会让它变得更嚣张、更肆虐。正视它、研究它、找出它的"死穴",然后寻求医治的良药。当然,它会反复,但是只要我们坚持"寻找",就必然"寻见"。

25. 尽 性

唯天下至诚,为能尽其性,能尽其性,则能尽人之性;能尽人之性,则能尽物之性;能尽物之性,则可以赞天地之化育。①

马拉的妻子终于还是没能挨过来,让人欣慰的是,她走的时候不再抱怨自己的不幸遭遇。

"她是带着微笑离开人世的。"从火葬场回来,众人聚在灵秀汇,与马拉一起缅怀着这位刚刚逝去的老妇。

"不仅是因为在她生命的最后一程,遇到了你们这些好人,享受了人间最后的一丝温暖。"扫视一下众人,马拉继续说:"她曾经抱怨自己的不幸遭遇:嫁给一位无能的丈夫,过着穷苦的日子,一生未能生育,晚年还遭受病痛的折磨,屡遭世人的鄙视。因为这些,她曾像约伯那般哀叹——而作为她这一生伴侣,我却无法给予她真正需要的安慰和鼓励。在几个月以前的一天,一个不幸的日子,几名歹徒彻底毁了我们的家,我们却因此住进了这个充满人间温馨的地方。虽然短暂,这里的一切,却让她获得了最真实的安慰。让她释了疑惑,像个新生儿似的,对世界充满好奇。她成为一名战士,与死神相遇,与之作战,并最终取得了胜利。虽然她的肉体已逝化为腐朽,但是她的世界已经焕然一新——因为在肉体成为腐朽的最后一刻,'道成肉身'真的发生了逆转!"

迄今为止,在灵秀汇的人们都还不清楚她的来历和遭遇,只知

---

① 《礼记·中庸》。

道她就住在这里养病。但是,具体是什么病,除了马拉(甚至连同他),也没人知道。她受尽了人间悲苦,马拉却坚信她最后"肉身成道"了。——这正是:"后面的要到前面去。"

大家都以为马拉此刻非常悲痛。可是,他此时却是异常的兴奋和喜乐——他坚信相伴自己一生的老伴,不是"灰飞烟灭",而是比自己先进入了"新的国度"。自己心中的那点悲伤,只是对俗世的怀念和叹息而已。

"她的一生,虽然充满了俗世的哀伤,但是却鼓励我们珍惜这个物质世界。"在马夫人活着的时候,邢谷惠在这里倒是见过几次的,曾经也为她的遭遇深怀怜悯,此时,大家围坐在一起,她接过马拉的话,说着自己的感慨:"上帝热爱这物质的世界,不然他不会创造这些物质,或者他早就可以把它毁灭。上帝爱着这世界,非常的热爱——只是我们凡人无法理解他全部的爱。不过,这并不影响我们热爱他,爱他所爱,以及跟从他所爱的道……"

众人一同在灵秀汇用过晚膳后才散去。走的时候,都为马拉留下真诚的祝福,却把无尽的思考和喜乐带走。

通过 Face Time,陆航远告知了冒梅茹滨海最近发生的事情。免不了为马夫人感伤了一会儿,冒梅茹也告诉陆航远自己在老家休养这段时间,收获还是不少的。想通了很多的事情,跳出了滨海再看滨海的人和发生的事,就能看得越是清晰和明了。

"这段时间,静下来,我重新仔细分析一下马拉他们的案子。"有了 Face Time 真是方便,不仅能够视屏通话,而且只收 wifi 流量费用,二人可以放心地交流。顿了顿,冒梅茹继续说:"案件本身其实并不复杂,只是我们把众多其他因素都考虑进去了,所以显得分外棘手。"

"话虽这么说,可是,所有案件都不是脱离于社会的呀。既然如此,就要思前想后,理顺社会关系和矛盾、问题,再下手。再者,把理顺了社会矛盾,才不会留下后遗症啊。"陆航远表明自己的观点。

"你说得没有错,坏人也是这么想的,而且他们利用了这一点。"视屏里面,冒梅茹冲着他眨巴眨巴了眼,一副小清新可爱的模样,跟她说的这些话一点都不相称。却撩起了陆航远的春心荡漾、心花怒放。

"好吧。那你说,我该怎么办?"这个案子已经有段时间了,时时没有实质性的进展,陆航远的心里确实有点着急啊。

"你别急啊!"像是看穿了他的心思,冒梅茹不急不缓地说:"解铃还需系铃人……"

"系铃人?涡轮厂吗?"陆航远迷糊了。

"不,是马拉……"冒梅茹娓娓道来,听得陆航远是啧啧称好,末了却道她如此这般的"奸诈"、"狡猾"!

讨论完了这些,二人免不了要互诉衷肠,这里就不再一一表述,无外乎是卿卿如斯云云——

> 因你的爱情比酒更美。你的膏油馨香。你的名如同倒出来的香膏,所以众童女都爱你。愿你吸引我,我们就快跑跟随你……

挂了电话,陆航远赶紧到灵秀汇找到马拉,如此这般地与他商量。虽然还不太明白陆警官的意图,但是想想他这也是为了自己好,不会害人的主,所以,也就听从了他的计划。

经过一个晚上的准备,第二天一早,马拉扛着妻子的遗像,后面跟着十几位工友并拉着白底黑色的横幅,来到涡轮厂门口,要求厂方给说法、讨公道!

这边,陆航远跟着派出所一帮民警紧跟其后,一到位就拉出了警戒线,并向分局汇报了这起集访事件。这是一份由陆航远执笔的报告,详细叙述了案件的前因后果,以及信访人的冤屈、诉求以及他们的怀疑和困惑。

虽不是字字珠玑,但也是其情恳恳,其意切切。分局领导看后,要求严肃对待,告慰亡灵。另一方面,及时向区政府、市公安局转发了这份报告,并附了分局领导的处理意见和需政府配合的几件事情。

信访体制是比较完备的,这条渠道也属顺畅的,很快各方面领导都看到了这份报告,各有关部门领导均作出了批示和指示。公安分局更是把它列入重点"案件",督促捉拿入室打砸案犯,依法严肃惩办犯案人。

这一举动,把涡轮厂厂方和厂长傅珝逼到死角。此时,他只得直面员工和存在问题。急忙忙与倪武良介绍过来的律师吴志德签订合同,并把他推上"前线",为自己筑起一道看似严密的"法律的保护墙"。

可是,谁能知道呢……

世上绝无平庸之辈。

我们曾经与之相处的那些生命,绝不仅仅只是终有一死的活物……

26. 尽　意

无论是好事还是坏事,都是通过某种"感染"才获得的。如果我们想取暖,就必须凑近火炉;如果想把自己弄湿,你就必须到水里去。如果我们想追求喜悦、力量、和平以及永生,就必须靠近,甚至进入拥有它们的东西。

4月24日星期日,复活节。

【新华网北京4月24日电（记者李代祥）】国土资源部近日发布安徽和县违法批占土地案处理结果,10余名政府相关干部受到处分,尤其以3位县委书记受到追究引起舆论极大关注。但社会对此案的热情,并未随相关干部受处理有丝毫减弱,特别是涉案的碧桂园的种种表现,引人无限遐想……

与涡轮厂签订律师合同的吴志德律师,是滨海某著名律师事务所的律师。别看他已经年过40,却是律师界的新兵。虽然一直在律师事务所里工作,律师执照却是在去年年底拿到的。

虽是如此,中年人的年龄身份倒是帮了他不少的忙——委托人怎么清楚他刚刚获得律师资格,看看年龄不小了,总会认定他经验丰富,也就放心交给他去办理了。

倪武良推荐他倒真不是向别人那样,被他的年龄瞒骗。倪武良是真的喜欢他——嘴巴牢,能听话,讲义气。当然,倪武良最喜欢他"能听话"——让他往东,他绝不敢往西,也不会往偏西方向。

他自己也常说:"做律师嘛,就是要把屁股坐在委托人的座位上,全心全意为委托人服务。"

话这么说是没错,可是,事情往往却不是这样做就行的,因为世上还有比委托人更重要的公义、良心和道德存在。

吴志德的手段还是有一些的。

短短两天时间,就把入室打砸嫌疑人和涡轮厂厂长傅珩的关系撇得一干二净,并积极配合警方,把嫌犯捉拿归案。

犯罪嫌疑人对闯入马拉家里进行打砸的案件事实供认不讳,却咬定是自己"对马拉一家看不顺眼",要"教训教训他",咬死不提涡轮厂和傅珩等人,甚至宣称连认识都不认识傅珩等人。

由于没有进一步的证据,警方只好先把这帮人关押了,等待着法院的审判。

接下来,是关于涡轮厂关闭清产和安置的事情。

由于连年亏损,而且政府已经准备对其进行动迁改建,于是职工们强烈要求工厂关闭清产,偿还职工工资,以及发放职工遣散生活补贴等费用。又因为历史原因,涡轮厂在 90 年代由市里下放到区里的时候,没有进行集体所有制改制为国有制,所以职工们又多了一份利益期盼——动迁补偿款。

原本,涡轮厂已经是傅珩一手遮天的地方,这也是当初倪武良看中的地方,现在却要拿出来与众人分配利益,万般阻挠那是肯定的。只是,阻挠的方式不一定就是"硬的"直接对抗,也可以"软的"背后使劲,更可以是软硬兼施——据专家初步评估,涡轮厂还算值点钱。如果真的关闭清产,加上政府动迁补偿款,也有个三五亿元可以供大伙分配。——当然,这个"大伙"的是个怎么界定法,自然是范围越小,个人得到的利益就越多,可是也就意味着不公平。这时,就要看谁掌握着主动权了。

其实,只要涉及切实利益的事情,哪还会有傻人和笨蛋?再说，你傅珅也不是有多么聪明的人。刚开始，只是绝大多数的在职职工、退休职工和保安等人并不了解所有情况，傅珅等人却因职务的关系，控制着职工们的知情权，所以一开始也都照着傅珅等人的意愿发展着。

如果这只是个一般意义上的集体企业清产，估计也就能顺着傅珅他们的意愿一直发展下去。可是，事已至此，瞒终究是瞒不下去的，总有一天普通职工会觉醒。

只是这一天，或是明天，也可能是后天……

这些天，江海置业公司也正忙得"热火朝天"。

董事长尤国海原本在原机械厂改建项目上对政府是有恃无恐的，可是，毕竟企业的流动资金大多来源于银行。当然，在经济形势看好的情况下，只要企业的项目不停，银行放贷也是爽气的。

可是，如今全世界都对经济形势不看好，银行的银根收得很紧。江海置业的这个项目，久久不见有大的动静，也看不到前景，几家银行说翻脸就翻脸，不仅停了放贷，还催着他们抓紧还钱。

真正令尤国海头痛的却不是这个项目的放贷问题，而是由此产生的"震荡效应"——江湖上传言：银行停止给江海置业放贷，并敦促其还款。这引发了商界的各种猜测，尤国海就是全身长嘴也说不清——再说，他也不敢向大众说清道明，自知理亏嘛。

可是，另一方面尤国海却还嘴硬，在政府面前大放厥词，尚不知道他葫芦里卖的是什么药。

在一次和郗坤副主任会面的正式场合说，江海置业和尤国海本人都不在意损失一两亿在这机械厂改建项目上。可是，放贷给企业的银行在意啊！

"我当然知道：江海置业和你尤董事长不会在乎这一两亿的项

目和资金。不过,我仍然觉得,从大局出发,大家还是应该平心静气地,就朝着这项目能够顺利推进下去的方向一起努力才是啊。"

"对啊。我也是一名政协委员,对政府内部的事情还是比较清楚的。"说着尤国海掏出一支香烟,点上,猛吸了一口,吐了出来,继续说道:"在这大的经济环境恶劣的情况下,政府应该主动帮助企业共渡难关才是啊。"

"尤董事长说得没错,政府和企业是同一个战壕里的,应该互相帮助。"邴坤自己是不抽烟的,也对抽香烟的人有种厌恶情绪,可是现在,他却极度地忍耐着、忍受着。

一口烟雾从嘴里吐出来,在空中形成了几个眼圈,远远望去挺是好看。显然,尤国海对刚才吐的烟圈很满意。回头微笑着冲邴坤说:"邴主任也来一根?"被邴坤摇手拒绝了。

他继续往下说:"最近银行里面可能有点乱,说好给我们的贷款没有及时放出来。其实,没多少钱,也就是一个多亿的资金。要不是这恶劣的经济形势,我们也不会跟他们计较这点钱。可是,现在这一个亿的银行贷款,卡着这个项目的进展。刚才,邴主任也说了,咱们一起朝着这个项目顺利推进的方向共同努力吧,所以,想请政府出面给协调协调,督促银行按照合约继续放贷啊……"

尤国海他自己一个人倒在那里自导自演好不得意,坐在旁边的葛亮处长等人早在摇头嗤笑呢——见过脸皮厚的,没见过脸皮那么厚的!

不过,尤国海这一番折腾,倒也算是用心良苦了。

据说,佛陀降临印度之时,正值人们曲解韦达经典,涂炭生灵,无情屠宰动物,因此佛陀传播"ahimsa"(非暴力主义),希望借此来停息世人的残暴所为。

基督降世成人(也就是耶稣),是为了向世人播撒他所拥有的一个受生而非被造的生命,这就是"好的感染"。

27. 爱人如己

没有最低者,最高者便站立不住。

爱若仅仅是一种渴望(渴望自己被爱),那就十分可悲。

清晨,细雨蒙蒙。

滨海市中心城区三岔路口,一位穿着透明雨衣的清洁工人拿着扫帚正在打扫卫生。

一辆电动三轮货车远远地疾驰过来,驾驶员穿着军绿色雨披,用白毛巾蒙着头,看不清脸。到三岔路口一个拐弯,从车上飘下来几片废纸,连同一把葡萄撒在路口。

清洁工人举起扫帚,把三轮车拦了下来。

"你这人素质怎么那么低呢?!一点文明都不讲的……"清洁工人扯下口罩,张口就把三轮车司机骂一顿。

"你什么意思?!"三轮车司机没搞清楚状况,大清早被人拦下来,挨这恶骂,心里也没好气。

"你看看,你看看,你把垃圾扔在我刚刚打扫过的路上了!什么素质啊!"清洁工人说着把三轮车司机揪下车来。

三轮车司机扯下包裹在脸上的毛巾,看了看地上,又看了看车上——原来是涡轮厂的退休工人马拉,这一大早骑着三轮车到菜市场去给灵秀汇拉点蔬菜和水果什么的呢。

"哦,哦,对不起,不好意思,没有绑牢。"等马拉明白过来是怎么一回事,赶紧给人家道歉,说着就要去拿清洁工人手中的扫帚。

谁知清洁工人不肯给他扫帚,嘴上还在碎碎叨叨:"我们每天一大早就起来到这马路上辛辛苦苦地打扫卫生,给这座城市增添美丽。你倒好,乱扔垃圾,不爱惜城市环境,不尊重我们的劳动,甚至可以说是糟蹋我们的劳动成果……"

这边,围观的路人越来越多,清洁工人越说越来劲;那边,马拉耷拉着头像犯错的小孩子,脱下手套用双手去捡撒在地上的纸屑和水果。

于是,一副奇怪的画面出现了——一手拿着扫帚一手叉着腰的清洁工,神气地站在那里冲着一个弯身在地上捡着垃圾,而且年过六旬的老人叫骂着,旁边还围了一圈旁观路人……

蒙蒙细雨迷尘眼,凄凄晨色乱人心。

老伴去世以后,马拉一直想着搬回自己家去住。但是陆航远却跟他说,让他一个人回去住,他挺担心的,说不准还会出什么事情。常静也说,马拉住在灵秀汇也是给自己帮了忙,现在大家都熟了,留在这里也是方便的。

虽然众人热心,可是这灵秀汇毕竟不是自己的家,再说现在马拉住的还是营业用的 SPA 房间呢,总还是会影响正常营业的。

"现在那帮流氓也被抓住了,回去也是安全的。"马拉和陆航远、常静等人商量着,"回去呢,自己开个火,想吃什么就吃什么,想干什么就干什么,毕竟还是自己家里自由啊。虽然,在这里也很自由,可是毕竟也是个经营场所,感觉还是有点别扭的。"

"好吧。只要你觉得舒服就行。"陆航远和常静听他这么说,也只好答应他,不再强求。

"这样吧,我这个地方还是为你留着这床位,你在家里住得腻了,想换换环境就过来住几天。"常静还是觉得让他一个人回去住不太放心,灵秀汇里毕竟还有几个伙计可以互相照顾和彼此关心。

"别,别,别,不用留着这床位。如果我想过来住了,自己到里边去理个床位就是了。这床位放出去给客人多好啊,而且这床本来就是给客户使用的。"听了常静这一番话,马拉心里甚是激动。

"好吧,你自便吧。反正这里的人你都熟悉,你喜欢怎样就怎样吧。"想到他说的"自由",常静转念一想也就不再跟他强辩了。

或许是因为年纪大了,马拉每天一早5点多就醒了。以前老伴还活着的时候,他一起床总有干不完的活。现在,躺在床上半天,也想不出来做点什么活。

于是,马拉跟灵秀汇的伙计商量,把早上采购菜蔬水果的活揽了过来。虽然灵秀汇大部分的菜都是直供的,可是一般的蔬菜和水果也都是自己每天到指定的地方去购买。

马拉开不来汽车,他倒自己不知道从哪里搞来一辆改装的电动三轮货车。现在,每天一大早,就到定点采购点拉货,总算有事情做了,人倒也充实起来——这就是劳动人民的本色啊,停不下来,但凡一有空闲,心里就觉得发慌。

今天早上在这路口这么一折腾,马拉到达灵秀汇的时候已经是7点半了,这要是在平时,还不得是6点多7点不到嘛。高峰时间,差那么几分钟,就得在路上多花上半个小时以上。

刚进得门来,马拉就觉得不太对劲——虽然自己是晚了半个小时进来,这要是以前,10点以前都还不会有客人进来。今儿个是怎么回事?整个灵秀汇里面灯火通明,熟悉的背景音乐(常静跟他说过,这些优美的音符是班得瑞的环境音乐,帮助人安定心神的)也已经响起来了。

马拉放下蔬菜等货物,再一次看了看手表,没错呀,是7点半啊。

"马叔,早上好!"正疑惑着,陆航远从旁边跳了出来,在他背后热情地问候。

"我说今天怎么回事呢,大清早搞得像是中午的模样,原来我们的陆警官大驾光临呢。"马拉回头看见冒梅茹站在那,正对着自己微笑:"冒律师也回来啦?让我看看,好像更加有精气神了啊。"一边说着,一边上下打量起她来。

冒梅茹也跟马拉问了好,陆航远继续说:"马叔,后面这几天阿梅和我还要在这暂时住几天,等在外面找到合适的房子再搬出去,要麻烦你多多关照了。"

"哎哟,什么话,这店可是你大嫂开的,我只是在这帮忙的伙计呢。要说关照,也是你关照我呢不是?"

见马拉又要激动了,陆航远再与他寒暄两句,就拉着冒梅茹坐到靠窗的位子,自己走进吧台里面去冲咖啡去了。

坐在这熟悉的位子,听着这熟悉的旋律,望着窗外熟悉的城市,冒梅茹回味着、感叹着、享受着……

> Amazing grace, how sweet the sound that saved a wretch like me. I once was lost, but now I'm found, was blind, but now I see. It was grace that taught my heart to fear and grace that fear relieved. How precious did that grace appear the hour ifirst believed[①]…

---

① *Amazing grace.*

奇异恩典,何等甘甜,我罪以得赦免。前我失丧,今被寻回,瞎眼今得看见。如此恩典,使我敬畏使我心得安慰。初信之时,即蒙恩惠真是何等宝贵……

对于我们来说,除了匮乏,没有一样是永久的。
爱唯有不再变成上帝,才不沦为魔鬼。

第二篇　磨　炼

四、问·象

痛苦伴随感觉意识而存在。

生命中的痛苦是与生俱来的,生物要生存就要承担痛苦。痛苦是一种常见的、确定无疑的现象,而且很容易被我们察觉出来。

28. 谦　卑

谦卑的人必得饱足。[①]

世间有成千上万的人以为:谦卑是对自己的才能和性格的一种看法(也就是一种较低的评价),就是漂亮的女人试图相信自己很丑,聪明的人试图相信自己很笨。殊不知,这不是真正的谦卑。

在老家休息了一个多月的冒梅茹,回来滨海后并没有急着返回工作单位。在陆航远的帮助下,先在灵秀汇暂时安顿了下来。她在审视这座城市,并且等待着一次机会——这一次,她克制住了冒失与急进的情绪。

一个月前跟着冒梅茹搬出灵秀汇的陆航远,现在也跟着搬了

[①] 《圣经·诗篇》

回来。常静嗤笑他,并与他打赌——等阿梅搬出去的时候,他能否继续和她住在一起,并且都下了赌注。

这些天,马拉领着冒梅茹逐个职工家里跑。

几天下来,才慢慢把涡轮厂及其厂长等人的情况了解了个大概。冒梅茹才发现,自己以前实在是太大意了,直到后来栽了跟头也没发现自己已然掉进去的是一个大坑——一群恶狼的捕猎区。

按照职工们的讲述,傅珝这帮人之所以敢明目张胆地把集体资产当成自己的私有财产,其背后确实有一个利益和势力群体。这个群体蚕食着涡轮厂的一切,谁要是敢反抗,准没好日子过。

像马拉遇到的那些事情,以前早就发生过,只是没人敢声张。就算是声张了,最多到公安局做个笔录,之后也就不了了之了。只是这次有了律师冒梅茹介入了进来,使得他们也感觉到了压力,才给她拍了裸照,算是警告和恐吓。

收集的材料越多,冒梅茹就越是感觉到这是一场持久战,得等待一个恰当的时机。不然,不仅惩治不了这帮恶人,而且还会对自己造成反噬——前面马拉等人和自己的遭遇就是太过急进造成这一反噬效果的明证。

等待不是什么都不做。

等待,可是做很多的事情——理清这涡轮厂背后的这张势力网,就是当务之急。

从哪着手呢?冒梅茹根据职工们提供的线索,觉得厂内的那个顶级会所应该就是个关键,只是还要找个合适的切入口。

这晚,顶级会所的"花魁"——双胞胎姐妹双姝中的二姝因心里有事,跟妈咪和大姝打了声招呼,自己一个人开着那辆绿颜色的甲壳虫先离开了会所。

这辆甲壳虫刚驶出大门,就被一彪形大汉拦住了去路,二姝一个急刹,把自己吓得乱了头发。大汉跑了过来,拉开了车门,叫嚣着让二姝滚出来。见她没有动静,大汉一边绕着甲壳虫踱起步来,一边手指点着二姝,嘴上骂骂咧咧。

　　门房间的保安知道这车里面的是顶级会所的头牌小姐,她们那车可风光了,绿色的不算,还在两个前车灯上装饰了眼睫毛,那叫一个炫目啊。这车一来,谁人不知哪个不晓是她们姐们二人呢。

　　见是二姝被人臭骂、欺负,保安们心里那叫真是个偷着乐啊——谁叫你干这丢人的勾当,败坏社会风化!别看你在里面是"名角",穿着高档、万千男子宠爱的模样,其实就是个骚货、千人玩万人操的贱货!看你平日里那得意的臭模样,就想上去吐几口唾沫呢!现在被人拦下来臭骂了吧,那真叫一个痛快!

　　大汉越骂越起劲,左右瞅瞅也没人敢上前来劝的意思,就伸手进去揪二姝的头发,把她从车上揪了下来,摔倒在地上,二姝嘴里只是反复地喊着:"不要这样子,不要这样子!"

　　"好!打她啊!打啊!"门房间里两个保安关起了房门,透过窗户玻璃看着外面的一切,一副幸灾乐祸的样子。

　　果然,大汉用脚踢了她两下,嘴里骂道:"臭婊子!骚货!烂货!"

　　"住手!"旁边冲出一个人来,大声叱喝。来人正是女律师冒梅茹,她这两天晚上一直在这附近转悠,没想到今晚碰到了这档子恃强凌弱的事情,看不惯,于是站了出来制止。

　　大汉正得意着,被人这么一喊,心底露怯了。不过,表面还是一副凶神恶煞的样子:"怎么着?我教训我家婆娘你管得着吗?一个黄毛丫头!"

"一个黄毛丫头怎么地了?！你们什么关系我不管,反正打人就是不对,打人就是违法的,打人就归我管,我就得管!"冒梅茹心中傥荡,荡气回肠。

另一方面,旁边的保安见这架势,生怕这个面貌清秀的姑娘吃亏,赶紧开了门跑了过来。

"怎么回事?怎么回事?"保安故意冲着他们三人大声问道:"不要在这闹事啊!"这一句显然是说给大汉听的。

大汉见这阵势不对,得赶紧开溜免得吃亏。

"一会儿回家再收拾你!"说完,大汉在二妹肚子上又踢了一脚,跑了。

冒梅茹在他背后骂着,保安也没敢(或者说就没想)去追。

"你怎么样啊?我陪你去趟医院检查下吧?"冒梅茹俯下身子,关切地问着二妹。

"没事,休息一下就好了!"冒梅茹扶着二妹坐在车上,又从包里拿出纸给她擦脸,掏出矿泉水递给她喝。

保安见着也不想揽事上身,嘀咕两句,回门房间去了。

"刚才那人真是你先生?"冒梅茹问道。

"严格来说不是。"二妹喝了口说,见冒梅茹一个弱女子能为自己挺身而出,心中很是感激。

"那我陪你去派出所报案去,大庭广众之下打人,这也太嚣张了!"说着,就要拉二妹去报警。

"算了,警察也解决不了我跟他之间的事情的。"

"不行!"冒梅茹义愤填膺,"我是学法律的,我就不信在现在这个文明社会里,有法律解决不了的问题!"

"谢谢你了,姐姐!"这话倒是出于二妹的真心,"我跟他的事情,一句话说不清楚,改天我约姐姐一起吃个饭,算是感谢姐姐,也跟姐姐请教法律问题。你看行不?"

"好吧。那你现在要去哪里啊?你没听见他说回家收拾你呢。"冒梅茹关切地问她。

"没事,他瞎扯淡,他怎么敢到我住的地方来?随便说说的而已,姐姐放心吧。"说着二妹留下了冒梅茹的手机号码,二人相约周末聚会。

等甲壳虫走远了,保安跑了过来:"姑娘啊,你知道她是干什么的吗?"

"干什么的?"

"她可是这里会所的头牌小姐呢!你怎么可以和她有交往呢?"

"小姐?小姐又怎么了?小姐不知道要比多少衣冠楚楚的社会渣滓、贪官污吏、恃强凌弱的人要纯洁得多、高贵得多!"说完,冒梅茹昂起首挺起胸阔步向前……

保安呆在那里,她的话让他回味了半天。

想要做到谦卑,第一步要意识到自己的骄傲。如果我们认为自己并不自负,这意味着事实上我们非常自负。

谦卑,不是对我们才能和性格的一种看法,也就是说,它不是对我们自己所谓的才能的认识,认为微不足道。谦卑就是忘记自我——倘若是别人做了这事,我们的喜悦还是如同自己做了一样,不会多一分、少一分或是因此而改变。

29. 无　私

今天,如果我们向人们提问,他们眼中的最高美德是什么？十之八九的人都会回答是"无私"。

无私一词的否定含义,不仅主要表达了确保他人好处的意思,还暗示我们自己无需与他们建立联系,就好像最重要的事并非他人多幸福,而是我们自己的节制。

5月7日星期六,农历四月初五,立夏日第二天。

下午的太阳透过窗户照进灵秀汇,撒在身上很暖洋洋、很舒服。固定的位子,悠扬的旋律,淡淡的咖啡香气,冒梅茹正在惬意地享受着悠闲的初夏午后。

此时,一位穿着随意时尚又轻熟活泼的女孩在门口张望——她下面穿着惊艳十足的时尚热辣国旗风格打底裤套灰色短裙,上配富有青春活力的休闲字母卫衣,头戴浅黑色布帽,还戴了副黑色眼镜,也没遮住她那清秀中略带点稚嫩的脸蛋。

冒梅茹和这女孩几乎同时看见了对方,两人微笑着熟人似的挥了挥手,女孩径直坐到了她的对面,摘下眼镜,露出一双明亮、清澈的眼睛。

"怎么样？那天晚上回去没事吧？"二妹今天的打扮让冒梅茹很是喜欢。这样一个清纯的姑娘,谁会将她和性服务、按摩女联系在一起呢？

"没事啊。那晚真的是太感谢你了,要不是你的及时出现,也不知道还要被他蹂躏到什么时候呢。"她特别强调了"蹂躏"二字,清澈的眼神里流落出无奈和悲伤来。

冒梅茹给她也叫了杯现磨咖啡,还点了盘缤纷水果和香喷喷的炸薯条。

阳光、香气、悠扬的旋律、恰当的交谈氛围,二姝打开了话匣子——更是打开了已在心中发霉、发臭、腐烂的记忆。

20年前,在贫穷的大山深处,一位14岁的女孩未婚、怀孕、生下双胞胎女儿,死水一般的古老村落一下子沸腾了。

人人都拿这个不幸的家庭作为谈资耻笑,不少人更是在女孩父母的背后吐口水,女孩和她的两个孩子更是成为村里的三个妖怪。

父母日夜以泪洗面,骂天怨地,拿女孩当出气筒,可是日子还得往下过啊。这时,有位好心的邻居给这对苦命的父母搭了条线,把女孩连同这对双胞胎一起"卖"到了隔壁更贫穷的村里,给一户穷得连件出门遮个羞的衣裳都得兄弟三个轮着穿的光棍们做媳妇。

女孩母女三人的到来,给这个光棍之家点燃了生活的希望。女孩瞧瞧这个赤贫之家,又看看自己手中的一对女儿,狠狠心留下来了——毕竟这里有三个大男人可以成为自己的倚靠。

三个光棍倒是对女孩千依百顺,在女孩的带领下,用了不久的时间,起码就都有东西吃,不用经常挨饿、不会吃了上顿没下顿——未经开发的深山里自然物产可是丰富,只要勤劳,总是能够吃上东西的。

在解决了最最基本的生存问题以后,女孩带领三兄弟盖了房子,开垦荒山,并且圈养了"野鸡"、"野猪"等牲畜——在这个家里有三个强悍的壮丁劳力,总是有使不完的劲,做不完的事。

眼看这对双胞胎慢慢长大,日子也要越过越像个样子。

十年一晃就过去了,女孩却衰老得很快——二十四五岁,看着却像是城里四五十岁的人。此时,她又怀了到这个家以后的第三个孩子。

一天半夜里,女人被抽泣声吵醒,大女儿正坐在门槛上,双手捂着肚子。女人跑过去问她怎么了,大女儿一开始只说是肚子痛,女人也没在意,在山里经常会吃到一些不好的东西,肚子痛是难免的。于是,女人抱着她上了床,一起睡了。

第二天一早,女人给她穿衣服,才发现她下体的地方结了血块。想起10年前的自己,女人猜到发生了什么事情,赶紧去找来二女儿查看,也是一样的情况。女人问她们是怎么一回事,她们说是三个爸爸干的,还让她们不许跟妈妈说,不然就要挨揍……

女人摸摸自己的肚子,望望正在外面劳动的三个健壮的男人,吩咐这两个女儿以后要闪着他们三个,不许单独和他们在一起,晚上睡觉也要和自己在一起。

又过了两年,双胞胎姐妹长得真快,已经有个女孩模样,水灵水灵的。家里的那三个男人每天眼里盯着她们看,嘴巴都要淌出口水来。女人的身体却是一天不如一天了,虽然有她看着这对双胞胎姐妹,三个彪悍的男人倒也老实,可是,这眼睛被煤油灯熏得多了,越看越模糊,心里却也为她们两个发愁。

这天,村里出去闯荡的小伙子风风光光地回来了,引来了村民的围观。女人牵着双胞胎也过去凑热闹,三人还是第一次见到穿着如此光鲜的人物,心中羡慕不已。正赞叹着,小伙子朝双胞胎走了过来,在她们面前蹲下身来,掏出一把巧克力糖塞给她们,还给她们剥了一颗——那是她们吃过的世界上最好吃的东西!

小伙子离开村子的时候,小姐妹二人一边一个拉着他的手,憧憬着巧克力的美味,随他到大都市闯世界去了……

"那天晚上你见到的中年男子,就是当年的这位小伙子。"二姝顿了顿,喝完了杯中最后的一口咖啡,继续讲述:"所以说,家中如果有女儿的话,必须要贵养,不然,为了一块廉价的巧克力就跟人家走了。"

联想到二姝现在的职业,冒梅茹已经不敢去触碰她们跟随这位"小伙子"来到城市以后的各种回忆,生怕对她造成"二次伤害"。

"跟着他到了城市以后,刚开始倒是对我们姐妹两个很好的,"好像察觉出了冒梅茹的反应,二姝继续她的讲述:"吃的、用的、玩的都没有亏待我们,也是我们两个长那么大以来吃得最好、用得最好、玩得最好的一段时间。可是,几个月以后,他就开始给我们介绍认识一些跟那三个爸爸差不多的怪叔叔,只是他们比起三个爸爸要文雅、温柔得多。不过,这种事情一个月也遇不到一两次,毕竟绝大部分成年人的'性趣'是正常的。"

听着二姝的口吻,那段时间好像并不是那么痛苦的一段。

"后来,他还供我们去学校读书。再后来我们慢慢长大,或许是基因的关系,我记得十三四岁的时候,我就长成现在这个模样了。"

二姝顿了顿,下面这一段回忆让她显得很痛苦,里面真的"很黄很暴力"——强迫卖淫,不肯就是一顿毒打,说到那些日子,她脸上的肌肉还不停地在痉挛。

"幸好后来遇到了李飒,就是现在公司的妈咪李,"提及李飒,二姝脸上泛起了微笑,"她虽然也是让我们做小姐,可是她却让我们觉得有尊严,还花钱供我们去参加各种培训——钢琴、古筝以及礼仪培训等等。只是,三四年过去了,这个男人到现在还阴魂不散。"

"怎么会这样?"

"当初带我们离开村子的时候,他给了我妈一笔钱,算是把我们两个'嫁'给他做媳妇的,后来他倒是还一直给我妈生活补用。再后来跟了李飒,说好两年内给他利润提成,以后就再也不相关了。可是,没想到我们在这个行当还真算是红火了,这不两年以后他不肯干了,还要我们回去跟他干,不然就把我们全家搞臭,把我们全家杀光!我们两个反正也就这样了,就是我们可怜的妈妈呀——从小就被人蹂躏,到现在年纪大了还要承受这种臭名,真是一辈子都翻不了身啊,想到这里就整夜整夜地睡不着觉……"

递了张纸巾过去,冒梅茹早已经是义愤填膺,站起来对她说:"让我们来帮助你!岂有此理,在现代社会还有这种事情!你不要怕,你们的这件事情我管定了!"

听着这些话,二姝靠了过来,紧紧地抱住她,哽咽了:"谢谢姐姐……"

如果每一方都坦诚地坚持自己的真正愿望,人们就不会丧失理智、风度尽失。恰恰是因为这些主张都被颠倒过来,每一方都在为对方的愿望争斗,所有的怨恨(实际上源自受挫的自以为义、刚愎自用以及过去"十年"的宿怨)都通过那些名义上的、冠冕堂皇的"无私行为"得以隐瞒,或者至少以此为借口……

30. 自 我

一个真正彻头彻尾的骄傲自我,遏制了我们的虚荣。

许多人都克服了怯懦、情欲或者坏脾气,因为他们得知这些东西会有损尊严——这就是自我的骄傲在起作用。

5月10日星期二,农历四月初八。

1978年的今天,中共中央党校内部刊物《理论动态》第60期首先发表经胡耀邦同志审定的《实践是检验真理的唯一标准》一文。

中午吃饭的时候,派出所领导给陆航远派了个活——到国豪国际律师事务所去维护秩序。

"那个地方不是我们所管辖范围呀,领导。"陆航远带着疑惑地问着所领导。

"知道。只是局里说,那帮在门口围堵的百姓是涡轮厂的那一批人,事情也是为了涡轮厂的事情。这事也就你最熟悉,所以所里决定让你去一趟,所在地的派出所民警已经在那了。"所领导说得很清楚了,陆航远抓紧扒了两口饭,开了辆警车就过去了。

熟悉的朋友们悉数端坐在国豪律师事务所的大堂,几个代表正在会议室里和律师所的领导交涉。陆航远推门走了进去,马拉等人站了起来:"陆警官,你终于来了!"

"这位是陆警官!"马拉等人给律师所的领导介绍,接着又跟陆航远一一介绍了国豪的人。

原来事情经过是这样的——

涡轮厂聘请了国豪国际律师事务所的律师吴志德，负责处理厂方和职工的纠纷问题，同时，和他签署了一份关于涡轮厂动迁工作的聘用合同。

这本也没什么，只是工人们基于厂领导之前的行为，觉得他们实在不可信，便要求厂方公开与吴志德的合同。但是，几次下来都被厂方拒绝了，于是，工人们越发觉得里面有问题。

这两天也不知道谁从哪里得到消息，说吴志德律师与厂方签订的合同清楚地写明了厂方要支付给他巨额的律师费——每小时的律师费用竟高达 10 万元！从吴志德接手这个案子以来，其已经工作超过 100 个小时，也就是说工厂已经欠他超过 1 千万的律师费！问题的关键是，这 100 个小时他干了什么？工人们 1 分钱的利益都还没看到，就平白无故地不见了这 1 千万元！

"我们也不懂这律师费到底该怎么付，但是今天我们过来国豪律师事务所就是要听听这些大律师如何解释？告诉我们为什么吴志德那么值钱？！"马拉等人还拿出了盖了国豪国际律师事务所公章的合同复印件，上面写得明白，马拉等人没有说谎。

"请大家给我点时间，先到 2 楼的员工食堂用餐，等大伙吃好午饭了，我一定把查明的情况向大伙说明。"律师事务所的领导们心里清楚，这里面肯定有问题，又看到合同上盖的确实是自己所里的公章，肯定和所里脱不了关系。

等工人们都被领到食堂用餐去了，所领导才和陆航远说明了他们掌握的情况。

"这吴志德是我们所里新聘的律师……"

"不对吧？我可听说他在你们这里已经好多年了啊！"陆航远跟这个吴志德律师见过几次面，也简单聊过几次，看是挺正派的人,他自己说过在国豪已经干了好多年的律师了。"

"他在我们这里工作了是有些年头了,可是,直到去年他才通过司法考试,获得律师资格证书,所以那时候才和他签的律师聘用合同,以前都是一般劳动合同而已。"律师所领导解释道,心想这个小民警或许掌握了不少情况,不好敷衍过去,要如实讲述才能真正解决眼下的问题。

"回到这个案子来说,"律师所领导继续讲述,"吴志德拿着这份合同来所里盖章的时候,我也问过他怎么一下子能搞到那么高额的律师费啊——我补充一下,10万元1小时的律师费用,在我们所里面还真有几个高资历的人拿——他说,每个人都有自己的办法,这就是个人能力。所以,我也不便再多问,只要能接案子就行。"

"你们办事就那么马虎?"陆航远还有追究下去的意思。

"我们全所一共有执照律师500多人,加上其他员工,人数不下2000人,我怎么可能每个案子都仔细查看?也请陆警官体谅啊!"

"好啊。"陆航远本想说点啥的,转念又想,那不是今天的主题,也就算了。

接着说:"现在外面三四十号人呢,我是见识过的,不给他们一个合情合理的说法,他们是不会罢休的。我看到那时,司法局可就要介入了,不只是吴律师,就是你们国豪整个公司都会有不小的麻烦吧?"

"我们马上去解决。你看我诚意出来接待他们,就是要解决问题的。你放心,你在这里等个半个小时,或者也到食堂去吃点饭,我们几个合伙人都已经到齐了,在隔壁会议室等我。商量好后,立刻给你回复。放心,肯定不会有偏袒!"说完,律师所领导打了个招呼出去了。

陆航远和另外两个警官留在会议室里,他在心里想:这吴志德一个普通律师肯定是拿不到这千万的佣金的,倒是这合同背后一定有隐情——很明显,他和厂方领导达成了某种私下里的协议,我猜想:肯定是傅珺这帮人想通过这种形式转移集体资产。还有另一个问题——这份如此重要的合同,怎么就流出来了呢?还偏偏到了工人们的手里?只有一种解释:傅珺这帮人里面也有纷争!——如果真是这样,说不定倒是好事情。

果然,不到30分钟,刚才那位律师所领导就过来了。

"陆警官,我们商量好了,准备这样处置这个问题:1. 我们将终止和涡轮厂的律师合同;2. 对涉及并已产生的律师费用,所里一分不取,也不允许吴志德律师领取;3. 我们将在一个星期内与吴志德律师解除劳动合同关系;4. 对工厂和工人带来的麻烦,表示歉意。你看行吗?"

"我没有什么意见啊,主要是要看这些工人们有没有意见才行啊。"说着陆航远出去叫马拉他们进来。

一个骄傲、自我的人,总是俯视着周围的人和事——只要我们始终在往下看,就无法看见在我们上面的东西。

31. 害 怕

假如人们告诉你"隔壁房间有一只猛兽",我们马上会意识到自己正被危险包围,因此而感到"害怕"。

第二篇 磨 炼

接到国豪律师事务所打来电话的时候,吴志德正在三亚亚龙湾一五星级酒店度假。

这一次出来游玩,是傅珦给予他的福利。所以,他很享受这一切——特别是傅珦还特意给他安排了顶级会所的美丽姑娘陪着他。

当接到律所的电话,吴志德正在给躺在沙滩晒太阳的美女身上抹油。

"不就几个人到公司来了嘛,知道了,你们处理一下就行了,我正在外面办事呢。"想当初自己还是行政工作人员的时候,经常遭到所里律师们的冷遇,没几个人给他好脸色看。现在自己终于和国豪签了律师雇佣合同,而且也有"10万1小时"的律师费——虽然,他知道自己得到的只是其中的一小部分——总算是熬出头来了。

几个星期前,当他拿着和涡轮厂的律师合同到所里敲章的时候,别说是一般的律师,就是律师所领导、资深律师都对自己投来诧异、羡慕、嫉妒的目光。这种目光他还是在小学一次测试拿了第一名时有过这种体验,后来这种快乐慢慢就成为远逝的回忆了。

挂掉电话后,为避免这种扫人兴致的打扰,吴志德干脆把手机关了,专心和美女调情,享受这初夏的阳光。

晚上,当吴志德泡完鸳鸯浴回到床边的时候,想起手机还被自己一直关着。于是,一边在等待美人出浴的空隙,一边掏出手机打开了电源。

这时,美人披着浴巾走了进来,冲着他妩媚摆动,缓慢地露出酥胸,浴巾一寸寸往下滑,腿脚一步步挪过来……他正在为这一切陶醉着。

手机却突然响了起来，一看是所领导打来的，急忙伸手止住了美人，接通了电话，谁知美人却不肯罢手，蹲在地上用嘴巴含住了他的下体。

"你现在在哪里？找你一天了！"电话那头甚是严厉。

"我现在外地办点事情，后天就回……"后面本来还有一个"去"字，却被美人在下面吸了回去。

"你那跟涡轮厂签的律师合同到底是怎么一回事？今天来了三四十个人来闹事，警察都来了。"

"没事啊，正常的案子……"

"正常个屁！我不管，你抓紧把事情给我处理好。"

"好的。我后天回去就去处理，放心吧，没事！"

"你自己的事情我管不了，但是今天中午董事会就你这个事情，已经达成了一致意见，并也向来闹事的群众作了交代：1. 立刻终止和涡轮厂的合约；2. 不得收取一分钱的律师费；3. 公司和你向工厂和工人进行道歉；4. 三天内你搞不定此事的话，公司将和你解除劳动合同。"电话那一头公事公办地把要说的全说了。

电话那边还说些什么，吴志德已经听不清楚了。一脚踹开还在下面卖力的人，吴志德站了起来说："我马上回来处理！请领导相信我！"

"赶紧收拾行李，我们现在就回去！"挂了电话，吴志德大声叫喊着，才发现美人赤裸着躺在地毯上，一副委屈的模样。

"好了，好了，现在没时间搞这事了，家里要出大事了。"说着拉起躺在地上的裸女，赶紧穿了衣服，收拾行李就下楼去退了房。

在酒店门口等了好一会儿才来了一辆出租车，谁知道开到半路出租车司机抱怨晚上干活太辛苦,要把他们放下不拉了。

吴志德只好塞给他两百块,这才赶到了机场。

急忙忙来到售票窗口购票,售票员告诉他今晚最后一班飞往滨海的飞机也已经起飞了。最后,吴志德只好购买了两张飞往杭州的机票,售票员跟他们说,幸好该航班晚点尚未起飞呢。

半夜飞到杭州,再辗转回到滨海,已经是凌晨三点的模样。在市区找了个酒店,两人住了进去。

听着旁边女人酣睡的声音,吴志德却怎么也睡不着——尤奋、焦急、忧虑……

想到天亮以后还有很多事情等着自己去办,吴志德真想旁边的这个女人能够酣睡过去。可是,越是想睡着,就越是清醒。

天快亮的时候,吴志德终于眯了一会儿。

当手机闹钟把他叫醒的时候,他整理了一下衣服就出门了——今天,他给自己排了满满的工作任务,要去走访的人和解释的事情还真不少。不过,这些他都在昨晚已经全部想好了,可是,这会儿却发现自己的脑子在嗡嗡作响,每走一步路都像是踩在棉花上……

32. 畏 惧

假如有人告诉你"隔壁房间有一个鬼魅",你信以为真,因觉得它不可思议而"害怕",而不是他能对我们做什么,这其实是畏惧。

终于,倪武良等到了对闫莉"下手"的良机。

在经历过上次骚扰事件以后,闫莉的思想起了很大的波动。

也让她认识到,在这个社会里生存,要么有钱要么有权要么两样都有,这是必须的!

看看那个挨了打的美女经理,拿了倪武良的钱也没去医院检查,第二天就正常上班来了。她说:"这也是这份高工资里应有的工作内容而已。"

或许因为都是那天晚上的受害人,她们二人现在倒是成了无话不聊的好朋友。

这位美女经理名叫钱哆美,外号"钱多多",中专毕业以后就在多家酒楼、会所做销售,廷芳会馆是她待的时间最长、拿到报酬最多的地方。

在一次聊天中,钱多多和闫莉谈起了薪酬。像钱多多这样的销售经理,每月净收入竟然可以达到三四万!

"我这还不算多的,你看见那几个姑娘没有?"说着钱多多指了指正在化妆间里化妆的另外几个销售经理,"她们的收入比我还要多得多。"

"为什么呀?她们的客户来得更勤?还是她们的客户给她们更多的小费?"闫莉是真的不明白其中的道理。

"被你说对了一半——她们的客户给小费可是大方得多了去了。"说着,钱多多倒也不是那种羡慕的眼神。

"为什么?难道说她们有更好的待客之道?"

"你又说对了。她们不仅在这里给客户提供餐饮服务,还有其他增值服务呢。"

"什么增值服务啊?我过来也有段时间了,竟然没有发现。"确实令闫莉觉得诧异,同在一个屋檐下干活,竟然还有自己不知道的服务项目。

"这种服务叫做'要钱不要脸'的服务。"说完钱多多哈哈一笑走开了。

"要钱不要脸"的服务？难道是卖淫？心里正嘀咕着，一抬头，倪武良不知何时已经站在了自己的旁边。

"老板好！"说着闫莉就要出去忙活。

倪武良拦住了她："今晚你陪我出去参加一个朋友的生日 PARTY 吧，一会儿我带你去买两件衣服。"

"好啊！谢谢老板。"在闫莉心里，这位老板是位好得不能再好的老板和朋友了。对自己包容、体贴，还有爱护，就像大哥哥对小妹妹那样，每天下班后，只要得空还送自己回学校。从认识到现在，他对自己也很是守本分，很尊重自己。所有这些，都在闫莉心中建立起了他那正人君子的形象。

晚上的生日 PARTY 是在一艘游艇上举行的。

当闫莉出现的时候，立刻吸引了全场的目光——修身、可爱大方的短袖连衣裙，经典蕾丝领，三层拼接的裙摆，藏青水玉原点图案的面料，颜色稳重大方却又不乏可爱、青春。宽大的裙摆浪漫优雅，带着浓郁的淑女味道，搭配一双公主鞋，显得甜美俏丽。

此外，倪武良还给她找到一顶戴花草帽，让整个人看起来更加清纯、靓丽。

很显然，在这场聚会中，闫莉成了众人眼中"PARTY QUEEN"。

在晚会上，每个男人都向她献殷勤，而每个女人都投给她羡慕的眼光。像今晚这种礼遇，应该是每个女人都向往和喜欢的。

不知不觉中，闫莉已和众人喝了不少的酒。慢慢地她感觉到自己的眼睛开始模糊起来，意识也开始变得迷糊不清。只知道自己被人搀扶下到船舱里面的一间房间里，并有人过来给自己盖上了被子,只一会儿就睡着了。

　　不知道过了多久,闫莉感觉到有人脱了自己的裙子,并开始褪着自己的内裤。她心里着急要睁开眼睛和反抗,可是眼睛好像不听使唤,手脚也使不上力气来。

　　倪武良见她睁开了眼睛,却并没有停止,而是凑到她耳根边说:"我爱你!我会待你好的。"说完,就要来个霸王硬上弓。

　　此时,闫莉使尽全身力气,终于把腰挺了起来:"不要啊!"因此,没让倪武良的第一次进攻得逞。

　　"我求你了,哥,不要啊!"闫莉心里面是声嘶力竭,可是,发出来的声音却只是"嗯嗯啊啊"……

　　当半夜清醒过来的时候,闫莉一个人躺在床上,盖好了被子。她掀开被子,赤裸着身体坐在床沿上,她真希望前面发生的一幕只是自己的一场噩梦。可是,这赤裸的胴体和还在隐隐作痛的下体提醒她,刚才的那一切都是真实的。

　　她想到了报警。

　　可是,这倪武良是谁啊?公安局管得了他?再说,自己马上就要毕业了,女孩自己的贞洁名声不要啦?还有更远一些的事情,例如自己的父亲、母亲,以及学校的男朋友……

　　如果报警,这之后产生的一切后果,她都无法承受,都能把她搞得心惊肉跳。

　　如果报警这条路走不通,有没有其他的路呢?

　　这时,她发现床头柜上用烟灰缸压了张纸条,取下来看,原来是一张字条:"去商场买些自己喜欢的东西吧,用完还有。"后面还有一张10万元的支票……

　　早在大学二年级的时候,闫莉就和现在的男朋友有了第一的性爱经历，在她心里面，男友就是她的唯一和所有。她没想过自己的贞操能够值多少金钱，她只知道保持着这份贞操，就是保持着和男友的这份真爱。

现在，有人花钱购买（而且是一笔可观的数字）自己的这份贞操，真爱怎么办？而且购买者已经享用了"被购物"，真爱怎么办？

或许，真爱和这些都没有关系吧？

33. 神　秘

假如人们告诉你"隔壁房间有一位万能的神仙"，我们也确信，内心会是巨大的忐忑惶恐，会震惊、会畏缩，它的存在让我们惴惴不安，这是敬畏——而激发敬畏之情的便是"神秘"。

5月12日星期四，汶川大地震纪念日。

是晚，灯火阑珊。

位于77层的灵秀汇正在举行一场集会活动，缅怀逝者，祭奠亡灵，感叹人生，寻找光明。

除了常客市长夫人邢谷惠、李晓、陆航远、励志，以及东家常静等人以外，著名影视明星余幼薇也来了。

她先是带着好奇过来，后来发现这种聚会，远比那些吃喝娱乐派对要让人受益得多，也发现了自己身上的变化。

陆鸣远和孟翔是在活动快要结束的时候进来的，正好赶上集体的祷告。结束后，众人分散交流着，主人常静给大家准备了美味的各式点心和饮料让大伙分享。

"你就是传说中的陆鸣远陆总吧？"这次是余幼薇与陆鸣远第

二次见面,第一次应该是那次元旦慈善晚会上,只是那时二人没能像今天这样交谈。

"哦,是的。那我觉得你应该就是那位每晚都在电视里和大家见面的余幼薇余小姐吧?"陆鸣远学着她的说话方式,微笑着回答。

"你有看我演的电视剧?"听到有人熟悉自己,余幼薇心里甚是开心。

"经常看啊,几乎都看了。"说着陆鸣远点了最近几部正在热播的电视连续剧。

"没想到陆总还有时间看电视呢。可是,我这些片子几乎都是青春肥皂剧哦。"余幼薇冲着他笑得甚是甜蜜。

"什么意思?觉得我很老了吗?不能看青春偶像剧了?"其实,陆鸣远倒真的是有看她的电视剧,只是没有像他说的有看那么多,就是常静喜欢看,所以睡觉前就总是陪着她看一会儿。而且,这些连续剧看了开头,就能大概知道结尾的,所以虽然断断续续地看了些,也能不断剧情。

"不是,不是。我觉得吧,像你这样的商业大亨,每晚都应该看财经、政经什么的吧?"

"哦,照你这么说,那你没事的时候,都得学演戏?看文艺片子咯?"

"没有啊,我空了就喜欢逛街,后来认识我的人多了,我就开始宅在家里织织十字绣,再不然就和三五个朋友到歌厅去唱唱歌。"说到自己的生活,余幼薇开始口若悬河地叙述着,甚是惬意、满足。"周末的时候,就出去游玩游玩,偶尔也会去打打高尔夫什么的……"

"所以我说嘛,一个人不能整天都只干一件事情啊。"虽然余幼薇把话绕得不知哪里去了,陆鸣远还是能够把它绕回来,见她回过神来了,接着说:"我们现在从事的很多工作,或许值得我们为之而死,但却不值得为之而生啊。"

"哦,怎么说?"余幼薇像个学生似的歪着头,右手掌撑着脸,水灵灵的眼睛不停在那里打转,一副专注倾听的模样。

"我相信,我们的事业就人类事业而言是非常正义的。因此,我认为为之工作和奋斗是一项义务。因此,一个人可能必须为国家而死,但是,任何人在任何意义上,都不得单为国家而活!一个人如果毫无保留地服从一个国家、一个政党或者一个阶级的世俗要求,他就把一切事物中最明显的属于上帝的东西——自己——归给了恺撒!"陆鸣远激情洋溢的话语,引来余幼薇的热烈掌声,把全场人的目光都吸引了过来。陆鸣远向大伙点点头,示意"淡定"。

"陆总,你太厉害了!"余幼薇因为他的这一番话激动地摇动着他的手臂。

"一切荣耀归于上帝。"陆鸣远显得很淡定、很平静,接着说:"我也是从 C.S.LEWIS 的书中看到的。"后面,他又向她推荐了几本 C.S.LEWIS 写的书。

可是,对于陆鸣远的推荐介绍,余幼薇似乎都不感兴趣,他也就不再与她细述下去了。

离开的时候,余幼薇要了陆鸣远的手机号码,并把自己的也用短信发给了他,反复强调"一定要和我联系哦"。

她还跑到常静跟前说:"我很喜欢你老公的,你太幸福了!"常静与陆航远相视而笑。

跟着众人到了在地下停车场，余幼薇上了一辆奔驰商务车。趁着夜色，商务车一路狂奔出了市区，直往西面郊区的一栋别墅去了。

商务车停在了别墅门口，开了门，下得车，余幼薇已经换了一套行头——一袭水蓝色针织衫，把性感浮出海面，只随意扣上几个扣子，双乳便呼之欲出，再搭配白色小热裤，正是天高气爽的激情夏日……

推门进去，江海置业公司的董事长尤国海穿着睡袍坐在沙发上，双脚搭在大理石茶几上，嘴上还叼着根古巴雪茄。余幼薇对这雪茄的味道甚是反感，于是，径直走了过去，伸手把雪茄摘了下来。

"哦，女儿回来啦！"尤国海有点吃惊，那模样像是小偷被人抓了现行。

"告诉过你多少次，不可以在家里吸烟！"说着余幼薇把雪茄扔在烟灰缸了，并在上面浇上了水。

"别啊，很贵的。"尤国海到底还是心疼这支过千元的雪茄，才抽了没两口呢。

又见女儿像是真生气的样子，尤国海赔着笑说："今天晚上正好见了个客户，人家和我客气，就递了这么一根好烟过来。我看这烟挺贵的，丢了怪可惜的，给人我又不愿意。这不洗了澡，也没见你回来，看着电视吧，一个不留神，就抽上了。下不为例，下不为例，好吗？"

"是你说的啊。拿来。"余幼薇伸出手来跟他要东西。

"什么？"

"50万啊！"

"什么50万？你要那么多钱干什么？"尤国海故意在那装

糊涂。

"说好的,谁要在家里抽一根香烟就得罚款50万!"女儿不依不饶,做父亲的只好去保险箱里拿钱去。

这余幼薇确实是尤国海的亲生女儿,她原名叫做尤薇。为了演戏,她查阅了一下历史书籍,看到唐朝有个叫做"鱼幼薇"的女诗人,于是,她自个给自个取了这个"余幼薇"的艺名。嘿,真没想到,这名字还真让她的戏大卖。

不过,这一段,各位观众朋友和大多数娱乐圈中的人都是不知道的。

34. 经 验

经验是错觉之母!

被迷奸(很明显就是啊)以后的那段日子,闫莉过得极其忧伤、悲痛和怨恨。

虽然,得到了倪武良10万元的补偿,但是,那种心灵的创伤岂是金钱能够弥补、挽救的?再说,还有作为社会人格的尊严呢!

她跟会馆请了几天假,只说是这几天在学校忙着论文答辩的事情。男朋友来找过她几次,她只跟他说自己身体不舒服,休息几天就好。然后,把自己一个关在房间里。

片段,残忍的片段反复播映,每播映一次,伤痕就加深一点,再多一点……

于是,她含泪等待,等待上苍的惩罚和拯救。

但是,等得越久,静寂越深……

眼睛被泪水模糊的时候,看什么都看不清楚。

人在过于急切地想要一件东西的时候,得不到自己想要的,至少得不到最理想的。当我们说"现在让我们好好谈一谈",只会让每个人都沉默;当我们说"今晚必须睡个好觉",只会迎来几小时的失眠;对于极度饥渴,美味的饮料只是一种浪费。

和男友去年一起登上珠穆朗玛峰第二大本营的照片,被她洗成大幅挂像挂在床头。照片上的两个人笑得多么开心,多么纯洁,甚至是那么的幸福。

循着这张照片,脑海的回忆被链接到了那段美妙的时光——虽然因高原反应头脑胀痛,但是依然阻碍不了这种美妙感觉的"收录"——此时"回放",却已经丝毫没有头胀了。

她突然意识到,这些都只是形象,不管是纸上还是脑海中的,本身都不重要,都只是"链接"——我想要男友,而不是某个想他的东西;我想要尊严,而不是某个与他相似的东西。一张很好的照片,也许最终可能会变成一个陷阱、一种恐惧、一个障碍。

同样,一段深刻的回忆,也是如此。

而就贞操来说,那是"千金难买我愿意"的事情。给男友那是"做爱",给倪武良那叫"强奸"。

可是,自己真正在意的是自己的"贞操"吗?好像不是,在意的是被人"强奸"这回事!

和男友做爱也有过被他强迫的时候,那算不算是强奸?其实,强奸更多的是社会法律层面上的词吧。

只要我自己始终坚持和努力,我可以还是纯洁的我,而不用去管那些肮脏的事情!

这么一想,闫莉心里好过很多。

虽然,对于这件事情,她是不会原谅倪武良的,但是就现在来说,她也不会去报复他——赦免他的罪,但你别想得到我的原谅!

一切现实都具捣毁偶像(形象)的性质。

迎着阳光,闫莉走出了房间,依旧活动在属于自己的人生舞台。

只是在这以后,生命中多了一条彩虹……

闫莉的快速恢复,让倪武良感到些许惊讶,并且有点后悔自己那10万块是否出手过于大方了。不过,多年的经验告诉他,还要继续观察,切勿轻举妄动。

和快乐一样,痛苦的性质也是由接受者的性质决定的。闫莉并没有离开廷芳会馆,而且她还向总经理倪武良提交了大学生毕业就业合同意向书,要求得到销售经理的职位,同时,还附带提出了拿到滨海市户口的要求。

倪武良认为这是她在给自己这身皮囊的开价,而且他也认为她值这个价钱。

于是,倪武良爽快地和她签订了这份合同书。

可是,毕竟闫莉还刚刚涉足餐饮销售这一块,它可不是只是陪客人喝喝酒这么简单。

只几天下来,闫莉就发现自己招揽不到几个客人。于是,她跑过去向钱多多请教。

"在这里的每一个销售经理,哪个不是干了四五年以上的?"钱多多倒是很乐意跟她说叨说叨:"老板肯高薪聘用我们,那是因为我们手中有客户,有资源。"

"我知道,"闫莉把刚刚削好的苹果递给她,"好姐姐,你告诉我,这客户怎么来?怎么维护?"

"这个简单啊,自己找的呗。"钱多多咬了苹果,继续说:"刚开始是广派名片,然后就等待客户来呀。"

"这些天我一直有在派名片啊。"

"就你那样也叫派名片?最多叫派发小广告。"钱多多一副不屑的样子。

"好姐姐,你就不要跟我兜圈子了,快告诉我怎么做吧。我请你吃饭,请你喝茶,请你看电影。"闫莉央求着。

"看电影就不用你陪了,给票子就行,我和我男人自己去啊。"

"好好好,都听姐姐的,我负责给你们买单就是了。"

"你要和客人做朋友,并维持朋友间的友情,他们才会'跟着你',不管你去哪个饭店做销售,他们都会跟着你去那里吃饭。所以,你派名片就要像个朋友,要真诚,要掏心窝,千万不能一副做生意的模样。"

"这样就够了?"闫莉一直认为自己派发名片的时候是很真诚的呀。

"还有个小技巧。"

"什么技巧啊?"

"过来,"钱多多一脸神秘,"用上女人对付男人的技巧,和他们保持一定的暧昧关系啊。"

"啊,这个怎么弄啊?"闫莉一脸诧异。

"别在那装傻了,瞧你把倪总搞得神魂颠倒的。"

"哪有!"

"这样就不好了啊,旁边的人都看出来了。"钱多多继续说道:"你只要稍微对他们甩点心机,花点心思,他们就牢牢地跟着你啦。"

"那女客户呢?"

"女客户不值几个钱,反倒赚你的便宜的多。随便应付应付就行了。"钱多多说得很直接,倒也是这几年餐饮销售的经验总结。

"对了,上次你跟我说过,她们几个赚钱比你还要多,这里面可有什么讲究?"看来闫莉真的是下决心要干出些名堂来了,一副打破砂锅问到底的模样。

"告诉你也不是什么多大不了的事情。过来。"摆出招手的动作,钱多多再一次神秘地跟她说:"卖身!"

这两个字像针一样刺在闫莉的心上,让她想起了那张10万元的支票、那一晚的哀伤。

"可是,只卖自己的也出不来大价钱啊,所以,还要帮别人卖——做个老鸨。"

"啊!这些老板知道吗?"

"怎么不知道?只要有钱赚,生意红火,他懒得管你这些事情。再说,哪个男人酒足饭饱以后不思点淫欲的?不要只说男人,女人也好不到哪里去。上次我们两个被人占了便宜,不就是这么回事嘛。"钱多多还在滔滔不绝,闫莉已经听不下去了,她没想到只是想在这里赚点钱,还有些那么肮脏的事情……

时间在骄傲的协助下,使人类被真正世俗化,将潜伏的死亡认作是良好的知识、成熟或是经验。

35. 求新求异

新鲜感所带来的快乐,在本质上比其他任何东西都符合报酬递减的规律。保持持久的新鲜感需要巨大的花费,因此欲望会招致贪婪或者不快,甚至两者都有。

像是签署了契约似的,闫莉和倪武良之间在一定程度上达成了某种默契——还是像往常那样,倪武良常常接送闫莉往来廷芳会馆和学校(后来是公司租赁给她的两室一厅),在会馆的时候,两个该干吗干吗,就像是一般的老板和员工。

不过,心细的员工发现,最近老板到廷芳会馆的频率明显多了许多。

另外,闫莉虽然在客户数量上明显比其他经理的少,却和高级经理享受同等待遇——例如:享受两室一厅的住房待遇、交通补贴等等。

其实,在这一切表象下面,还有一个事实——倪武良经常住在闫莉那套房子里,此外,这套表面上是租赁来的房子,事实上产权人已经变更成了"闫莉",只是廷芳会馆依旧支付着租金。

当然,闫莉的男朋友偶尔也会过来,不过,她从来不留他过夜。他觉得那里有些不对劲——这待遇、这二室一厅的房子、这殷勤年轻的老板……但是,这一切又那么的正常和幸运——刚毕业,从最累的行业做起,每天都要工作到很晚才回来,遇到一位好老板,拿着令人羡慕的工资……

他没话说了,却开始自惭形秽起来——普通工人家庭,住着局促的老公房,卑贱的工作岗位,低微的薪水,刻薄吝啬的老板……

他所在的是娱乐经纪公司,只是这个经纪公司可不是那些好莱坞令人耳熟能详的大公司,公司里面也没有几个值钱的明星。净是些不入流的"明日之星",或是"明日黄花"。

"公公,"——闫莉这男朋友全名叫龚功,于是全公司这么叫他——一个很嗲很嗲的"明日之星"小茹朝他嚷嚷,"快把我的胸垫拿来,这平胸难看死了,根本就不是我了!"

"操!怎么没戴胸垫的你就不是你了?其实,那个'丰满'的你才不是你自己呢!"龚功心里犯着嘀咕,嘴上却甜蜜蜜地回答她:"好咧,宝贝!"

比起这"明日之星"的"作",那些"明日黄花"可就是"横"了。

某自称是"台湾一姐"的人来到滨海,签了龚功他们公司,刚一进来,就给助理和工作人员定下多条"规矩"。

就这么一位"台湾一姐",公司硬是要栽培新员工,把龚功派给她做助理。其实就是保姆,而且这种保姆不仅要劳身更要劳心,拿的钱却比家庭保姆还要少。

"想当年我在台湾的时候……"龚功一个不留神冒犯了"一姐","一姐"当着众人的面开始教训起来。

"靠,你当年在台湾的时候谁知道呢?反正我是不知道,因为我根本还没有出生!"龚功又一次在心里面鄙视这种总爱拿"当年"说事的人。

老是说"当年"如何如何,只能说明你越活越往下坡路走,心里面满满全是对现实世界的抱怨和现在生活的不如意、不顺心。

给明星做助理也是有好处的,比如有很多机会遇到自己中意的明星。刚刚好,龚功入行没几天就遇到了这份幸运。

在一次企业品牌推广会的活动上,主办方邀请了著名演员余幼薇助阵。龚功也陪着自己的"昨日黄花"过来了。在化妆间,龚功设计"巧遇"了余幼薇,并得到了她的亲笔签名。

龚功是一位会让女孩子怦然心动的男孩子——阳光、帅气、活泼、强健和幽默。余幼薇对他的印象非常好,也热情地与他攀谈,却被他逗得大笑不止。

在离开活动现场之前，余幼薇还加了他的微信和微博。"希望可以听到你更多的笑话。"说完，她才离开了现场。

这次"巧遇"的收获，已经让龚功飞上了天。

迫不及待地给她发送微信，搜肠刮肚地对着手机微信讲着一个又一个笑话故事……一个人对另一个人莫名其妙的思念已然慢慢生长。

当龚功兴奋地拿着余幼薇的签名给闫莉看的时候，闫莉真是打心里为他的这般喜悦高兴——从年初到现在，很少见他能有这般单纯的欢乐了。

在车上，闫莉把这件事情跟倪武良说了，只见他脸也没回，眼睛盯着前方道路，从鼻孔里发出"呵呵"的声音来。闫莉见他反应不大，也就安静下来了。

"你也喜欢余幼薇吗？"过了一会儿倪武良突然冒出来这么一句。

"喜欢啊。"闫莉不假思索。

"喜欢她什么？"倪武良微笑着再问一句。

"嗯，她长得漂亮啊——清新、靓丽、不做作；戏也演得好——演的角色都是我喜欢的。呵，呵，呵……"说着说着，闫莉自己先笑了起来。

"你见过她本人了？"有一个问题。

"没有啊，不过我家老功见过啊。"闫莉愉快地说着。

"你有老公了？"倪武良听得有些诧异。

"是啊是啊，你又没说要娶我，我总得给自己找个倚靠啊，不然，什么时候你把我抛弃了，我找谁去啊？"她话虽这么说，却没有丝毫的幽怨味道。

"偶像明星都是见光死的。"倪武良没接她那茬,回归到前面的话题。

"所以,我没见过她也算是一种幸福吧。"闫莉摆弄着余幼薇的签名照,仔细端详着,继续说:"还别说,她把'余幼薇'这三个字写得还真漂亮。"

"那当然了!有练过的!我教……"顿了一下,倪武良继续说:"交我看看。"

女孩子的心思是很缜密的。

闫莉明明听到他前面说的是"我叫"或是"我教"还是"我交",后面他改口"交我"了。她还观察到,给他签名照的时候,他只是瞥了一眼,她觉得他根本就来不及看那签名。可是,他却能对这个签名点评得惟妙惟肖、入木三分——在这些背后有什么,闫莉并不感兴趣,起码这个时候不感兴趣。

其实,他们二人都很清楚这种彼此之间的关系,只要互相不过界,都会努力去迎合对方,然后得到能够满足自己欲望和需要的东西……

欲望愈加贪婪,人就会愈快地消耗愉悦感的所有单纯来源,并且愈快进入魔鬼的领地。

魔鬼通过煽动喜新厌旧的情绪,使艺术变得对人类更加有害,因为"低级趣味"和"高级趣味"的艺术家一样,如今每天都受到不断翻新的诱惑,包括过度的淫荡、非理性、残忍和骄傲。

36. 激　情

只有那些甘愿承受激情的丧失、甘愿安下心来勤俭度日的人，才最有可能在一些全然不同的领域中发现新的激情。

国豪国际律师事务所终于还是要践行了自己宣称的承诺。虽然，在时间上推迟了不少，但是，老百姓总是善良的、大度的、宽容的，对于他们迟来的行动，普遍反应还是欢迎和满意的。

律师吴志德也只好无奈地接受了这个现实。

他曾一度努力地尝试着去改变这一切，但是方向错了，越是努力只会让自己离目的地更远。

他给区长们写信，宣称他为涡轮厂代理律师，是在为政府服务，帮助政府做社会稳定工作，现在不幸"引火上身"，工人们已把矛头对准了自己，政府显然要为这样一位"讲大局、讲政治、为社会和谐稳定"做出"突出奉献"的人提供保护和支持，不然会让一批"好人"心寒，却让"恶人"称快。他还给区长秘书们打电话，声称自己因为这项工作受到了"人身威胁"，请求政府提供保护。

所有的这些"求救"、"呼吁"、"称述"，却只字未提工人们反映的"黑心律师费"一事。也列举不出一件真正是在为社会稳定、为工人福祉、为工厂利益的工作项目，但见处处是为某一个还没有显明的利益团体的服务。

相关领导一开始并不知情，但从他的这些信件来看，似乎确实是"好人蒙冤"了，于是，还专门召集相关部门领导过来了解情况。当把各方面的情况汇总过来以后，才认识到这个所谓的"人民律师"竟然是一个"人民币律师"!

　　由于吴志德向多方反映,终于引起了不少领导的重视,于是司法局强势介入调查。

　　面对此时的形势,吴志德才恍然大悟——原来正是自己的这些"努力"把自己逼死在了死胡同里。

　　他向傅珣求救,却换来一顿臭骂;向倪武良呼求,也是一顿的指责和谩骂……他知道——其实,他从一开始就知道,只是在危难降临的时候,难免会冒出很多的幻想来——这种时候,只有自己扛,别人不落井下石就是最大的帮助了。

　　走错了路,唯一正确的做法就是返回,返回是最快的前行方式。

　　最终,吴志德接受了国豪律师事务所的建议,自己提交了辞呈,也算是在一定的程度上保全了自己的职业名声——司法局见到这种三方都没有异议的结果以后,也就停止了对吴志德个人的处罚,也算是"网开一面"吧,不然,也不知道还会闹出什么影响和社会"涟漪"来。

　　吴志德也算是在律师行业里头跌爬滚打多年的人物,在痛定思痛以后,他毅然决定从头来过。而幸好当今的中国社会,律师业才刚刚起步发展,特别是对于滨海的老百姓来说,法律意识已经慢慢生长,生活中急切需要律师帮助的情形也正在形成。

　　既然,自己是因为忽视了普通百姓才获得今天这个惨状结局,那么,就从了解普通百姓重新开始自己的事业吧——当然,他还有一个思量:暂时离开经济法律业务,也是个很好的主意,让人们遗忘掉这段历史,为以后的卷土重来做好准备。

　　于是,他将目光转移到了社区法律援助方面,尽力帮助那些社会底层的人们。

因为原来一直在为社会"精英层"服务，现在站在其对立面展开服务，所以比别人更了解对手的，往往出的主意都能很快解决问题。几个案子下来，在社区中吴志德就已经小有名气了。

这天，吴志德在社区法律援助中心接待了一位"怪人"。

50岁上下的男子，一身名牌在身，却怎么看都像是借来（或者说偷来）的衣服，搭配也极其的不协调。进来以后，插队上来，直冲工作人员嚷嚷说政府和某企业霸占了自己的房子，现在自己无家可归，请求法律服务中心给予帮助。

坐在接待窗口的是一位法律系的大学生，刚过来做志愿者不到一个星期。听了中年男子的诉说，大学生很是气愤，在认真做完笔录以后，特意让中年男子插到前面去给吴志德"把脉会诊"。

看了大学生递过来的笔录，吴志德就觉得事有蹊跷——现在的滨海怎么可能出现政府和企业强占居民住宅的事情发生呢？

"小王，"吴志德先跟法律系大学生说道，"以后做问询记录的时候，要尽量少使用带了感情色彩的词语。"大学生应了一下，显然心中还不服气。

吴志德也没要跟他较真的意思，而是转向了中年男子，问了他几个问题，就让大学生带他出去了，说过几天自己会去有关部门反映情况，到时再和他联系。

滨海市自改革开放以来，经济和社会发展都特别快，或许就因为这样，很多事情都留下了"后遗症"。其中一个就是农民动迁的历史遗留问题——当初为了抓发展的"历史性机遇"，在没有完全想明白的情况下，就急于把农民动迁离开了土地和宅基地。刚开始的时候，农民拿到了几十万、几百万甚至上千万的动迁补贴款和动迁安置房，当然乐意搬迁，也和政府、开发商签下了合约。可是，当祖祖辈辈都依靠土地生活的农民,一下子不用耕地了,手里又获得了从来没有见过的那么多钱,脑袋立刻发了昏,一个从来没有过的问题出现了:有钱有时间应该如何去生活呢?

于是,大家开始了物质享乐——花天酒地、夜夜笙歌。本来只是这些也花不了多少钱,毕竟那些"高附加值"的物质享乐他们也不懂得。

可是,这种生活却招惹来了一群骗子——有引诱你赌钱的,有引诱你包二奶、娶小老婆的,还有引诱你吸毒的……伎俩是五花八门,这时候再多的钱也很快就被用光了。

此时,就有人给他们出点子了——你原来那块地现在涨价了,而且是10倍20倍地在涨,当初是政府和开发商联合骗了你们,得去闹、去讨"公道"去啊!

起先,淳朴的"退役农民"抱着试试看的心态,在别人的鼓动下,来到信访办门口,诉说了自己如今生活的困顿和悲惨。政府看看他们,又看看开发商,觉得是对不住农民兄弟了。于是,某领导打着"体恤百姓"的旗号,督促开发商给予了额外的补偿。而开发商则鉴于还要依靠政府谋求更大的发展,于是爽快地给予这笔抚恤款……

日子一天一天过去,淳朴的农民兄弟在一次又一次的上访中,变得老练和精明——有钱了拼命地花,用完了就去上访、就去闹。他知道:只要去上访,总能获得好处,这比自己出去工作打拼要容易得多了。

吴志德今天遇到的这个中年人就是这样一个"农民"——住着好几套房子,出行开着宝马,却领着政府发放了困难补贴金。他今天过来反映的情况,就属于"敲诈政府"的法律问题。

想到这里,吴志德到档案室里翻阅了近几年法律援助中心接待的案件,发现这一类的案子还真不少。他把这些案子全部做了归纳总结整理——如果能够把它们用一套方案去解决,不仅是拯救了这批"农民",而且还真是为整个社会的稳定与和谐作贡献呢。

　　这时候,他真正感到找到了自己的位置和舞台……

　　耶稣说一个事物必须置之死地而后生。

　　试图维持激情绝非好事——就让那兴奋感自行消失吧。穿过杳无生气的死寂,我们会发现自己正居住在充满恬淡乐趣和幸福的永远令人兴奋的世界里。

五、问·道

爱是恒久忍耐,又有恩慈,爱是不嫉妒,爱是不夸张、不张狂。爱是不加害与人,爱是饶恕。爱是永不止息……

爱从清洁的心和无污的良心、无伪的信心生出来。爱从神而来……

37. 仁　慈

不仅要"驯良像鸽子",而且还要"灵巧像蛇"。——捐钱给一个慈善机构(或者是一个"乞丐",并不意味着不需要去查明它是否是骗局)。

6月6日星期一,农历五月初五端午节。

今日,多家新闻媒体报道:日本400年来唯一的外籍艺妓费费欧娜·葛雷姆(Fiona Graham),因为不守行规,败坏艺妓名声,而被取消资格。葛雷姆做了许多破坏传统的事,包括忤逆前辈、私自揽客等,艺伎协会屡劝不听,决定把她扫地出门。现年47岁的她拥有牛津大学社会人类学博士学位,15岁到日本做交换生,就爱上了日本,对艺伎这个行业,情有独钟,在接受过严格训练之后,

2007年以Sakuyi的艺名入行,成为400年来唯一的外籍艺伎。

节日里的滨海市处处鲜花、龙舟、粽子装扮,感谢屈原,为2,300年后的我们,每年带来一次的这般热闹、喜庆的节日氛围。

刚从三亚度完周末回来的一家子——陆鸣远、常静领着女儿陆佳颖——来到中央公园休憩,享受着这三天短假的最后一个下午时光。

陆佳颖最先是被在中央公园东湖的龙舟赛吸引了,拽着常静和陆鸣远就往湖边跑,也不知道是谁跟谁在比赛——这也并不重要——三人分别给自己选择的一方加油呐喊,最后常静选择的一方率先抵达了终点。父女两个吵着嚷着让她请客,因为她支持的那支队伍赢得了比赛。

常静请大家吃棒冰,三人一人叼着一根,陆佳颖手上还拎着个塑料袋——她说是要带给她好朋友的节日礼物。

一边走着,陆佳颖一边摇着常静的手,心中好不兴奋和愉快。快到木桥的时候,看见一人扛着网兜在湖里捞鱼。陆佳颖甩开常静的手,跑了过去,陆鸣远和常静则在后面追着,也不知道她要做何事。

"叔叔!这里的鱼不能捞的!"陆佳颖站在捞鱼人身后,大声嚷着:"不能捞的!不要捞!"

捞鱼人回头看是个小姑娘,把头扭回去,没有搭理她,继续在湖里捞着。

"爸爸,我们去把保安叔叔叫过来!"说着,陆佳颖牵起陆鸣远的手,拽着他就要去找保安。

"你跟妈妈去,爸爸去和他谈谈。"

"好!妈妈快,不然鱼都要被他偷走了!"说着,女儿牵着常静的手找公园保安去了。

听到了他们三人的对话,捞鱼人收起网兜就要离开。

陆鸣远喊住了他,让他把网到的鱼留下。见他犹豫,陆鸣远加了诱惑:"我跟你买。"

看到陆鸣远死缠不放的模样,也有游客陆续围了过来,更害怕陆佳颖真把保安叫来了,捞鱼人说:"我不要了!"丢下了装鱼的塑料袋,跑开了。

等陆佳颖引着公园保安过来的时候,陆鸣远正在把塑料袋里的最后一条鱼放回湖里。陆鸣远跟保安简单描述了一下捞鱼人的体貌特征,就领着陆佳颖去见她的朋友了。

见到爸爸把鱼救了回来,陆佳颖亲密地给了他一个吻,吻在他的脸上,却甜在他的心里。

一旁的常静故意嘲她:"我也陪你去找保安了啊。"

"哦,是哦。来。"陆佳颖向常静招招手,示意她蹲下,也在她脸上"啵"了一下。

三人其乐融融,手拉着手地来到西湖。

或许是因为东湖正在举行的龙舟赛把游客都吸引过去,西湖这边冷清很多,此时却也给了她独特的幽静味道。

"黑黑,小黑黑。"陆佳颖在湖畔呼喊着,不一会儿,一只黑天鹅游了过来。陆佳颖从塑料袋里拿出准备好的面包,掰了一小块伸手去喂黑天鹅。

"那么大个公园,那么大个湖面,就这么一只黑天鹅,显得很孤独啊。"常静跟陆鸣远感叹着。

"我们去给它找个伴吧。这样我去上学以后,它就有人一起玩了。"陆佳颖听到了常静的话,似懂非懂地说着。

"你知道什么是孤独吗？"陆鸣远蹲下身子和她说话。

"孤独就是一个人玩啊，很没意思的喏。"说着继续给黑天鹅喂食，没想到它抢食过快，啄到了陆佳颖的小手。

陆鸣远赶紧把她拉进怀里，只见陆佳颖抚摸着被啄过的手指，疼得眼睛里流出泪水来，心疼得陆鸣远夫妻二人啊赶紧问她伤到了没有。

但是，陆佳颖用手擦了擦眼睛，对着正在进食的黑天鹅说："没关系的，我们是好朋友。你就是太饿了吧？别急，慢慢吃……"

看得一旁的夫妻二人，又心疼又欢喜。

一个大面包全部喂食完了以后，黑天鹅冲着陆佳颖低低地轻哼几声，缓缓游开了。

估计东湖那边的龙舟赛也全部结束了，西湖这边的人一下子多了起来。三人绕着湖逛了一圈，看见有不少人在湖边拍摄婚纱照。

"为什么新娘子都不穿白色婚纱啊？"看到在拍婚纱的新娘子穿着红色、粉色、蓝色，甚至金色和紫色的婚纱，这和陆佳颖心目中的白色婚纱完全不同，难免心中疑问。

"婚纱从欧洲和美洲那边传到中国来的，以白色为主，代表纯洁高贵。在外国呢，穿带颜色的婚纱是属于第二次结婚，或者第三次、第四次、第多次结婚，一般都有蓝色或者粉色。"常静耐心地解释着。

虽然陆佳颖听得似懂非懂，但是在她心里又像是明白多结几次婚不是什么好事，于是自言自语地说："我就穿白色婚纱就好了，不需要花里胡哨的。"

"哈哈哈，谁教你的'花里胡哨'？"突然冒出来个成语，陆鸣远心中甚是兴奋。

"没有啊,那天李晓阿姨来我们家,身上穿了件很多颜色的衣服,妈妈就跟她说穿得'花里胡哨'的呀。"陆佳颖一本正经地陈述着。

"嗯,明白了。"陆鸣远微笑着跟她说:"在我们中国啊,大家都喜欢在节庆的日子里穿大红的,象征日子过得红红火火的,所以,很多新娘子穿红色婚纱或者别的颜色,当然也不会引来大家的异样眼光哦。"

陆佳颖点着头,也不知道是听明白了还是表示听见了。

突然,她盯着前方呆住了,只一会儿爆发出声嘶力竭的哭喊声:"小黑!黑黑……"

一个中年妇女抓着黑天鹅的头颈拎在手上,正迎面朝他们三人疾步过来。

"干什么的!"陆鸣远厉声呵斥:"快把天鹅放下!"

中年妇女见遇到了人,赶紧把黑天鹅丢进湖里,掉头跑了。可怜的黑天鹅耷拉着头漂在水里,陆鸣远好不容易把它弄过来,却发现它已经死了,而且是被人拧断了脖子致死的……

当拥有儿童的心地、成人的头脑——好像孩子那样单纯、专一、富于爱心、肯受教育,而且能够调动我们每一点智慧,时刻警惕,处于战备状态。

38. 节 制

节制,不专指特定事物,而是指所有的享乐。节制不是戒绝,而是适可而止。

"要宽恕他们的不义,不再记念他们的罪愆……"

听着妈妈温柔的诵读声,幼小的陆佳颖渐渐进入了梦乡——在那里没有野蛮和杀戮,黑天鹅依偎在她身旁,四围是完全优美、完全轻柔、完全完全的旋律——

> 我们在天上的父,愿人都尊你的名为圣,愿你的国度降临,愿你的旨意行在地上,如同行在天上。我们日用的饮食,今日赐给我们。免我们所欠的债,如同我们免了人的债。哈利路亚!
>
> 不叫我们遇见试探,救我们脱离凶恶,因为国度权柄和荣耀,全是你的直到永远。我要一生一世寻求,在主殿中瞻仰荣美,因为国度权柄和荣耀,全是你的直到永远……

虽然,第二天当她醒来的时候,黑天鹅已经不在西湖,但是,她却从此获得了勇敢和坚毅,以及比这些更加高尚的情操——宽恕!

陆鸣远和常静都还在担心她会不会因此受到过大的打击,毕竟从小到大,这般残忍的一幕她还是第一次遇到。

"不要说是她第一次遇到,我长这么大也是第一次遇到如此野蛮、粗暴的人!"陆航远听了常静的讲述,愤愤地说着,并在客厅里来回踱起步。

"好了,好了,不谈这个了。"陆鸣远把他拦下来,让他坐到自己的对面,说道:"问你个事情。"

"好啊,哥,你难得找我问话啊。"陆航远向来就是一副"没有正经"的模样。

"我听人说,你这段时间一直在涡轮厂附近转悠啊?"陆鸣远没理他那一套,而是直接问他话。

"这可是涉及我的职业操守的问题啊,怎么可以随便和你透露我工作的内容和去向?"当陆航远摆出一副正经模样的时候,真让人觉得要发笑。

见他跟自己这般"耍太极",陆鸣远跑进书房,拿了包香烟出来,叫了陆航远去了外面的草坪,丢了一根给他,说道:"听说你最近跟阿梅的关系进展得不错啊?"

"大嫂告诉你的吧?"陆航远猛吸了一口香烟,很解馋的样子,吐出来的烟雾在空中魔法般地变成一个个眼圈,看上去有时很优哉的样子。

"就你们现在这个黏糊劲,用得着别人告诉吗?"陆鸣远反问他,阿梅他是见过几次的。在常静的极力推荐下,冒梅茹还成了固善投资公司的顾问律师呢。

"说吧,不用绕那么大的圈子。"陆航远心里雪亮,陆鸣远又是给香烟,又把阿梅端出来说事,无非是要套他的话。

"嗯,前面我也提过了,就是想打听一下涡轮厂现在到底是怎么一回事?"说着陆鸣远把整包香烟和打火机都递给他。"我们有打算要收购这个地块,开发商业商务建筑。"

才一会儿的工夫,第一根烟就已经被陆航远吸剩下香烟屁股。把这香烟屁股掐灭在烟灰缸后,他给自己点上了另一支,并示意陆鸣远是否也来一根,只见陆鸣远摇了摇手。

"要讲起故事来的话,会有点长。"又是猛吸一口,吐出长长的烟雾,陆航远一副不急不缓的模样,轻松地说道:"故事要从我认识马拉开始讲起……"

陆鸣远惊叹认识这个弟弟二十几年,今日才发现他说起故事来可是不输给那些说书评弹的演员们啊。

故事还在继续讲述着,香烟也是一直没有离开过他的手,一根接着一根,就和他讲述的故事那般紧凑。

"于是,我就说服了大嫂,让马拉夫妇两个住进了你们那个位于商业中心、繁华胜地、闹中取静、77层高楼上的灵秀汇……"陆航远娓娓道来,一个烟雾直扑陆鸣远而来,一个躲闪不及,被呛得直咳嗽。

"我靠!"陆鸣远一缓过气来,就打断了他,"才讲到马拉住进灵秀汇啊!照你这么讲下去,要讲到明天早上去咧。"

"小说里的故事不都这么讲的吗?总要交代清楚时间、人物、地点、起因、经过、结果,以及环境、形势、心理、外貌特征等等……"说完,陆航远又叼起了一根香烟。

"打住,打住。"陆鸣远实在不愿意被他这么耗下去,"这样吧,我问你答。"

"好啊。"点燃了嘴上的香烟,陆航远显得有点兴奋,"问吧,知无不答。"

"涡轮厂里面是不是有在搞第三产业?"

"是的。是一个综合娱乐会所,据我暗中察看,应该是融合按摩洗浴和夜总会的多种娱乐方式为一体的会所……"

"OK!"陆鸣远打断了他的话,继续问道:"这个娱乐会所知道是谁投资和谁在经营的吗?"

"这个问题有点难度,"吸了一口烟,陆航远显然有些得意:

"不过,幸好我有做过功课。从工商局那边看,是个无证无照无许可的经营场所,但是因为其比较隐蔽,开业一年多来也没有人去管过。据我调查,该娱乐会所确实是涡轮厂自己在经营,而且总经理就是涡轮厂的厂长傅珅。"

"那它背后没有点'靠山'、'背景'或者'撑腰'的人?"

"什么意思?"陆航远顿了顿,好像是在"消化"陆鸣远的问题,"应该有,只是我还没查出来。"

"为什么是应该有?"

"经常有几辆部队牌照的汽车进出,而且一直以来都是进了这辆,出去却是换了另一辆。"

"这说明什么?"

"说明两个问题:一、这牌照是真的,车里的人或者说跟着车有关系的人跟会所有直接关系;二、这个你所谓的'靠山',处事很机警、很谨慎。"

"你见到过他们人吗?或者说熟人?"他说的这些和陆鸣远心中的猜想也差不多。

"见到过一次。那天,厂门口堵了辆卡车,军牌车下来一人呵斥卡车,我用手机给那人拍了一张照片。"说着陆航远用嘴巴叼着香烟,从裤兜里掏出了手机,翻出那天拍的照片给陆鸣远看。虽然隔着夜色拍得模糊,陆鸣远却认出他就是自己公司的倪武良。

"还有什么发现吗?"

"别急啊,我这还有他的照片呢。"陆航远继续往后面翻照片,直到照片上出现倪武良和余幼薇并排走在商场的情景。

"这不是余幼薇吗?"陆鸣远一时还不明白陆航远给他看这张照片的意思,"我们不是在灵秀汇上见过她吗?"

"没错。那天我跟阿梅逛商场的时候,好死不死,正好碰见他们了。阿梅还跟她打了声招呼。估计是怕被更多的人认出来,她只是向我们点了点头就急匆匆地走了。"说完,陆鸣远抢下含在他嘴里的香烟,一并把他手中抽剩下没几根的香烟盒子抢了过来,搞得陆航远呆在那里:"为什么?"

"你抽烟太可怕了,没个节制的。看来要让阿梅好好管管你了!"说着陆鸣远离开草坪,走进屋去了。

"我的信息可都是靠着这香烟在门房间里得到的啊!"陆航远一个人留在草坪上,对着陆鸣远嚷着、叫着……

要警惕成为这样一类坏人:一件事若不要求所有其他人弃绝,自己就不能弃绝。当然,我们可以出于某种理由戒绝一件我们不谴责、也愿意看见别人享受的事。

39. 宽　恕

免我们的债,如同我们免了人的债。
我们若不宽恕别人,自己也得不到宽恕。

在冒梅茹的思想劝导和直接的法律援助下,大姝和二姝终于向公安机关报了案。公安机关根据双姝姐妹提供的线索,很快掌握了这个组织卖淫犯罪团伙的犯罪证据和行动脉络。

在充分掌握了犯罪嫌疑人行动踪迹和规律以后,公安机关制定好了实施抓捕行动的方案——陆航远也被挑选进入了此次抓捕行动组,参与外围控制,防止犯罪嫌疑人脱逃。

抓捕行动开始以后,从外围往里面看,好像还是挺平静的。负责外围控制的民警们,放松了警惕,三三两两的有坐在车里看报的,有站在路口吸烟的,有随意走动的。

当陆航远刚接过同事递来的香烟,看见在远处的阳台上有人正顺着水管往下爬。他立即丢了香烟,一边对着电台呼喊"有人从阳台逃走",一边疾步冲了过去。

爬到半中间的嫌疑人,回头往下望,见有人朝着奔过来,赶紧又往上爬了一段,跳到旁边的红瓦房顶上去了。

嫌疑人在屋顶奔跑,陆航远在下面追。

当追过几栋房子,眼看就要追不上了,不知道从哪里冲出来一辆甲壳虫汽车赶到陆航远前面去了。

嫌疑人七拐八弯、到处乱窜,从屋檐滑了下来,掉进了一个东西两面围墙、北面立着铁围栏、只有南面敞开着的死胡同里。嫌疑人欲从南面逃走,却已经被"甲壳虫"挡住了去路——只见"甲壳虫"一边发出轰轰的油门踩踏声,另一边还拼命地闪烁着前车灯——嫌疑人一看这架势,只好往北面跑,才爬了一半的铁围栏,却看见陆航远正朝北面奔过来,无奈之下,只好退了下来,背靠在铁栏上。

这时"甲壳虫"打开了大灯,用强光照射着他。嫌疑人迟疑了片刻,就要朝"甲壳虫"奔过来。此时,"甲壳虫"猛踩着油门朝他驶了过来。嫌疑人见状,急忙后退了几步。"甲壳虫"一个急刹车,却已经随着惯性已然顶到了嫌疑人。嫌疑人虽然被"甲壳虫"碰撞到了,摔倒在地,背靠着铁栏,但是身上却无大碍。

"求你放过我吧!"嫌疑人好像认识这辆"甲壳虫","念在我把你们拉扯那么大的份上!求求你们了!"几乎是在向车里的人哀嚎着。

　　此时,陆航远也已经靠近,就在铁栏的另一端拿出手铐把嫌疑人的手铐在了铁栏上。"甲壳虫"却突然像是来了一个"踉跄",把嫌疑人往前顶了一下,铁栏发出"哐啷"的声音出来。

　　"不要啊！"陆航远在铁栏另一端叫喊着。

　　"甲壳虫"往后倒了一小段距离,嫌疑人已经是泪流满面,却突然阴笑起来:"来啊,有本事撞死我！撞死我,到了阴间,我也有你们陪着！撞不死我,我以后还要缠着你们！哈哈哈哈……"

　　果然,"甲壳虫"按着喇叭再一次冲了过来——喇叭声、刹车声、叫喊声、铁门的"哐啷"声一齐发了出来。

　　在一刹那,陆航远感觉这个世界像是停止了,惊讶地站在铁栏背后,呆呆地望着嫌疑人的侧面——害怕见到他那恐怖的死人样。

　　过了没一会儿,"甲壳虫"终于倒车离开了。

　　当陆航远爬过铁围栏的时候,嫌疑人咳嗽了两声,只见他满身的灰尘,却好像并没有受到任何的致命伤。在陆航远给他做初步伤势检查的时候,大批民警和救护车赶了过来。在得到医护人员初步伤势检查为"轻微擦伤"的结论以后,陆航远松了口气,心中感叹——开这辆甲壳虫车的人技术真好啊！转念又想:还是甲壳虫司机的运气好？

　　民警们在这死胡同被陆航远抓捕到的正是这个团伙的"老大"——当年领大姝二姝姐妹二人到城里"闯世界"的"小伙子"。

　　民警在实施抓捕行动的公寓房里,成功解救出来的还有三对年幼的双胞胎,其中一对还是双胞胎兄弟！

　　经后面调查取证,这个犯罪团伙共有5人,主要从事组织妇女卖淫活动,这三对双胞胎小孩则专门提供给"有特殊需要的客人"

服务,赚取违法收入。

驾驶那辆甲壳虫的正是二姝,大姝则一直坐在副驾驶座位上。原来,当她们得知民警要在这一天实施抓捕,怀着看他们下场的心态,双姝也就在附近等待着。当看到毁灭自己一生的人逃走了,二人穷追不舍,才有了死胡同那一段。

"我本意来是要撞死他的!"二姝和冒梅茹坐在灵秀汇喝咖啡,"我有绝对足够的理由撞死他!"说这话时,二姝还很激动,手还轻微地颤抖着。

"可是,你没有。"冒梅茹伸手抓住她颤动着的手,"你做了最正确的选择。我为你骄傲,同时,我也钦佩你这个举动,在这方面,你是我们学习的榜样!"

"可是,我现在很难过!"二姝抽搐起来,泪水就要往下掉:"他说,他会一直缠着我们,就算在阴间也要我们陪着他!"

"这事他说了不算,不要说上帝不允许,就是我们人世间的正义之士也不会容许!"冒梅茹安慰着她,"而等我们百年以后,像他这样的人怎么可能和你待在同一个地方呢?"

"可是,我也没干什么好事啊?"对未来世界的恐惧依然笼罩着她。

"谁也不知道我们到另一个世界以后会如何,上帝的事就应该交给上帝去办。我们能做的就是在自己还能站立的时候做好选择。虽然人生短暂,但是,我们现在还有时间做出选择。千万不要等到自己倒下了,才说'我选择躺着',那时已经是我们做出了选择的时候。"冒梅茹继续安慰着她,轻轻地拍着她还在微微颤抖的双手——这个女人是如此的勇敢和坚毅,不仅表现在危险时候,更在痛苦下的坚定不屈。我祈求,我祝福,愿她内心得到安定、平和,还有幸福；愿她得到力量、走在正路；愿"最长的弯路也是最近的归途"在她身上成为现实……

他所犯的这些罪或虽已经得到她们的赦免，但是却别妄想得到原谅！

爱人如己的真正含义，就是像爱自己一样去爱他。我们是怎样爱自己的呢？有多爱？还有多少怨恨、恼怒？——像宽恕自己一样，宽恕别人吧。

40. 秘密线索

我们真正喜欢的人、风景、书籍或者其他别的东西和事情，都由一条秘密的线索串在一起。尽管无法以言语表达出来，我们却非常清楚地知道它们有一些共同之处，使人爱之甚切。

盛夏，午后，静寂街头。
城市，阳光，敞篷车，还有弥漫的旋律——

或许还能有奇迹／可以再次遇见你／这个街头有份惦记／像路标印在心底／幻想每天都是约期／去打发平淡无奇／时空虚拟至少可以／能有一丝丝联系／那女孩她是谁／长发飘飘是为谁／那是我最爱的颜色／深深印在心扉／如此难以消退／那女孩她是谁／是否天有意而／让那一分钟我的星／重合她的相位／纠结了那刻体会／

纠结了我的体会[①]……

吃过午饭后，陆鸣远开着他那辆经典的玛莎拉蒂敞篷车，听着悠扬的音乐，漫无目的地逛着。这是他放松心情，释放压力的一种方式——缓缓地开着车，感受这城市的魅力，欣赏着沿途的风景，流动的陌生人微笑的脸，流畅的乐曲，行进的敞篷车……这些，让他觉得自己的工作是富有意义和价值的，他喜欢这个世界，喜欢这里的一切。

半个小时后，他回到了自己的办公室，嘴里还哼着这首《那女孩是谁》，并愉快地开始了这一天下午的工作。

正埋头于文案，一股若即若离的清新气味飘了过来，陆鸣远忍不住停下手中的笔，深深地吸了一口气，眯了眯眼，沁入心中——辅以心中的唱着的旋律，是一股久违了的邂逅的味道。

"陆总，这是投资部送过来的评估报告，请您过目。"说着实习生小陈把一沓报告递了过来。

"哦，好的。放在那里吧。"陆鸣远抬起手揉了揉鼻梁，睁开眼睛的时候，看见小陈正转身要离开，又一阵清香扑面而来，这一次他不仅闻到了而且还看见了这个味道——长发飘飘，倩影娆娆，清新可人，还复得窈！

"小陈，你哪个学校的？"陆鸣远终于放下手中的笔，喊住了已经走到门口的小陈。

"哦，华东大学工商管理系的。"听到陆总问自己，小陈转了回来，落落大方地回答道。

[①] 徐誉滕《那女孩是谁》。

"哟,我们还是校友呢。"陆鸣远笑着站了起来,示意她坐到旁边的沙发上。

"是吗?陆总是哪一年毕业的?"小陈一边兴奋地问着,一边顺从地坐在了沙发上。

"哦,说起这个,我要难为情了。"陆鸣远跟着小陈坐在了她侧面的单人沙发椅上,继续说:"我只读了三年,不,严格来说是两年半,没有毕业呢。"

"啊?!"小陈很是吃惊的样子,"为什么会这样?"

"家里穷,没办法就辍学出去赚钱了呀。"陆鸣远微笑着跟她说了这个说过不下千百遍的理由。

"是哦,我刚来的时候就听公司的老师们说你在大学期间就创业了呢,很了不起的!"小陈的眼睛会说话,当她看着你的时候,会让你情不自禁地被勾牢。

"穷则思变,纯属无奈之举。幸好后来干出了点名堂,不然江湖就会风传'半路辍学流浪街头'的故事了。"听了他这一段,小陈呵呵呵地笑了起来——多么烂漫无瑕的笑容啊。

"陆总那么有才,怎么可能出现这种情况。"小陈边说边笑,以为陆鸣远就是那么随便一说而已。

"如果有得选择,我还是会选择留在学校里读书,然后做个普普通通的职业经理人,哪像现在苦得要死、累得要命。"这些话都是他的心里话,也不知道为什么会和一个自己并不熟悉、而且比自己小很多的大学生说这一番话。

"我们现在都没有勇气出来创业,同学们倒是都满足于做个公司职员什么的。"小陈说的是实情,现在这些90后谁还愿意为了点钱去拼命?都想着享受人生,追求个性生活去了。这种人生观,创业的人是过不起的———一没时间,二没心思,三也想不到。

"是吗?这才是人生嘛。"陆鸣远笑着继续说:"跟我说说现在学校里的情况,也聊聊你对未来的想法。"

于是,小陈给他讲了一个全新的华东大学,描述了一幅有蓝天、白云、阳光、雨露、诗情、画意,而且带点梦幻色彩的未来——这是她给自己定义的未来,这个未来跟陆鸣远的完全不同,却又是他心里面一直想要,但又是没法得到的理想中的未来。

一直到晚上躺在床上,陆鸣远还在回味着小陈的音容笑貌,当然还有那股邂逅的味道。突然,他想到自己是不是喜欢上小陈了?这是他的理性绝不允许自己有的情况。

于是,他翻来覆去怎么也睡不着。

不是因为思念一个人,而是害怕去思念某个人。心中越是专注于不可思念,思念却如潮水般涌来。

他把自己关在卫生间里,生怕今夜的反常让常静发现。贼一样地躲在马桶上,悔恨自己不该闻那一缕清新,恼怒自己偏要纵容自己的好奇心……

时间已经过了凌晨1点。

陆鸣远回到床上,听着常静熟睡的鼻息,转过头去看她,看着看着,突然觉得她的身上有着某种小陈的影子——不,是小陈身上倒影了她的某些东西,而这些东西正是自己追求和向往的。

想到这些,陆鸣远笑了——

当我们遇到一个聪明、美丽、可爱的人时,在某种意义来说,应该欣赏、喜爱她(或他)身上的这些美好的品质,但是,这种喜欢(或者说爱)是否应该转变成所谓的"相爱",很大程度上取决于我们自己。正如路上如果有一条车辙,所有的雨水都会流进去,如果脑中充满了感伤的歌曲,身体充满了酒精,我们就会把感受到的任何一种喜欢(或者说爱)都转变成恋爱。这也像戴着墨镜,见到的世界都是一样颜色的。

想到这些,陆鸣远终于释怀了,并很快就进入了梦乡。或许在那里面有蓝天、白云、阳光、雨露、诗情、画意,还有常静和他们的宝贝女儿陆佳颖……

面对一片风景,它们似乎蕴涵了我们终生求索的东西,而后我们转向身边的朋友,他似乎也在看着这一切。然而,话一出口,我们和他之间就裂开了一道鸿沟。

秘密就在嘴边,欲说不能,恰如工房里木屑的味道,或是水击船舷的涛声。

41. 迹　象

我们遇到一个人,他身上具有某种特质——虽然这种迹象微弱而且不确定——而我们对这种特质有种与生俱来的渴望之情。虽然我们从未拥有,却在喧闹的激情间隙,在转瞬即逝的寂静里,日复一日,年复一年,终其一生,都在寻找、观望、倾听它的踪迹。

据娱乐八卦新闻报道,近日有网友拍摄到著名演员余幼薇和一神秘男子一同步出机场,并一同乘坐一辆高端商务车离开。同时,还有好事者对比这两年来出现在余幼薇身边的神秘男子,判定是同一个人。

今日网络的传播速度是快速的,网民的力量是强大的。好事的网民在对比了这些照片以后,很快就将这名神秘男子锁定,有人指出他就是某高层领导的公子,现在固善投资公司任职……

于是,有很多版本出来了。其中一个版本说,这个神秘男子是固善投资公司年轻的董事长陆鸣远,好事者煞有介事地贴出了两人一同出席元旦慈善晚会的照片,以及近日在某商务楼一私人会所参加活动的"亲密"照片……当把所有线索串联在一起成为一种"解读"时,围观的人们竟真以为就是那么回事。

平时,陆鸣远也不留心这些娱乐八卦,所以在这些消息传了多日以后,才由固善投资公司的副总经理张幽拿着这些消息作为一种"商业信息"简报给他看,这才晓得个中故事。

"我认为,这对公司来说也不是一件坏事。"张幽推了推眼镜框,继续往下说:"我们分析过这个余幼薇的背景:清纯、靓丽、健康、还带着点知性,很受观众喜欢,在某种意义上和我们固善的企业精神面貌很吻合。"

"你的意思是?"陆鸣远已经猜出她后面要说的话,但是这毕竟涉及的不仅仅是公司和自己个人,还会牵扯到自己的家庭、社会关系等一系列问题。

"我们希望利用这一点,借助现在这种社会舆论的力量,推广我们固善投资。这是我们草拟的一个推广方案,请董事长过目。"张幽好像并没有准备要征求他个人的意见,好像这次谈话就是向他布置一项工作任务似的。

"好,你把方案放下,我会认真考虑。"陆鸣远顿了顿,接着说:"这个神秘男子究竟是谁知道吗?总不能成了谁的'替死鬼'都不知道,就让我去干吧?"

"据可靠消息,神秘男子确实是我们固善投资的人。"张幽平静地回答。

"是吗？固善投资人才济济啊，是谁？"陆明远倒是有点吃惊，有惊喜也有惊讶。

"是倪武良，倪大公子。"

"是他。他知道这事吗？"

"你是指娱乐新闻还是我们这个策划方案？"张幽好像没有听明白他言之所指。

"两件事情。"在陆鸣远的心里本来是想问这次娱乐新闻报道的，张幽的提问倒提醒了他。

"这条娱乐新闻现在闹得是满城风雨，他是男主角，不可能不知道吧。至于这个方案，等你同意了，自然要找他谈谈。"张幽又一次用手指推了推镜框，没有表情。

"嗯。我会仔细考虑一下。"陆鸣远说完，让张幽离开了办公室。

原来，老领导倪仁杰和江海置业公司董事长尤国海是老同学，只是一个从政一个从商。当年私塾的时候，小尤国海对小倪仁杰还是特别关照的。小倪仁杰人长得矮小且生性腼腆，经常遭到大班同学的欺负，而小尤国海和同龄人比起来长得算是高大"彪悍"，因两人是邻居，所以尤国海对这个比自己大两个月的小哥哥反而关照得更多，每每看见倪仁杰遭人欺负，尤国海都会站出来，为他驱逐那帮"坏同学"。有一次，尤国海替倪仁杰"强出头"，还被人用石头砸中头部，鲜血直流，到现在他脑门上还留下一个疤痕。

这种超过一般同学之间的情谊，培养了倪仁杰和尤国海两个人的兄弟情谊。后来，各自发达了，更是强强联合，互补共进，两家走动得也越来越多。

虽然如此,但是作为倪仁杰儿子的倪武良和尤国海女儿的尤薇,相处得从来都是不冷不热、不疏不近,两人之间的关系至多只能用"熟悉"来形容。

但是,自从倪武良通过荧屏重新"认识"了这个熟悉的尤薇——不,应该是"余幼薇"——以后,他似乎才发现自己身边这个熟悉的人,身上原来早就埋藏着自己一直在找寻的某样东西。

相比于陆鸣远的理性觉醒和豁达释怀,倪武良则在于强势占有,甚至是抢夺、抢占、强取——不仅闫莉是个例证,而且余幼薇在更早之前就是个例证。

他的这个"心安理得",来自这么一套逻辑——都是成年人,而且都是单身男女,没有婚姻和家庭的束缚,只要"你情我愿",当然就不会有任何不妥。

可是,不用我们仔细、深入地分析他这套逻辑,就能发现这是一套充满罪恶的逻辑。

当事人不一定发现其中的问题——这里有两种:一种是真的没有发现,被蒙蔽了;另一种是发现了,但却为了躲避痛苦(但是这种痛苦是自己想象的痛苦),不愿去直面,宁愿忽视真相假装快乐(但是这种快乐也只是自己虚构的快乐)。后者如闫莉,前者如余幼薇。

在"神秘男子"出现在各大网络媒体以后,倪武良的行踪变得愈发神秘起来。他不愿意曝光于人们的视线下,因为那会无可避免地让他的那套罪恶的逻辑一并"昭告天下",那时他或将无处遁逃。

同样,余幼薇也不愿意把自己的这段恋情公之于众,其中的原因,和经纪公司认为的一样。

然而,当固善资本公司找到她的经纪公司商谈以后,似乎前面这个"共识性理由"不再是理由。他们乐于制造"绯闻",因为这些"绯闻"能够引发公众"围观",带来公众的关注。公众的关注,就是公众人物的"核心竞争力",能带来真正的"经济效益"。

很快,由余幼薇担任固善资本"形象大使"的宣传海报及企业公益广告布满在滨海市大街小巷。

好事的网友,则再一次循着这些"蛛丝马迹",将这一娱乐故事继续发酵、不断延续,"围观"的人们则越聚越多⋯⋯

所有曾经深深占据我们灵魂的东西,都不过是它的影子——渴望不可及的惊鸿一瞥也好,从未彻底兑现的承诺也罢,抑或是才抵耳畔便消失殆尽的回声。只要我们存在,它就存在。如果我们失去了它,我们便失去了一切!

42. 时　间

没有什么事情能使我们如此轻易地勃然大怒,除非我们感觉到应由自己掌握的一段时间突然被剥夺了!之所以会被激怒,是因为我们把时间看成了自己的财产,觉得有人正把它偷走!

虽然,固善资本公司利用了舆论机会,及时聘用了余幼薇作为公司的形象大使,可是,却并不表示她和陆鸣远真的就有更多的机会碰面——当然,从理论上说,增加了二人见面的可能。

然而,这种见面是陆鸣远自己所不允许的。他只是一时间被所谓的"公司利益"冲昏了头脑,在签下余幼薇以后,他就已经开始后悔了。

所以,由余幼薇担纲的宣传海报和企业公益广告,都被他限制在滨海市范围内张贴和播放。

对此,作为整件事情的主要策划者张幽来说,心里是不痛快的。她本意不仅在是为公司树立形象,扩大影响力,推动形成企业的"社会名片";而且,也为自己在业内赢得良好的名声,增加自己个人的职业影响力和感召力,提升自己的业务形象和美誉。现在,事件才刚要开始,陆鸣远却下令要踩刹车了,无疑对她的积极性是种打击。

午后,陆鸣远仍旧驾着他那辆玛莎拉蒂敞篷车,正在街上转悠。路过商业广场的时候,看见那里正在举行某商品宣传推介活动,围了一大群人,当然不乏媒体记者们。

陆鸣远缓慢驱使着车,就像往常一样欣赏着路人甲乙丙丁,感受着这城市的喧嚣、味道和拥抱。此时,有位娱乐记者发现了他,转而将镜头对准他,冲上前来。

"陆先生,你也是来参加活动的吗?"记者一边追着汽车一边呼喊着,引来更多的记者朝他奔过来,更有人已经挡在了他正前方的去路。

陆鸣远只好把车停下来。

"什么活动?我只是在溜达。"记者的问题确实令他无法回答。

"余幼薇小姐正在广场上参加品牌宣传活动,你是来接送她的吗?"

原来是她在那里搞活动,怪不得有那么多人围观。赶紧收拾心情,迅速整理了一下思绪,陆鸣远大声地说:"你不告诉我,我还正在思量谁有那么大的魅力把整个广场都挤满人啊。"

"陆先生,你要过去和她打个招呼吗?"

"她在那里是工作吧？我过去不合适吧？"陆鸣远微笑着回答记者的提问。

"陆先生，前些天被记者拍摄到余小姐旁边的那个'神秘男子'真是您吗？"

"我不神秘啊，你们到网上一搜索就能找到关于我的详细信息。"说着，记者们和陆鸣远一起笑了起来。

"请问陆先生：你和余小姐之间的事情，你夫人知道吗？"有记者继续发问。

"这个问题是在给我下套啊？"众人又笑了起来，陆鸣远继续说："你这一句话问了两个问题，第一，'你和余小姐什么关系'，第二，'你们之间的这种关系你夫人知道吗？'当然，这第二层意思里面还隐含着'你夫人如何反应'的问题，我说得没错吧？"众人又是一阵笑声。

"为了让你们能够写点吸引大家眼球的东西，先回答后面两个问题。"陆鸣远此话一出，所有记者安静了下来，只听见按快门的声音，看见闪光灯不停地闪烁。

"余小姐是我太太介绍我认识的，"陆鸣远开始说，"她和我太太之间的确是关系不错的朋友。同时，我跟我太太不仅是夫妻，也是好朋友，我们之间几乎无话不说——当然，国家规定不能说的从来没说过哦。"众人又被他逗得笑了起来。

"至于我和余小姐之间的关系，"陆鸣远把前面的两句话权当是后面两个问题的回答，不多啰唆，继续往下说，"我们在一次我太太举办的聚会上认识，现在她是我们聘用的公司形象大使。"

"那到底是什么关系嘛？"记者追问。

"有点像老板和员工的关系吧？不对，不对，应该是雇佣关系。"陆鸣远微笑着冲记者们说着,说完抬起手腕看了看表,"时间不早了,我得回去工作去了,下次有机会我们再聊啊。"

记者们本来还想再刨些信息,但是见他已经回答了不少问题,而且时间也确实不早了,又是被大伙拦截下来的,也就都主动给他让开了道——这就是中国内地记者的可爱之处,死缠烂打的比较少,当然,也有个别不怀好心的记者。

场外的骚动显然也引起了品牌推广活动的秩序,不少群众不知道外面究竟发生着何事,都引颈观望,一时间现场冷清了不少。一旁的助理打听清楚情况后,凑到余幼薇耳边跟她说是陆鸣远在场外被记者围堵。

"等会儿难免有记者会向你提出关于'神秘男子'的事情,含糊其辞就可以了,让人们猜想去。"助理私语,余幼薇一直保持着笑容,听了助理的一番话,心里记着,脸上却没有一丝的变化。

本来二人就没有什么,被网友和媒体追寻"蛛丝马迹"后,变得说不清楚了——不,说是能够说清楚的,可是,有多少人相信那就是真相呢?余幼薇心里正想着,主持人已经在邀请她上台做品牌推介了。

那群围堵陆鸣远的记者们,已经回到活动现场。他们可没兴趣听这些产品的推荐,都盼着快点到媒体采访时间,就可以向余幼薇多问几个问题,然后拿回单位编写今天这难得的"余陆偶遇"事件了。

可是,台上的主持人真是尽职,一直和余幼薇互动产品的信息,过了很长时间也不见要结束的意思。

于是,就有人开始在下面叫嚷,让主持人抓紧结束。台上的主持人或许是没有听见,又或许是主办单位之前特意交代过,依然按照预定议程进行着活动。

于是，台下有更多的记者向主持人吐槽、叫嚷。

"叫什么叫，花钱喊你们过来是给产品做宣传推介的！"主持人突然转过来冲台下叫嚷的记者喊道。

原来，公司为了扩大该产品宣传推介效果，特意花钱请了这些媒体记者过来参加这次活动，并且按照"规矩"在活动开始前都给足了"车马费"。

这位主持人是该公司的一名员工，知道这中间的许多事情，见这些人拿了钱"不干活"、"干私活"，还在台下起哄，心里憋了一团火，脱口而出，把记者们说了一通。

记者可不是吃素的，听她这么一说，早有人跑到后台找负责人去了。只听见后来传出来一阵吵闹声，紧接着就是不停的道歉声……

见这里要乱成一团了，等台上一结束，助理就拉了余幼薇赶紧离开。几个眼疾的记者跟了上来，追问了好几个问题，均由助理代为回答。

这几个记者见围堵不住，只得作罢，嘴巴里已在咒骂那些到后台去"理论"的记者和那位"不识趣"的主持人……

人类既无法创造时间，也无法留住时间的一分一秒。时间对我们来说完全是白白的馈赠，要是把时间当作私有财产，还不如把太阳、月亮也当作私有财产！

43. 真　相

人们不会仅仅因为不幸而发怒，但是如果人们觉得这是一种伤害,就会怒不可遏。只要合法的要求遭到否决,人们就会感觉到受了伤害。当我们被诱使得对生活提出越多的要求,就会越加频繁地感觉到受了伤害,并因而变得脾气暴躁。

最近这几个星期,吴志德律师忙忙碌碌的好不清闲。

为解决"退役农民"动迁矛盾,吴志德在多个方面展开了调查——首先是农民自身,其次是政府,然后是社会,最后是公益组织以及热心于社会公益事业的企业家和企业组织。

经过大量的走访和调查,整理分析收集来的材料以后,吴志德就开始着手制订一套针对农民动迁矛盾的解决方案。通观整个方案,最最关键的是就要设立一个"农民安置基金",委托专业的基金管理团队管理运作,通过市场化的手段,解决农民因政府土地征收、房屋动迁、"农改非"等工作所引发的一系列经济和社会矛盾。

这是一套完整的解决方案。吴志德拿着它奔走呼告——虽然有了政府部门的支持,可是真正愿意参与这个基金管理工作的团队并不好找。主要原因就是由于这个基金的管理成本太高,回报率却很低,而且可能还会有其他社会风险。

吴志德当然知道这一点,毕竟他以前也在金融行业混过一段时间(那时候他的业务就是金融行业方面的法务)。所以,他也算是积攒了不少金融行业里的人脉关系,这个时候正好发挥作用。

刚开始的时候,基金管理人都表现出很感兴趣的样子——这或许是个新的阵地和模式——可是,当他们对这种基金的理解和分析越深入,就越觉得"没多少花头"。

当吴志德再一次登门拜访时,PE们要么委婉拒绝,要么避而不见。几次之后,吴志德觉得要转换一种方式,不然老是感觉自己像个叫花子,而且没有讨到好处。

看一下手中的"资源",左右掂量还是觉得要找找倪武良。自从那件事情以后,吴志德已经很久没有和倪武良他们联系了,在他心里总觉得倪武良他们"不够意思",本想就这么切断联系算了——他们才是真正的生意人,不会跟你谈感情(他们要是和你谈感情,那叫扯淡)。因为看清楚了,所以不想和他们"玩"了,没劲。

可是,这时候环顾自己左右,除了他们似乎一下子还真找不出更加合适的人选。

"说不准他们会念在之前的情分,在这个时候帮自己一把呢。"吴志德心里思量着,"再说,这个事情也是好事,既能获得名,也能获得利,虽然少赚点,总归还是个赚钱的买卖。"

既已思量好,吴志德马上就跑去找倪武良。

倪武良因为"余幼薇与神秘男子案"的事情,最近一直深居简出,害怕记者找上自己。后来听了张幽的企业宣传推广方案,为配合实施,暂时"隐居"起来,以免引出不必要的麻烦来。

这也正合了倪武良的心意,他最担心媒体记者找到他头上,到时他可就不能像现在这么逍遥和自在了。

于是,倪武良干脆搬进了郊区的别墅度起假来,傅珣等人也跟着赖在那里,一帮人在这栋房子里那日子过得可是日日潇洒、夜夜逍遥。

"无丝竹之乱耳,无案牍之劳神。龙膏酒我醉一醉,把葡萄美酒夜光杯。雾雨轻挠美人背,赏丝竹罗衣舞纷飞。银月飞天舞,空留西厢我不回……"是夜,吴志德来到别墅见到倪武良,倪武良正美人在侧,手捧酒杯,微醺之中脱口说了这么几句。

吴志德举杯与他相碰,面带欢喜赞赏他文采了得。心中暗自赞叹：娘的，这么一个花花公子、纨绔子弟，竟然能够信手拈来、出口成章啊，如果将这才能用在正道上，不知道要造福多少人呢。——其言下心思却是暗指这等人才把才能用在邪道上，竟不知要有多少人要遭殃？

与倪武良喝了几杯以后，吴志德看到那天与自己去三亚的女子走了进来，又想起那天发生的事情，自己却不好意思和她打招呼。这女子倒是大方，见到他就直冲着他微笑，见他低头不认自己，也没有往心里去——风月场合，露水夫妻，一切都只是逢场作戏罢了。

谁知道，这个女子却是傅珦特意为吴志德找过来的，因为那次他们去三亚，正是傅珦在中间给他们搭的线——只是傅珦并不知道这两人之间那晚发生的许多事情。

"来，美女，你的老情人在这里呢。"傅珦招呼她坐到吴志德旁边，搞得吴志德怪不好意思的，竟然伸出手去和她握手。

"呦，用得着这么装吗？都已经做过'夫妻'的人了。"傅珦见他们如此"彬彬有礼"，忍不住说了两句。

吴志德听了这番话，自己也觉得这握手礼来得太不合时宜了，微笑着赶紧把她搂进怀里，说道："我们刚才那是在外人面前表现出来的'相敬如宾'啦，现在才是'如胶似漆'的二人时间。"

众人在那里一起游戏、玩耍、娱乐着，吴志德心中有事，见着空隙抓准机会凑到倪武良的耳边，跟他说了关于成立"农民安置基金"的事情。或许是今晚玩得高兴，倪武良竟然爽快地答应了下来，并让吴志德明天一早就把详细方案送过来。

吴志德喜出望外，他没想到事情的发展会是如此的顺利，这让他心中满是欢喜，转头就投入到与身边女子的"如胶似漆"中去了……

一夜纵欢以后,吴志德张开眼睛的时候,感觉头脑胀痛,细细回忆昨晚情形,却都只是片段。回想昨晚倪武良的爽快,却又联想到他之前在涡轮厂事件上对自己的"冷酷",吴志德突然气从心起——涡轮厂的事情,我也算是为他们"卖命"了,可是那么有能力的他们竟然那时候眼睁睁地看着自己走入绝境。而现在,看到这个有利可图的事情,却像个慷慨的善人那样爽快、大气地给自己施舍。实际上,他们都是为了利益,同时,他们还把自己当猴一样耍给他们看笑话——什么美景,什么美酒,什么美女,这些都只是他们耍猴的道具而已!

脑袋持续胀痛,思绪持续蔓延,吴志德心中的怒火暗暗热烈起来……

没有必要再假装我们以前是对的。承认了这一点,我们就获得了生命。

44. 贞 洁

人们对贞洁的反抗来自这样的信念:我们是自己身体的"主人"——身体是一笔巨大的、危险的财产,总是和创造世间万物的能量息息相通。但是,在现实世界中,人们发现自己不但不能完全支配身体,还会被别人从中任意驱使!

在灵秀汇众人的帮助下,大小双姝离开了顶级会所,并且通过冒梅茹的介绍和帮助,进入了电视大学学习文化课程,等待学习了一定的文化知识后再做下一步的打算。

虽然之前也有读过书,可是并不成知识体系,而且总是断断续续也没学到多少。因此,大小双姝一进入电视大学就感觉学习得很吃力,有点跟不上的样子。

冒梅茹知道这个情况后,每天晚上让她们到灵秀汇来给她们补习。不久以后,陆航远也加入到了补习老师的队伍。冒梅茹主要给她们补习文科课程,陆航远则负责理科科目。

随着补习的深入,四个人的感情也越来越深厚。陆航远和冒梅茹除了传授她们文化知识以外,还给她们讲了许多关于人生观、价值观以及世界观的东西。大小双姝这才发现,这么些年来,自己的人性和人格原来被他们严重扭曲了,才发现世界原来那么大,道路可以有那么多条和走法。

姐已决意离开江湖,江湖却还怀念姐。

大小双姝是顶级会所的招牌人物,她们给不少客人留下了许多难以忘怀的体验和回味。这怀念她们的众多客人之中,就包括邝坤和倪武良。

这天晚上,酒足饭饱过后,倪武良拉着邝坤来到顶级会所。像往常一样,妈咪李小心地伺候着他们。等他们换好了衣服,妈咪李笑着问他们有没有喜欢的姑娘时,两人几乎同时说出了双姝的名字。

"哈哈哈,看来咱俩还真是口味相同啊。"邝坤笑着说。

"哈哈,是啊。我还有其他选择。妈咪李,你帮我安排阿雅吧。"在倪武良的脑海里突然闪过那盘录像带里的情景。

"不要这样啊,她们是两个人,你我兄弟分一个就好了。"虽然邝坤心里不是这么想,可是好像这么一说才显得自己并不是个饥色的人。

"不，不，不，一个人就没有那个味了。"倪武良说完，二人相视而笑。

"两位老板，实在抱歉啊，双姝姐妹不在这里干了。"妈咪李带着愧疚的口吻说着。

"不在这里干了？"倪武良有点吃惊的样子，"为什么？你们给她们的提成比例少了？"

"不是。给她们向来都是这个行业里的最高份额，到别的地方去，怕是也难有这么高的比例了。她们'上岸'去了。"妈咪李解释着。

"上岸？"邴坤不明白妈咪李说的"上岸"是什么意思。

"就是洗手不干了。"妈咪李继续解释。

"洗手不干了？钱赚够了？"倪武良追问，心中充满了遗憾之情。

"钱是赚不够的。"妈咪李微笑着回答，弯下腰帮倪武良捏着大腿，接着往下说："听说前一阵子公安局把拐她们出来的一伙人抓了，所以现在她们恢复自由了。再说，干这一行也就是个青春饭，虽然不像男人，但是像这里的女人每天这么干也受不了的。"

"嗯，倒也是。"倪武良眯着眼睛享受着妈咪李那娴熟的按摩，转头向一旁的邴坤说："只是今晚不能让坤哥如愿啊。李经理，你去帮忙挑几个好的姑娘进来，让我大哥看看，一定要长得好看、技术一流啊。"

妈咪李答应着，站了起来，出了包厢，挑选姑娘去了。

"阿良，我倒是很好奇她们如何按比例提成？"邴坤躺在靠椅上，喝了口茶，问向倪武良。

"哦,我也是道听途说。"倪武良端坐在靠椅上,顿了顿继续说:"像在这里,一般的四六分成。"

"公司四,小姐六?"

"不,小姐四,公司六。而且公司对她们每个月的接客数量有个基本要求,如果达到要求的数量,即可按照这个比例分成,如果达不到还要扣钱。当超过一定的数量,分成比例就可以提高,例如小姐六、公司四,或者小姐的比例还可以更高。"

"嗯,这倒是个不错的管理方法,激励小姐拼命干活。"

"是啊。"倪武良心里想到什么事情,微笑起来。"小姐们为了拿到比较高比例的分成,自然是卖力地干活以及招揽回头客。我听一位朋友说,有两次月底的时候,小姐给他发短信让他过来'做服务',是小姐自己掏钱让他过来点她'做服务'哦。"

"有这种好事啊!"邴坤也坐了起来。

"你想啊,到月底了,看看这个月的指标还差几个人或者离下月更高提成比例线还差点,这个时候自己掏钱买一两个'指标'数也是划算的嘛。"倪武良得意地说着。

"那位朋友不会就是兄弟你吧?"邴坤朝他诡笑起来。

"没有,没有,真是一位朋友。下次有机会介绍大哥认识一下。"

"好啊,好啊。有这等艳福的人物,确实要认识一下。"

正说着话,妈咪李已经引着姑娘们进来了……

完事之后,邴坤躺在床上,怀里抱着美丽的姑娘,心里却还在想着双姝。也是这个房间,也是这个时间,也是这些标准化的服务,可是,不知道为什么,她们就是不如双姝。

心里叹着气,邴坤回到了休息室,却看见倪武良正在和妈咪李说着什么。

见邴坤进来,倪武良笑着对他说:"大哥,好消息啊,再过一会儿双姝中的大姝就会来。"

"哦?"像是打了一剂兴奋剂,一扫邴坤心中阴霾,"真的吗?她们不是已经上岸了吗?"

"能上就能下啊。"倪武良诡笑着,"大哥你快躺下来,我让李经理安排个懂按摩的人进来给你按几下,尽快恢复恢复体力。"

约摸过了四十五分钟,邴坤在睡梦中被叫醒,说是大姝到了。这个消息让他立即清醒过来,下体充血,好像体力全都恢复了一般。

"大哥,悠着点悠着点,有得是时间……"

当邴坤被带到一个包房的时候,看到那个赤裸着躺在床上的姑娘,正是自己所思念双姝中的大姝。

这种占有欲,被魔鬼辅以人类的骄傲和糊涂,使我们忽略物主代词的不同含义,混淆一系列不同含义的"拥有"——从"我的东西"、"我的妻子"、"我的父亲"一直到"我的上帝"——最后,我们可悲地把所有这些含义简化到"我的东西"这一层,即:归我所有。

45. 盐的味道

假设有一个从来不知道盐为何物的人,当他初尝盐的时候,一定会尝到一种极其强烈而刺激的味道。那么他一定会说:我想你们的菜肴一定全是一个味,因为我刚才品尝的东西味道太重了,几乎抹杀了其他所有的味道。

那天晚上,大小姝姐妹从灵秀汇补完课出来已经过了9点钟。小姝由朋友拉着到商场顶楼的电影院看电影去了,大姝觉得有点困了,就一个人开着那辆耀眼的甲壳虫汽车先回家去了。

当大姝在自己家小区地下车库停好车,从车上下来以后,一辆面包车从她后面驶了过来,她下意识地站在旁边,谁知当面包车驶到她身边时,从车上跳下两三个人,将她拉进车里。她本能地进行反抗,这时一块带有刺激性气味的毛巾蒙住了她的脸,没一会儿她就失去了知觉。

一阵由远而近的靡靡之音传入耳里,伴着身子的有节奏的上下晃动,大姝勉强地要睁开眼睛,却看不清楚周围的状况,只觉得有个人压在自己身上。浅红色的灯光把压着自己的人影照得忽明忽暗,突然,她意识到了什么,伸手要去推开他,最终憋了半天才出来一个字"不"——多么卑微,多么无力、多么无助的呼叫啊。

她好像被带回到了幼年,那一晚二爸叫她睡在自己旁边(在三个爸爸里面,二爸最疼她了),半夜自己正熟睡的时候,突然感觉有个硬邦邦的东西正要插进自己的身体,强烈的刺痛把她惊醒过来。二爸喘着粗气、赤裸着身子正压在她的身上。

"二爸,痛!"小女孩痛得眼泪直流。二爸用手捂住她的嘴巴,在她耳边低语:"很快就不痛了哦,二爸给你糖吃哦。"

那是一个最漫长最恐怖的一夜,时间很像长得像一辈子,痛得就像有人拿锥子在锥她的心。也不知道过了多久,二爸停了下来,躺到一旁,帮自己擦着眼泪……

完事以后,妈咪李拿着一块毯子进来披在大姝身上,却发现她下体一片殷红,就像是处子初夜之后那样。妈咪李吓了一跳,赶紧拿毛巾去擦。在擦完下体的血渍以后,妈咪李快速把她背进了休息室，让她躺在床上，掀开毯子，才发现她的胸部竟然青一块紫一块。

"妈的，什么男人啊！简直就是禽兽！"围观过来的几个姐妹也清楚地看到了她洁白乳房上那刺眼的淤青块。

"都给我出去，今晚谁都不要进来打扰她！"妈咪李冲姑娘们叫嚷着，把大家赶了出去。

当顶级会所送走了最后一批客人后，接到妈咪李的电话赶来的小姝，在陆航远和冒梅茹的陪同下从后门进得会所来。这次因为有小姝领路，各路保安并没有拦阻陆航远和冒梅茹。

见到躺在床上睁大着眼睛痴呆地望着天花板的大姝，三人都知道发生了什么事。小姝淌着眼泪，在冒梅茹的帮助下，给大姝穿好了衣服，二人一边一个搀扶着她往外面走。陆航远顺手将那块沾有血渍的毛巾一起带了出去，并找了个干净的塑料袋装了起来，小心地放进汽车后备箱里。

第二天一早，妈咪李陪着傅珝登门来到大姝住所。

"这是昨天晚上客人留下的酬劳，你们走得太匆忙。今天我给你送过来了。"妈咪李满脸堆笑，将5万元现金放在桌上，继续说："昨晚你受了些委屈，客人也知道是粗鲁了点，所以这次小费给得也特别爽快。我看，你也就当昨晚被鬼压了，让事情过去吧。"

"你们这是什么意思！"小姝心里本来就憋气，听了妈咪李说的这些话，终于爆发了出来："昨晚那叫强奸！难道你们不知道？！"

"别说得那么严重嘛，小姝。"傅珝不愠不火地说着："都是在江湖上混的人。再说，你们干这一行也有这么多年了，这事情对你们来说还不是小事吗？而且现在你看人家也是很客气的，一出手就是以前的好几倍呢。对大姝和你呢，他也真的是情有独钟，都说了，以后还要养你们做小呢。"

"没错，傅总，江湖上的规矩我懂。你说前两年我们姐妹两人在顶级会所受了多少委屈，我们有说过苦、抱过怨吗？没有！可是，傅总、李经理，你是知道的，我们现在已经'上岸了'、不干了，还把我们当成按摩女啊？"小姝说得很是激动。

"你这话说得好像就不给我这做哥的面子啊！"傅珥冷冷地说了一句，妈咪李赶紧过来把话岔开。

"傅总，你的面子小姝她们怎么敢不给你。受了这些委屈，抱怨几句总还是要让她们说出来的呀，是吧？傅总，你是最关心、爱护我们的了，我们也只敢在你面前矫情一下呀。"妈咪李说着靠近傅珥身边，拉起他的手抚摸起来。接着又把话转向旁边的双姝："你们发发牢骚也就好了，早都不知道被多少男人玩过、用过了，别真还当回事啊。赶紧地，把钱收起来，不然老娘可要拿去了！"

傅珥和妈咪李见双姝二人不再说话，以为她们已经接受了现实，再给了她们几句不值钱的安慰话（这种安慰的话，在她们现在听来是多么的刺痛人心啊）。

等他们离开后，小姝马上电话给了冒梅茹。

不一会儿，冒梅茹和陆航远就过来了，并在他们二人的陪同下去了一趟医院。在对大姝进行了全身检查以后，陆航远还特意交代熟悉的医生提取了那块带着血渍毯子上的DNA，同时，还有残留在上面的精液。

下午，大姝在小姝和冒梅茹的陪同下，来到陆航远所在派出所做了笔录。笔录完成后，陆航远赶紧上报所领导以及分局刑侦支队。

因为事关政府高层领导,公安分局马上上报市局,市局再向有关人做了取证和市有关领导汇报后,立即采取了行动。当天晚上就把郏坤控制了起来,并封锁了顶级会所,到现场收集线索,寻找人证。

而此时,在第一时间得到消息的傅珅等人早已经离开了滨海市……

我们都知道:只有加了盐,菜肴才能显出自身真正的味道。——这是真理显示的一点迹象。

六、问·灵魂

常存忍耐,就必保全灵魂。

当灵魂临近深坑时,祈祷救赎我们的灵魂免入深坑;当生命近于灭命时,祈祷从深坑救起我们的灵魂;祈求光照我们,让我们的生命得见光耀!

46. 拥 有

"我的!我的!我的!"

如果"我的"一词完全代表占有,那么人类其实无法将任何东西说成是"我的"。事实上,"我的××",表示的是"我"和"××"有一种特殊的联系,而不是"这是我的××,如果我乐意的话,我可把 TA 怎样都行"。

七月流火。

闫莉回到住处的时候,男友龚功已经在门口等了有一会儿了(闫莉曾经也想过给他配一把钥匙,可是,心里害怕哪一天自己正在和倪武良偷情的时候,被他撞进来)。

只见龚功穿着一件碎花背心,一条海滩裤以及一双人字拖,一副来自热带海岛的模样,嘴里还叼了根香烟,蹲坐在门口对面的墙角下面。见闫莉回来,龚功赶紧把香烟掐了,满脸堆笑地迎了过去,抢过她手中的包包。

"您回来啦?今天上班很辛苦吧?"龚功不愧为做助理的,说话的语气让人听着不仅仅是舒服,还有感情和爱意。

从闫莉的包里掏出钥匙,龚功利索地为她开了门,拎了双拖鞋过来,再蹲下身来给她脱了鞋子,并用手轻揉两下才给这双玉足套上拖鞋。等闫莉走进房间坐下,龚功才又返回门口把大包小包的东西拎进来。

"我给你买了很多你喜欢吃的东西,想吃苹果还是葡萄?"原来今天是龚功领工资的日子,那大包小包是他特意给闫莉选购的。

"想吃苹果,可是大家都说'早上是金苹果,中午是银苹果,晚上是烂苹果',算了,吃葡萄吧。可是,吃葡萄要剥皮,还要吐籽……"闫莉斜靠在沙发上一副懒洋洋的样子,对于龚功的殷勤,她早就习惯了。

"不怕。我给你洗葡萄去,准让你吃得舒服、甜到心底。"龚功微笑着跑进厨房去洗葡萄,不一会儿就见他端着个精致的碗出来,里面盛满了晶莹剔透的葡萄。

"我的女王,您看是在这里用膳,还是起驾回寝宫用膳?"龚功学着电视里太监的口吻说道。

"哀家累了,不想动了,就在此伺候吧。"闫莉眯着眼睛慢悠悠地说道。

"喳!"龚功作了个揖,赶忙把葡萄端了过去,紧靠着闫莉坐下,剥起了葡萄来。等剥好了一个,赶紧送进闫莉的嘴里,接着再剥第二个。闫莉吃着这葡萄觉得还挺甜,就是有几个籽,当吃只剩下籽的时候,"嗯"了一声,龚功赶紧伸出另一只手接住她吐出来的籽……

"亲爱的。"龚功一边剥着葡萄皮一边轻声地呼唤着。

"嗯?"这会儿闫莉将头枕在龚功的大腿上,整个人躺在了沙发上,眯着眼睛,嚼着葡萄,听到呼唤自己,轻声应了一下。

"今天我还给你带了样特别的礼物。"龚功说着从旁边的塑料袋里掏出一个银色、收音机模样的玩意递给闫莉。

"这是什么呀?收音机?"闫莉拿在手上,好奇地问道。

"你在这里按一下。"说着,龚功知道这闫莉在旁边的一个按钮上轻轻地按了一下,"收音机"发出刺耳的警笛声。

"喔,什么东西啊,快关掉。"闫莉把"收音机"扔回给龚功。

只见龚功按了一下另外一个按钮,"收音机"的警笛声停止了,回过头来温柔地说道:"这是个'防狼报警器'。把它放在你的包包里面,当发现有危险的时候,只要把手伸进去,按一下按钮,它就会发出警笛,引起路人的注意,吓跑坏人。"说完,龚功又演示了一遍。

龚功倒是没有注意到当时闫莉的脸色,一会儿惊讶诧异,一会儿脸红害羞,最后是尴尬木然。她本要说点什么,可是,看到龚功那兴奋的劲头,只好假装喜欢地说了一声"谢谢"——心里却想:把它丢一边就是了。

夜半酣时,闫莉看看手机,本要让龚功离去,后又一想,今天倪武良不是和自己说过在外地开会不回滨海了吗;又看看龚功正在一边忙碌的模样,竟舍不得让他离开……

一夜云雨,恰是夏日大汗淋漓。

第二天,闫莉起了个大早,今天是她值班。谁知,龚功起得比她还早,当等她洗漱完毕,一桌早餐已经准备妥当。二人吃罢饭菜,龚功将她送至门口。

"我今天下午才有工作,一会儿把这屋子打扫干净了再走吧。"龚功将她送至门口,把包递了过去。

"好的。没事你就待到下午上班走吧。"闫莉把包挽在肩上,在他脸上亲了一口。

"领旨。"龚功作了个揖,目送着她进了电梯。

穿着复古花色的花短裤,白色裸肩T恤,手拎粉色皮包,闫莉今天这身打扮创造无限的新鲜感。

在拥挤的地铁上,时不时会有人蹭过来,或在她的屁股上不经意地一擦而过,稍经世事的她,已经知道那硬硬的擦过来是什么东西。要是在以前遇到这种事情,她或还会脸红,现在对此她已经是处之泰然了——这也正好说明自己的魅力无限。

突然,地铁一个急刹,所有人都往前倾,闫莉没抓稳扶手,整个人掉进了身边一个清秀小伙子的怀抱里。还没等大家回过神来,急促的警报声响了起来。整个车厢里的人都紧张起来,不知道是出了什么紧急情况。闫莉更是紧张得牢牢地抓住了小伙子的肩膀。

"小姐,小姐,是不是你的手机响了?"清秀的小伙子摇了摇手臂,温柔地对闫莉说。

"手机?"闫莉突然想起来了,这声音不就是龚功买的"防狼报警器"发出的声音吗?一定是他早上出门前放进去的,刚才一个急刹肯定是碰到了按钮,这才发出警报来了。

"没有,我手机没响呢。"不承认,打死都不承认,糗死人了。等地铁到了站,闫莉赶紧下了车,一路警报声跟着,赢得一路人投来的诧异眼神。一边小跑,一边把手伸进去,却怎么也找不到按钮,见前面有个垃圾桶,赶紧把它掏出来扔了进去,然后大步流星地走了……

人类终将发现我们的身体、时间和灵魂究竟属于谁——无论发生什么,肯定不会属于我们自己。
远离尘世的烦躁和焦虑,抛开一切虚无的东西。

47. 渴　望

给你多的人,对你的期望也高。此外,渴望被需要,更是一种难以抵御的诱惑。

"我觉得这是''被选择'。"电视台的经济访谈节目正在专访陆鸣远,靓丽的主持人问他在关键的时候是如何做出选择的问题,他这样做出回答。

自从传出与余幼薇的绯闻以后,陆鸣远就成了媒体追捧的新"宠儿"——这主要源于他的身世背景:贫穷家庭出生、中途辍学从商、年轻的亿万富翁、年轻的政府高官,最后又是急流勇退再度从商。

当然,也少不了张幽等人在幕后的努力。

"或者说是一种大自然的玄出。"节目录制正在继续,陆鸣远侃侃而谈:"世界上的事情发生得太快,来不及让我们好好思考,事情已经发生。所以一切都还没等我做出选择时候,事情已经是这样了。"

"那如果要让你来选择的话,你会作何选择?"女主持人面带微笑,声音充满了女性特有的质感,听起来很舒服,也不容你抗拒。

"哦,谢谢你给我一次可以自己'选择'的机会。"说着两人都笑了起来。

"如果让我自己选择,"陆鸣远继续说,"从哪开始呢?父母?家庭?还是从辍学从商开始吧。"

顿了顿,像是陷入了深思,突然,陆鸣远坚决地说:"我会选择继续读下去!"

"为什么?如果你继续读下去的话,可能后来就只是个公司白领或职业经理人?"主持人有点诧异地反问道。

"有可能,但是我还是选择继续读书。"陆鸣远再一次坚定的回答:"可能我的生活会和今天完全不同:公司的小职员、朝九晚五上班、领着微薄的薪水……反正就是在别人看来和现在不能比的生活。"二人又笑了起来,陆鸣远继续说:"但是,这就是我想要的生活。"

"不过,有人可能会说:'你现在那么有钱,那么有地位,当然可能在那里耍清高了。'你怎么看?"这个美女主持好犀利。

"那么,我只能说:做自己的选择,让别人说去吧。哦,对了,我要补充一点:当时的现实情况是,我不仅要养活自己,还要养活家里人。所以,辍学完全是'被选择'。"

"呵呵,"主持人被他的睿智打动,继续问,"好吧,我们继续往下。大家都知道,当你创业成功以后不久就走上了政坛,是大家所说的'商而优则士'吗?"

"不是。"又一个坚定的回答:"首先是响应党和政府的召唤,其次是在企业发展到一定阶段以后,那时候的我已经驾驭不了了,幸好此时党和政府有需要，而我又正好符合岗位的要求。"

"可是，后来你却辞职了。那可是人人羡慕的局级领导岗位啊。"最后这句话，主持人用了一种极其惋惜的口吻。

"副局级岗位。"陆鸣远一本正经地补充纠正，"这次'下海'主要有几个原因：第一，不管是在政府还是在企业，都是为人民作贡献，我的长处在企业管理和市场运作上，所以'海中'更能发挥我的优势、作出更大贡献。第二，我的性格越来越不适合在机关工作，在里面惹出了不少事，还不得赶紧跑路？"说着二人又咯咯地笑了起来。

"让我们换一个话题。"又聊了一会儿，主持人把焦点转到了最近的绯闻，说："最近各大媒体有曝出了你和著名女演员余幼薇的绯闻事件，你有什么要解释或者要辩护又或者要声明的吗？"

"哈哈哈，你到底想要我为这件事作解释、辩护还是声明呢？"陆鸣远给她卖了个关子。

"就是随便说点什么都行，套用术语应该就是对此事件的'回应'吧。例如：这事情的真假？你们的感情如何？对家庭的影响呀什么的。"

"我说我在整件事情中，就是躺着也中枪的那个人，你会相信吗？"见主持人睁大眼睛没有回答，陆鸣远接着说："反正我信了。"

当真相就这么赤裸裸地说出来的时候，人们却怀揣着极度疑惑的态度和对发言者的极其不信任。

借着陆鸣远和余幼薇绯闻的不断扩散，固善投资几乎是"一夜成名"，同时，也逼着它更多地关注企业规范、社会公益和社会责任。

还在四处寻找 PE 的吴志德找准了机会,在倪武良引荐下认识了公司副总经理张幽。

张幽听了吴志德的情况介绍,觉得这个项目符合固善投资的公司宗旨和指向,就是他做的这个方案过于潦草和粗糙,若是经过专业人士的修改,会是个名利双收的好项目。

有了以上认识,固善投资公司的人很快开始接触了解这个项目。不久,一份可行性报告就呈报给了张幽,并且很快就转到了陆鸣远的案上。

"有个问题:这个吴志德在其中扮演什么角色?他有什么要求?"在项目论证会上,陆鸣远提出了问题。

"他要担任这个项目的法务。"张幽不带表情地说着,"他说,这个项目离不开他。因为其中涉及的动迁安置的老百姓需要他,他也最了解他们的诉求和需要。"

"我们先撇开道德这个层面来看,我们放着自己的法务不用,再雇佣他过来,这不等于公司要拿出双倍的佣金?"陆鸣远追问。

"是的,陆总。"张幽面无表情,回答得直截了当:"而且他还是个蹩足的律师。"

"那还不如直接给他点钱让他走人,让公司的律师担任这个项目的法务来得要好?"

"理论上是这样。"张幽依旧是一副专业人士的淡定表情,说:"实际上,他的要求是要和我们固善合作,而不是一次性的交易。他也觉得我们固善需要他这样的律师来做法务。"

"明白了。"陆鸣远顿了顿,继续说:"这个项目我们有竞争对手吗?"

"没有。据我们了解,吴志德在找到我们之前接触过不少的

PE,我们是唯一一家对它感兴趣的 PE。"

"那么说来,他是认准了我们'吃定他'了?"

"是的。"张幽淡淡地、没有丝毫犹豫地回答。

"那就这么做吧。"陆鸣远用手指梳理了一下头发,"只一点:把公司的律师也叫过来和他一起负责这个项目吧,拿了钱总是要干点活的。"

张幽心里明白,陆鸣远对这个吴志德是不放心的,所以派自己的律师盯着点。这倒不是钱的问题,而是人与人之间的信任问题。

我们必须克服渴望被需要的心理。以直接粉碎的方式,消除头脑中的疑问,就是真正的答案。

48. 耗 子

如果地窖里有耗子,只有在突然闯入的时候才最有可能看见它们。这种突袭并不能凭空造出耗子来,只能使它们无法隐藏。

案件调查取证的日子是艰难的,不管是对犯罪嫌疑人、强奸受害人还是警方,甚至是关注此事的广大网民朋友,都是如此。

对于大姝而言,取证的过程无疑是再一次遭受"强奸",而且这种强奸是曝光在公众眼底下的"强奸"。这在她决定向公安机关报案的时候没有想到的。幸亏现在她不再是一个人在战斗,还有小姝、冒梅茹、陆航远以及常静,甚至千万富有正义感的善良网民。

虽然郏坤涉嫌强奸,但是因为其职务的关系,警方暂时只是把他控制了起来,而没有羁押。在警方搜集证据的同时,市纪委等部门的同志介入了调查。很快,在正式结论对外公布之前,市商务委员会党组公布了暂时停止郏坤履行岗位职责的决定。

这像是一种信号,不少"嗅觉"灵敏的人像是闻出其中的味道,自省的自省,收敛的收敛,当然还有暂避风头的则脚上抹油赶紧跑路。

郏坤被安置在一个狭小的单人房间里,一张单人床,一个抽水马桶,一个洗手台,一个热水壶和一个杯子,除此无他。对了,还有一个武警站在门口,透过门上的玻璃洞口,面无表情地盯着里面。

刚开始的时候,郏坤想了一大堆的台词,准备纪委的同志来问话。

刚开始的两天,他的精神极度亢奋和紧张。整夜整夜的睡不着觉,躺在床上也是翻来覆去。可是,一直不见有人来盘问,于是,他冲门口的武警喊话,问什么时候来审问自己。

可是,武警依然目不斜视地盯着,面无表情,就是一个木偶,也不给他发一句话。

迷惑,他搞不清楚把自己关在这里到底是要怎样处置,没有审问,没有谈话,没有咖啡,一切都和原来自己想象的情形完全不同。

焦急,不知道外面是否有人在拯救自己,也不知道自己多少见不得人的事情被组织掌握了。

极度疲劳,刚躺下要眯眼睡觉,超强灯光却照了进来,搞得无法入眠。真后悔前两天由于亢奋而消耗了大量的体能,这会儿却不让自己入睡了。

没有审问,没有回答,没有睡眠,没有获得任何信息(除了每天三班倒的武警战士)……只有自己,蹲在这不足5平方米的房间里,还受到黄毛小子赤裸裸的眼神强奸——不管是躺着、站着、蹲着，还是上厕所，所有的一切都在他们的监视之下。

每隔两个小时左右，门外面就会过来一个穿着夹克衫的人来，也不说话，只是透过门上的窗口往里看两眼，然后冲旁边的武警摇摇头，转身离开了。

刚开始的时候，邴坤很好奇那人是谁。只觉得他是自己这个案子的负责人什么的，于是，掰着指头数数（在这里，没有时间，没有钟表，没有任何信息，只有门口的武警和两小时来一趟的这个人），在他到来前特意正襟危坐，一副正气清官的模样。

可是，几次以后，都不见他是要提审自己的意思，后来，邴坤也就懒得重复这种"演戏"了。

寂寥，终于在第四天晚上到来。

他向武警提出请求，给他一本书、一份报纸，哪怕是有段文字的片纸只字也行。可是，武警像是聋子那般，没有搭理他。

于是，他又向武警提出另外一个请求，给他一张纸、一支笔，可能让他写点什么。可是，这个武警估计真的是个聋子——而且也是个瞎子，邴坤见他没有反应，还有肢体动作比划着，这名武警竟然还是一点反应没有。

邴坤感觉很抓狂，跳到上床，大喊了几声……

门外的武警看着（像是看着），没有反应。

于是，他跪在床上，大声嚎叫。举起双手抱在头上，后来又用双手撕扯着自己的头发……

门外的武警看着（像是看着），没有反应。

他又抱起床上的毛毯裹住自己的头，可是，当他感觉到很闷热的时候，只得又把它扯下来。满头大汗后，邴坤只好用这条毛毯来擦汗。回头盯着门口的那双眼睛好一会儿，突然，他把毛毯卷了起来,朝那里扔了过去……

门外的武警被这突然袭来的毯子吓得(至少邴坤是这么认为的)眨巴了一下眼。

"哈哈哈哈",邴坤跪在床上,手指指着武警大笑起来。

门外的武警看着(这回邴坤确定他就是看着),没有反应。

于是,邴坤拿起毯子,又一次扔了过去……

门外的武警看着,没有反应。

再一次拿起毯子,扔了过去……

门外的武警看着,不再有反应……

邴坤觉得没劲了,而且经过这么一轮折腾,全身上下里外都是汗水。

把水龙头拧开最大,先冲了个头,觉得还不够爽,邴坤把上衣脱了,双手捧了一把水浇在身上。爽啊!接着又往身上浇了几把。很爽!于是,他想把裤子脱了,刚褪到一半,想起门口还有一人盯着自己,犹豫了一下,还是拉了上来——清水还是让他清醒了不少。

半夜,不知道是睡着了还是醒着,他想到了自己可能就要这样度过余生——几十年一瞬间,或是无尽的折磨。

他第一次想到了死亡——既空又无,又黑又冷,他觉得自己怕是要下地狱的(如果真有地狱的话)。

先是空寂,而后生出恐惧来……

一个多星期以后,邴坤不仅不停地跟武警说话而且还自言自语。什么都说,把那些做过的、想过的、感受到的全都说,不停地说。

不知道过了多少个日子——现在,这时间对邴坤来说,也已是没有任何意义,他倒是急切于忏悔——纪委的同志终于叫他出去谈话。

刚踏入谈话室,邴坤自己就开始说个不停,全都说了。纪委要知道的、不要知道的、已知道的、未知道的全都交代了,并且是一遍又一遍……

一个人在疏忽大意时的所作所为,正是其本性最有力的揭示。一个人在没有时间去伪装之前所暴露出来的,正是他的真实性情。

49. 平　等

平等是人类堕落的结果,也是对人类堕落的补救。

"哦,法律是公正的!"当听了陆航远带来的关于邴坤的消息以后,冒梅茹兴奋地举起手臂欢呼起来。

"先别高兴,现在只是邴坤自己认罪,还不是法院定罪。这之间的区别,你是律师,你比我清楚。"陆航远平静地说。

"嗯,不过这也算是有突破性的进展了。"冒梅茹收敛了欢笑,顿了顿说:"我本以为这个过程会比较漫长,没想到他那么快就崩溃了,要是在革命时期,肯定就是'甫志高'了。"

陆航远没有接她的话,他心里其实在想,如果在革命战争时期,自己要是被敌人严刑拷打,又能挨过多久呢?

晚上,冒梅茹把邴坤认罪的事情告诉了大妹和小妹,可是,却丝毫看不出她们的欢喜。

"他是否认罪那是他的事情,对我的伤害没有丝毫的帮助。"

大姝平静地说着。

"可是,毕竟坏人得到了惩处,是件值得高兴的事情啊。"看到她们如此淡定,冒梅茹心里有点诧异。

"那是对社会而言吧。于我们,则没什么好高兴的。"大姝还是淡淡地回答。

"梅姐,你别介意,大姝她并不是针对你。"小姝见大姝这么跟冒梅茹说话,觉得对她失礼了,赶紧插嘴进来:"她的意思是:对自己的伤害既已造成,惩罚他人那是别人的事情、社会的事情,就算有所补偿,也不能抹去已有的伤痛。"

"嗯,"陆航远好像明白了她们姐妹的意思,也帮着给她们说话:"就像是一个人的脚被人砍断了,经过医生的救治,过了段时间痊愈了。可是,这人已经成了瘸子了……"刚说完,陆航远突然意识到这"瘸子"二字太过敏感了,赶紧打住,不说了。

陆航远的话,让大家都听得明白,双姝现在就是那个痊愈中的"瘸子"。腿既然已经截肢,无法再长回去,就算把罪犯的腿也截肢,对于已成瘸子的人来说也没任何的意义啊。

但是,惩戒罪犯还是很有意义的。

它的意义就在于:一是帮助罪犯改过自新;二是给社会以警示(给好人以提醒,给坏人以警告,给沉睡的人们以警铃)。对于受害者来说,实在是没有更多的益处,除了"以泄气愤"、"得洗冤屈"以外,没看到有更多的"补偿"。不仅如此,因为伤痛还有可能导致报复(甚至比自己受到的伤害更大的危害),并有可能危害他人和社会。

这样,伤痛导致了犯罪,而这种犯罪是拿别人的犯罪惩戒了自己、危害了社会。不得不注意:千万不要因别人的过错而使自己犯罪——恶人得到应有的惩处实在是没有什么值得人们高兴太多的,因为惩处恶人并不能使恶行终结。只有恶人从善才是值得庆幸和祝贺的,这才是恶行的终结。

当意识到这一点,冒梅茹为刚刚自己无知的雀跃举动感到尴尬。赶紧转换了话题,为双姝的未来忧虑起来。忧的是她们在此之前的经历,虑的是她们未来的人生道路。

瘸子走路需要一根拐杖。

或许双姝现在也要找到那根属于她们自己的拐杖,才能让她们勇敢地走向未来,拥抱未来。

学习,只要你愿意,就能获得可用的资源。特别是当你把学习当作改变思想、生活、命运的时候,可获得的有用资源更是丰富——你不是看过那些学习成绩很好、来自山里的穷孩子吗?读书对于他们来说就是改变命运(自己的、家族的、村镇的)。周恩来总理小时候在沈阳读书的时候,不就是"为中华之崛起而读书"吗?

自然,对于还年轻的大姝和小姝姐妹来说,读书改变未来是个不错的选择。这点也恰好与冒梅茹和陆航远的想法不谋而合。本来冒梅茹和陆航远希望她们二人学一门技术,以后过一个稳定、平淡的生活,她们也这么希冀着。

可是,后来发生了那么多的事情,双姝的思想发生了更大的变化。

"我们要学习法律,要参加司法考试,要做律师、做法官!"小姝斩钉截铁地向冒梅茹和陆航远说。

"为什么呀?"冒梅茹听了她们的话,显然有点愕然。继续说:"学点法律是可以的,也是现在社会必须要有的。可是,没有必要因为要吃鱼就要成为渔夫、因为要吃肉就成为屠夫啊?"

陆航远也在一边帮腔："阿梅说得没错,律师、法官虽然社会地位比较高、受人尊敬,可是,这里面的辛酸、苦辣也是比其他行业要多得多,而且还有不少的风险,这风险包括人身安全的危险。再说,你们都好女孩子家,没必要搞得那么辛苦、要强。"

他说得很动情,主要是对律师和法官这行业太熟悉了,再加上自己的女友冒梅茹之前的那些不堪经历,更让陆航远坚决反对这一对姐妹加入这一行业。

"我们可能对这一行业还不是很了解,我们会慢慢去了解、认识。可是,这个方向我们已经认定了,不管它风险有多大、困难有多少,我们都不会再动摇了。"大小双姝十指紧扣,一副视死如归的模样,继续往下说:"我们要做律师、法官就是要帮助像我们这样的被迷失少年。我们两个长这么大,也就这次找到了方向,一个明确的人生方向……"

"好吧。"听了她们这么说,冒梅茹感觉这样也没什么不好,再说人生最怕就是认真,人一认真起来,有什么事情做不成呢。顿了顿,冒梅茹继续说:"你们认定要读法律,我倒也可以给你们不少的帮助。阿航是警察,应该也能帮到你们的。"

陆航远虽然还在一边为她们的这个决定犯嘀咕,但看到冒梅茹都表态了,自己在那里发愁、自艾、嘀咕也就是个二百五了。于是,也就顺杆往下说:"阿梅说得没错,有需要找我吧,案例确实不少,对你们以后写论文什么的倒是还真能帮上忙。以后毕业了,做律师了,我还能给你们介绍点业务什么的……"

这件事情既已经决定,冒梅茹和陆航远帮着双姝姐妹一起制订了学习计划,列出了学习书目……

平等的作用是纯粹保护性的,它是药不是食物。把所有的人都当做同一类来看待——有意忽略观察到的事实——我们可以避免无数的罪恶,但是我们活着并不是要以此为生的。

50. 痛 苦

痛苦不但一眼就能看出来,而且令人无法忽视……

最近,闫莉有意疏远龚功。

这让龚功心里很不是滋味,也独自待在一边反省。可是,越是反省越觉得问题不是出在自己身上。觉得哪里不对,可是又说不上来。

往事历历在目。曾经的各种美好时光、甜情蜜事,像播电影一般浮现脑海、涌向心田,似是甜蜜,却又充满了各种苦涩。

这天晚上,闫莉开着辆新买的白色奥迪A4,在楼下停车的时候,龚功正站在车灯照耀之下,显得很是诡秘的样子。

闫莉心里先是咯噔一下,而后又生出几分怜悯来——这还是那自己"深爱的男人"吗?

闫莉叫他进车里来,油门一踩出了小区。

一路上,二人都没有说话。

这种沉默,让闫莉先是感觉到一种类似死亡的恐惧,她很确定今晚和他之间要发生些什么事情——或许就会是一种死亡。

想到死亡以后,没一会儿,闫莉突然变得释怀起来——不就是死亡吗?那天在船上的时候,自己不是已经死去了吗?既然都已经死了,还怕什么死亡呢?

当汽车驶进一个昏暗的弄堂,龚功突然从旁边座位上冲了过来,伸出舌头、强烈地像是要吞噬掉闫莉。面对这种突如其来的举动,闫莉猛地踩了刹车,关了车灯、熄了火,以同样的强烈回应着这一切……

龚功像极了一只饥饿了很久的狼,却把娇小的闫莉当成了猎物。在一阵上下其手之后,龚功把她抱在了怀里,转为轻轻地抚摸、亲吻、呢喃……

"最近怎么不太理我了……"咬着闫莉的红唇,龚功带着点幽怨的口吻叫喊着。

闫莉没有回答,只是闭着眼睛,像是陶醉,没有听清他所说的内容。

眯着眼睛,闫莉瞟了一眼似狼一般的昔日爱人,心中生出怜悯和愧疚来。突然,觉得自己好坏。虽然闭着眼睛,心却比任何时候都清醒、明亮。

"这几天你是在故意躲避我吗?"龚功躺在经过调整的椅子上,一只手抱着闫莉,另一只手则轻抚着她的光滑的背部。

闫莉趴在他身上,就在他前面陶醉着肉体愉悦的时候,她已经想好了这个问题的应答。这会儿,却不急着回答他这个问题,而是用手轻揉他的胸膛,再将手指顺着脖子慢慢来到他的唇口。

龚功被她撩得心里痒痒,张口嘴巴叼住了她的玉手。

闫莉回到驾驶座上,并开始穿起了衣服。龚功则一副意犹未尽的模样躺在副驾驶座上盯着她看,这几天来的消极、郁闷、苦恼甚至猜忌一扫而光。

"莉莉,你真漂亮!"

"少来啦,哪有你长得漂亮。"闫莉一边整理着身上的衣服,一边朗朗地笑着回答他。

"嘿嘿,用词不当哦。你那叫漂亮,我这叫俊俏。我们在一起,就是郎才女貌!"

"呸呸呸,谁跟你郎才女貌了!你哪里有才了?我嘛秀外慧中!哪里只是外貌啦。"闫莉嗲声嗲气地说着,只顾自己整理头发,也没有扭过头去瞧他。

"嫁给我吧!"

"啊?"闫莉以为自己听错了,转头去看龚功。只见他蹲坐在椅子上,双手捧着戒指(也不知他从什么地方变出来的),神情严肃。

"嫁给我吧!"龚功再说了一遍,"我们从相识、相恋到现在已经那么多年了,是应该给你个家的时候了。虽然现在我还没有能力购买属于我们自己的房子、车子,也没有挣到多少钱,但是,我向你保证:我一定会好好爱你,让你成为世界上最幸福的女人和妻子……"

"不要这样!"闫莉的心情很紊乱、纠结和矛盾——一边是自己长久的期盼,一边是愧疚、负疚和惭愧的现实——这突如其来的惊喜(其实是惊有余而喜不足),让她措手不及,嘴巴却喃喃:"男女之间的爱是种感觉,谁能保证永远不变呢?谁知道什么时候就不见了……"

"所以,我要以婚姻的形式捆绑住我们的爱情,以负责任的行动捍卫我们的感情,用我的一生践行我的诺言……"龚功打断了闫莉的话。

"婚姻是爱情的坟墓!诺言是背叛的基础!我知道你说这些的时候都是真心真意的。可是,外面的世界真的很精彩,很多诱惑也很多值得我们去体验和追求的东西。我们都还年轻,婚姻不应该早早地成为终结我们青春的句号。你懂吗?"闫莉抢白道。

"是的,婚姻是个符号,你要说它是个句号也行。可是,正因为有了这个句号,我们就可以换一个段落,续写另一种风景和人生啊!"龚功为爱辩护,突然觉得她变得陌生了许多。

"可是,前面的故事已经发生,就会改变后面的结局啊!换个段落也不能挽回前面已经发生的故事啊!"说这话的时候,闫莉的脸上挂满了忧伤——这夜色却把这些语言以外的言语掩饰了。

"就是因为我们这前面的故事,才会有下一个段落、篇章啊。所以,嫁给我吧!让我们一起续写新的段落和风景!"龚功再一次恳求她接受这枚代表誓言、婚姻和未来的戒指。

"不!"闫莉说得异常凄凉,但是很坚决。

"为什么?"龚功几乎是在哭泣,"我们在一起那么多年,那么多美好的时光,那么多对未来的憧憬!而且我们不是相约一起步入婚姻殿堂,漫步美丽人生路,这不正是我们说好的、共同的梦想吗?"

"既然是梦,现在可以醒来了!"闫莉冷冷地说道:"你下车吧!"

龚功还在那里恳求,他真的不知道原本好好的爱情,怎么就发展到了今天这么个悲惨境地?

铁了心肠的闫莉见龚功不肯下车,只好自己从车里跳了出来。龚功以为她要逃走,赶紧也跟着从副驾驶位出来。就在他绕到车尾的时候,闫莉却跳回了车里,锁紧车门,发动引擎,绝尘而去……

只要存在一个人与人能够相遇的世界,痛苦的可能性就必然存在。当人变得邪恶的时候,就必定利用这种可能性来彼此伤害。

人类大部分的痛苦都归结于此。

51. 悔　改

恨罪，但不是恨犯罪人！
一个有资产的人为一个无资产的人付清债务，这当中有很多的意义。

最近，各大电视媒体都有在播放由余幼薇代言的护肤品广告，好事的观众经过一番调查之后发现，这家护肤品公司正是早前不久陆鸣远的固善投资公司才加盟、控股的一家公司。
于是，刚刚平息不久的关于二人的绯闻再掀风波。
也有新闻评论员指出，这又是一起蓄意的广告炒作，目的当然是为余幼薇代言的护肤品扩大宣传。还有娱乐新闻更是深挖"新闻内幕"：余幼薇新片上映日益逼近，这番卖力炒作，当然是为该片造势。
如果只是在媒体上和网络虚拟世界纷纷扰扰也就罢了，谁知更有不明身份的人日夜跟踪、守候陆鸣远，甚至他的家人和公司高管。这种事情着实困扰着涉及的所有人，陆鸣远、张幽等人正在急切地想办法解决这个问题。
此时，"失踪"了一段时间的倪武良突然冒了出来，给了张幽一个建议，指了一条道路——建议就是：掐住社会舆论的咽喉；这条路就是：政府舆论专管部门。
张幽想想他这个建议是有道理的，既然单凭一己之力很难挽回，如果能够走通官方的路子，当然是再好不过了。可是，这么重要的事情,自己不能随便拍板,还得先向陆鸣远总经理汇报决定。再者,陆总原来就是在政府部门待过,实际情况如何他再清楚不过了。

谁知,张幽还没说完,就被陆鸣远否决了。

"不行,绝对不行!"陆鸣远很是激动,并且已经举起了手臂。

"为什么?"张幽被陆鸣远的这种过激反应吓了一跳。

陆鸣远立即意识到了自己的失态,赶紧请张幽一起过去沙发那边坐下,并让秘书倒了杯茶。

"张姐,"在陆鸣远心中一直都是很尊重这位有着丰富经验的副总经理,也确实把她当成自己生意场上的大姐,"你知道我之前是在政府部门工作过,现在又在企业工作,所以里里外外的事情都是比较清楚的。"

这时,秘书把茶杯端了进来。陆鸣远停顿了一会儿,等秘书出去以后,继续说:"找政府部门办的事情,特别是像我们这种纯粹属于企业的事情,不下点工夫、好好筹划是不行的。"

"你的意思是要行贿?"张幽并不吃惊。

"不只是行贿、受贿的问题。现在这种社会风气,就算你不去行点贿,你对自己所托之事心里不会忐忑不安?你会想:这位领导是嫌少还是不肯帮忙?"陆鸣远嘴角上翘了一下,微笑着继续说:"换一个角度,其实,很多时候领导干部确实是不要你给的'恩惠'和'回报',可是,就是怕你有这种想法,再看看礼物也确实不是多么值钱的东西,于是也就收了——只是为了让你安心。但是,这时候,你心里或许又会感叹:原来如此,给点好处就办事的呢,这风气啊!"

"真是这样吗?如果是遇到你这样的领导我相信,因为你太有钱了。可是,如果是别人难免不会贪图小利啊!"张幽还以微笑、发着感叹:"要是他真无贪心,大可以把收到的礼物交给纪律检查部门啊!"

"张姐,终于发现你也有天真的一面咯!哈哈哈哈……"陆鸣远笑了起来,张幽仔细想一下,也笑了起来。

"确实,将收到的礼物上缴有关部门这条道路是通畅的。可是,也存在巨大的社会风险——首先,是来自送礼者方面的(这是不言而喻的),大部分送礼者是出于传统习俗的礼貌和问候,被上缴之后,心中自然存下芥蒂;其次,来自社会舆论,难免会有居心不良的人讹传上缴的东西只是众多受贿礼物中的冰山一角……"

"可是,如果送的人放心、收的人安心,久而久之就会成为一种办事习惯,那时候就真的是风气败坏了!所以,最好的情形是:送礼的人不再送,收礼的人不会收。没有行贿,就没有受贿;而后才是没有腐败!"陆鸣远说得激动。

"可是,里面的人会不会消极怠工呢?"张幽不无担忧地问道。

"照章办事就行。消极怠工,自有消极怠工的惩戒啊。不能因为防范一种罪,而用另一种罪愆去治理!就像使用非法途径获得的罪证是无效的道理一样。"

这方面张幽说不过陆鸣远,毕竟授业有专攻。

"好吧。那你说,我们眼下的这件事如何处置吧?"张幽两手一摊——道理上说不过你陆鸣远,可是看你如何处理这个现实的问题。

"恺撒的物当归恺撒,上帝的物当归上帝。这件事情是因我们而起,是我们促使它成了今天这个模样的,而且是市场和社会舆论导致了今天这个局面。甜果我们吃过,现在,恶果自然也由我们来吃。"陆鸣远放下茶杯，像是已经做了决定："把有报道过这件事情的所有媒体和记者全部召集来，我要开个媒体记者招待会。还有，把余幼薇给我找来，我要和她谈谈。"

张幽还想说什么，却看见陆鸣远已经下定了决心的模样，只好按照他的意思筹备起了这个媒体记者招待会。

招待会安排在他们二人谈话之后的一个星期，地点就选择在了固善资本的多功能厅。那天，受邀前来参加招待会的大大小小的媒体记者不下 100 人。

简单的开场白后，陆鸣远直入主题，把与余幼薇的绯闻事件的前因后果丝毫没有隐瞒地做了坦白的声明，并真诚地向社会道歉，恳请社会各界特别是媒体朋友的原谅。

在这份声明宣读结束之后，陆鸣远还请出了本案的女主角余幼薇，并由她证实她与自己之间确实没有大家猜测的那种暧昧的或者不正常的男女关系，并进一步说明所谓的"神秘男子"确实不是自己。

而后，固善资本的副总经理张幽代表公司董事会宣布了几个决议，其中一个就是：将专门研究成立资助记者和媒体挖掘事件真相、内幕的基金，为媒体和记者捍卫社会良知提供实实在在的帮助。

在记者自由提问时间里，虽然还有个别别有用心的人唯恐天下不乱、意欲借机继续炒作，可是毕竟众人已经看出了陆鸣远和固善资本的诚意，再说也确实有真正的行动，也就乐得顺水推舟，回去发篇报道，就此了事。

召开记者招待会之后没多久，善忘的人们开始遗忘这件绯闻事件——毕竟，当今的社会娱乐新闻中，最不缺的就是绯闻。各大媒体和记者倒是更多地关心这个"帮助记者和媒体挖掘事件真相、内幕的基金"的后续进展情况,这倒是固善资本的意外收获——当今的社会已经进入注意力经济时代。

不管我们可能多么讨厌自己的怯懦、自负、贪婪,我们仍然爱我们自己,从来就没有勉强过自己。实际上,我们恨这些事正是因为我们爱自己,正因为爱自己,我们才发现自己就是干这些事的人而难过。

唯一能够完全悔改的人就是个完全的人——而他根本不需要悔改。

52. 代 赎

那个无罪的人为有罪的人受难,在某种程度上,可以说是所有的善人为所有的恶人受难。自给自足,依赖自己的资源生存,在自然的领域中本来就是不可能的事情。每个事物都对别的事物有所亏欠,都为别的事物牺牲自己,同时也都依赖于别的事物。

在这段被炒得沸沸扬扬的绯闻事件中,唯一没有受到波及的就是这个真正的"神秘男子"。

说起这个神秘男子,自从原商务委副主任邴坤被"双规"之后,其行踪确实更加诡秘。

这是一所在滨海市郊区的富人别墅区,绿荫环绕,清水森森,从外面往里看,还以为是丛林,只有从上面俯视,才能看到在这一片郁郁葱葱中有几栋欧洲城堡样式的房子。在这片住宅后面,恰好是滨海市的植物园——好大一片别墅后花园啊!

在这段难熬的日子里,倪武良就住在这里,深居简出,日常所需则是由闫莉在夜深人静的时候带进来。

自从倪武良住到这里来,闫莉也很少住在原来市区的那套两室一厅的房子,基本上也是跟着他搬进了这栋别墅陪伴着他。

这些天的日夜相处,闫莉发现倪武良和影视明星余幼薇有一种不简单的关系。他好像对她很熟悉,也对她特别的关注。有几次闫莉差点脱口问他与余幼薇的关系,可是却又想到自己和他还是一种说不清道不明的关系,管他那么多闲事干吗呢。自己只是拿工资干活的人,只是这个工作不过是比较特殊罢了。这么一想,闫莉也就没再去关心他的那些乱七八糟的事情。

闫莉自己虽然不关心这些,可是,有人却在暗中关注着、留心着、调查着、挖掘着。只是这个时候还不是清算的时候,在暗处里的人们蛰伏着,等待着合适的时机。

这天,余幼薇的助理拿着个包裹递给她,上面并没有留下投递人的姓名和联系方式。跟往常一样,她以为也就是某个影迷送来的礼物呀什么。于是,也没有特别在意,只是到了晚上和其他信件、包裹一起拆封的时候,才让她大吃一惊。不过,很快她就让自己镇定了下来。

这个特殊的包裹,里面是一沓倪武良与一女子日常生活的照片,其中有两张还是两人正在亲密的时候拍的。从照片的质量来看,显然是非专业人士使用的低像素照相机拍摄的。

她心里原就清楚像倪武良这样的人,肯定会在外面拈花惹草,只是她没想到他竟然和别的女人日夜相守、生活在了一起。可是,她立马转念又想:是谁寄这些照片给自己的?寄照片这人是否已经知道自己与倪武良的关系？这人有何居心——警告？奉劝？还是有其他目的？

余幼薇并不想去验证这照片的真伪，这样只会弄得大家不开心，因为她现在暂时还不想和他分手。

再翻看这些照片时，看见最后一张照片的背后留了一行字："欲知更多细节，请拨打以下电话"，然后是一串 11 位的阿拉伯数字。刚开始，余幼薇只是笑笑，觉得这寄照片的人太可笑了，竟然以为自己会就犯。

当半夜醒来的时候，迷迷糊糊之中，余幼薇又一次翻看了这些照片。也不知道用了多少时间，才看完最后一张照片，却发现自己已经是泪流满面。拿手去擦拭的时候，才发现自己原来还没有卸妆。

跑进洗手间卸好妆，却发觉自己头脑晕乎得厉害。于是，脱了衣服，进了淋浴房，用水浇淋着自己（也感觉不出它的温度是高还是低），什么也不想，只剩下寂寞伤心的旋律——

世界上在一起的人那么多 / 真心相爱的究竟有几个 / 每个人都想挤上了末班车 / 很少有人想过结果如何 / 世界上说谎的人也那么多 / 原来你也是其中一个 / 一直听着熟悉的伤情歌 / 这次真的被爱伤了 / 只剩我一个人寂寞听着伤情歌[1]……

又不知道过了过久，余幼薇光着身子从浴室出来。关了房间

---

[1] 《伤情歌》，郭慧敏，2011 年《下个天长地久》专辑。

的灯,一个人缩在床上,发着呆。

外面的月光终于还是穿过窗帘的缝隙照了进来,并随着窗外的树影摇曳着、闪动着。

突然,她想起了什么,开灯,拿起那张写有电话号码的照片,拿起手机,拨了过去……

只响了一声,对方就接通了,像是已经在等候着她的电话似的。

"你好!"对方是一个男性,好像还彬彬有礼。

"你是谁?为什么寄这些照片给我?"余幼薇几乎是冲着手机嚷了起来。

"幼薇,你没看自己手机显示的名字吗?我们留过电话啊。"对方还是慢条斯理地说着,声音很有磁性。

听了这话,余幼薇赶紧翻过手机去看。

"龚功?哪个龚功?"

"看来余小姐是贵人多忘事啊,不过没关系,只要你对这些照片感兴趣就行。"龚功还是保持原来的语速、语调和语气。

"这些照片是你拍的?"提到照片,余幼薇觉得还是照片才是当前自己最关心的事情,管他是龚功还是公公。

"哦,你是公公,娱乐经纪公司的龚功!"余幼薇突然想起来了。

"是的。你总算想起来了!"龚功在电话另一头答应着,显然有点激动。

"你为什么要把这些照片寄给我?"余幼薇拼命地回想着对龚功这个人的印象,却没有一点收获,除了"公公"这个外号。

"照片上的那个女人是我的未婚妻。既然你是照片中男主角的女朋友,那么也就应该有这个知情权。"这句话虽然在龚功心中演练了好多遍,可是说出来的时候,还是带了点颤音。

"好吧。知道了那又怎么样？你要勒索我吗？那你找错人了，抢走你未婚妻的不是我，而是倪武良！你应该勒索他去！"自从看到这些照片到现在，余幼薇心中满是感伤、抑郁和生气，现在找到了这一切坏情绪的始作俑者，自然是要冲他骂几句，还想揍他几下呢。

"我也不知道应该怎样，所以想找你商量商量……"

"商量你个头！你去死吧！"余幼薇重重地挂了手机。好一会儿平复了情绪，却后悔刚才的电话挂得太急了。

这时，手机响了，是龚功。

"你还想怎样？"嘴里这么说着，其实心里已经不是这么想了。

"我在离你家不远的酒店咖啡厅等你，我们聊聊吧，同是天涯沦落人……"龚功的语调变了，或许是被之前余幼薇那种激动的言语吓到了。

"谁跟你'同是天涯沦落人'，没文化！"

挂了电话，余幼薇赶紧穿了衣服，也顾不得化个妆，就急吼吼地出去了……

代赎本身无所谓好坏。

在社会生活中，没有代赎固然不会有剥削和压迫，但却也不会再有善良和感激。代赎同时是爱与恨、悲惨与幸福的源泉。

53. 信 心

人们心中有两方在交战，一边是信心和理性，另一边是情感和想象。

昏暗的咖啡厅,散发着阵阵香气,配合着泛黄的灯光,除了有浪漫的气息,还制造出小暧昧的味道来。

在靠角落的位置,一对男女并不像其他情侣有说有笑,而是显得神情凝重,好像正在交谈着什么很严肃的事情。

"既然他们两个背着我们在一起了,而且小日子也过起来了,那么我们总要做点什么吧?"男的说着喝了一大口咖啡,好像这咖啡已经是凉的一般。

"先要确定一下:他们两个是真的在一起了吗?多久了?真是如你所说的那样是出于感情?还是只是金钱与肉体的交易?"女的分析着,好像很专业的样子。

"你什么意思?"男的变得有点激动,"你是想说我未婚妻是被你男朋友包养?"

"我这是在分析。完全有这种可能。"女的一副专家模样,端起咖啡在面前晃了晃却没有喝,只是闻着它的香气,好像这样就能让自己保持一种理性的思维。

"不可能!她不是这样的人!"男子慌忙地把咖啡放到桌子上,差点没把咖啡撒出来。

"好吧,你说说她最近这段时间有什么不一样吗?例如:名牌物品是不是多了?花钱变得也大手大脚了?……"女子继续分析着,说的每一句话都让男子心里发颤。

二人都沉默了,却是不一样的心境。

男子心中更多的不敢相信和羞愧;女子则是某种喜悦,或者说看到了某种悲伤的曙光。

如果正如她前面所分析的,自己的男友和这个女人只是金钱和肉体的交易关系,那么,她觉得自己还是会原谅他,只要他能知错就改。

可是,今晚坐在她对面的男子却是不能接受这个现实,如果正如她所猜测的,那么他自己就是爱错了人——这是对自己自尊的伤害和愚蠢的例证。

"不管再怎么说,现在他们两个人像一对小夫妻,同在一栋房子里过起了小日子,这个才是事实。"男子首先打破了沉默。

"好吧,你给我看的照片我都看过了,也可以说他们只是很要好的朋友……"女子似乎还是不愿意相信照片讲述的故事。确实,单凭照片串联起来的故事可以有很多种不同的故事和解释,特别是演员出身的她更是了解画面的欺骗性。

"行,我还有更多的证据,包括录像短片。之所以没有一起寄给你,是怕你一时间接受不了。"男子说。

"那你准备给我看吗?"

"你跟我到房间,就在我的电脑里。"男子说完,叫来了服务员,结了账,领着女子进了自己早在这间宾馆开好的房间里。

女子觉得哪里有点不对劲,却也已经好奇地跟着男子走进了房间。

这是一间大床房,从里面有点凌乱的情况来看,似乎有人在这里住了几天了。房间的写字台上一台笔记本电脑已经开始,只不过因为长时间没人使用,正在闪烁着屏幕保护。

男子拿起鼠标在台子上晃了晃,屏幕保护结束,直接进入了一个满是图片和视频的文件夹。男子点了其中一个视频,画面里面闫莉正在厨房烧着菜。

"幼薇,你坐下来看吧,我去给你泡杯茶吧。"男子说着把椅子让给了她坐下。

就在男子去泡茶的时候，画面中从闫莉身后出现了一个余幼薇再熟悉不过的男人——倪武良。

只见倪武良从后面环抱起闫莉，并用手在她身上抚摸着……不一会儿，激情被撩起的闫莉熄灭了炉火，紧接着的情节就是少儿不宜的画面了。

余幼薇和倪武良一起的时候，看过不少日本的 AV 电影，在她看来，这下面的这些画面情节就跟这 AV 电影无异——只不过这拍摄的水平确实不高，角度也没变换。

她又点开看了另外几个视频，都是从外面往这套别墅里面拍摄的，关于这两个人的日常生活的情形。从这些视频来看，无疑说明他们就是一对过着幸福小日子的恩爱夫妻或情侣。

"我可以在这里冲个澡吗？"看了这些视频，让余幼薇觉得自己头晕目眩、全身麻木，冲个澡或许能够使自己保持清醒、恢复理性的思考。

10 多分钟以后，余幼薇披着酒店提供的睡衣出来了。整个人懒散地倒在床上，一条雪白的小腿裸露了出来。

"公公，我们在这里干什么呢？孤男寡女的，呵呵呵……"余幼薇紧闭着双眼，酒店的这张床让她感觉很舒服，真想就这么睡着，然后什么都不要管、也都不用想。

这片刻的安宁像是偷来的，一丝的愉悦，却感觉很是恒久——不去管这世事纷扰，不去想那理不清剪不断的愁绪——和一个自己几乎还一无所知的陌生男人……

"或许，我们两个也可以像他们那样在一起。"龚功这句话说得很轻，几乎没有人能听到，因为他的心在战栗，他不知道这句话说出去会有一个怎样的后果——对的，就是对未知的恐惧而战栗。

见余幼薇没有回答,他又说了一遍,这一次说得很清晰:"我说,既然我们各自的爱人在一起了,让我们都成了被遗弃的人,那么,就我们两个寂寞的人在一起吧?"

余幼薇还是没有回答。

寂静片刻之后,他突然明白到她那是默认了他的建议。龚功心里感到一阵欣喜,赶紧脱了自己的衣服,朝躺在床上的她扑了过去。

当他伸出贪婪的舌头就要去吮吸她的红唇的时候,余幼薇睁开了眼睛。惊恐万分的她赶紧把他推开,在床上抱着被子蜷缩起身子,并大声斥责。

"我刚才不是已经问过你吗?"龚功看上去也是一肚子的委屈,并急忙往身上套衣服——这样光溜溜地站在一个自己并不熟悉的女人面前,还真觉得自己像是她嘴上说的流氓一样。

"我刚才睡着了,没听见你说什么!"余幼薇声音分贝很高,却不难听出带有几分怯意——这种时候,这个场景,孤男寡女共处酒店一室,自己只是穿着睡衣……想到这些就害怕,懊悔不该跟他来到这个房间,更懊悔自己还在陌生男人的房间里冲凉洗澡,还穿成这样躺在他的床上。

所幸的是,她看见他正在穿衣服,这让她心中的恐惧消除了许多,也不再像刚才那般出口辱骂。看他衣服穿得差不多了,余幼薇赶紧冲进洗手间,并把门反锁,赶紧穿回自己的衣服。

对着镜子整理了一下心情,余幼薇出了洗手间,见龚功正端坐在沙发椅上,好像很忐忑的样子。

见她出来,龚功挤出尴尬的微笑来。

"好了,时间不早了,我先回去了。他们的事情我们后面再联系吧。"余幼薇见他这副模样,心里竟舒畅了许多——看来他也是一时受到自己的诱惑了吧,还好他人还算正直。

"我送你吧,那么晚了?"说着龚功就要起身送她。

"哦,不用了,不用了!你也早点睡吧。"说着余幼薇夺门而出,飞奔回家去了……

信心,让人在变动的情绪下,仍然坚持理性曾经接受的东西。不论理性采取什么样的立场,情绪都会发生变化。情绪总会对真实的自我进行反叛。这就是"信心"成为一种必不可少的美德的原因。

54. 顺 服

作为人,应有的善是顺服。

公安分局人事部门根据岗位需要,把陆航远从原来的派出所调到了政治处,参与分局民警的教育培训工作——也就是从原来的外勤岗位转到了现在的内勤岗位。

为此,陆航远心中憋了一肚子气。冒梅茹倒是欢喜得不得了,因为在新的岗位,陆航远将有更多的时间陪伴自己。

这个岗位是多少一线民警羡慕的地方——很少出外勤,安全有保障,工作也轻松(正常上下班),最重要的是升职的机会也更多、更快(毕竟在局领导眼皮底下工作,是人才的话,很容易被领导发现)。

可是,陆航远却不觉得这个岗位有什么好的——不能抓犯人、不能破案子、整天面对着电脑文案写着不知所云、写也写不完的报告、文章、宣传稿件……这不，才一个星期不到，陆航远在办公室里待不住，找了个借口，到楼下刑侦支队溜达去了。

刑侦支队可是没有闲人，每个人手上都有不同的案子，因为涉及案件的保密要求，一般情况下相互之间不轻易串案、共享，除非确实有必要。

因为在新警培训的时候，一起考进公安队伍的公务员都在一个地方训练、培训，所以虽然业务和部门不同陆航远却有不少认识的人在刑警队。从派出所调进政治处以后，不少熟人都认为陆航远这回要走运了，不久将会有职务上升的机会。所以，这会儿他到刑警队来串门，人家那可是相当的热情啊！

众人正在办公室里热乎着，冲进来一个年轻的侦查员，一进门就大呼小叫的："有没有懂粤语、客家话和闽南话的兄弟啊？"

"干吗？干吗？干吗呢？"有人回应他。

"有个电话录音，要麻烦帮忙翻译一下。"侦查员说。

"什么案子？"话音刚落，陆航远就感到后悔，这话显得自己很外行。这两年一直待在派出所，也没个大案要案，一些基本的刑侦职业规则都忘记了。

"一个毒品案件。"小侦查员回答道："这位师兄可懂这三种语言？"

"大学的时候倒是听同学讲过这三种方言……"

"那现在还听得懂吧？"小侦查员有些着急了。

"听听应该还行吧，说的话估计有点问题。"

"能听懂就行。"小侦查员乐了，"走吧，师兄。"

小侦查员领着陆航远进了隔壁一间办案室，只见几名办案人员围着一台计算机坐着，盯着戴着耳机坐在那里的一个人。

只见戴着耳机的那人不停地摇头,旁边的人也跟着他摇晃的头一起沮丧着。

"各位大哥,我找到一位懂这些语言的师兄。"小侦查员兴奋地嚷嚷着:"快,让个座吧。"

陆航远戴上耳机,仔细听里面的录音。

一共有7段不同的电话录音,涉及3个或4个人,分别用粤语、客家话、潮汕语对话。没有多少寒暄的话语,里面说了几个地点和几个时间,还有就是数量。单从这些来看的话,并不能说明点什么问题。

当获得这些信息以后,办案人员很兴奋,特别是那个小侦查员。

陆航远还在听最后一段录音,里面突然有人喊了句"傅秀兄"(音)的名字。陆航远觉得这个名字很熟悉,可是一时间也想不起是谁来。

这最后一通电话录音并不像前面几段那么简短、扼要,而是两个男人在那里谈买卖什么录像资料的东西。不知道为什么,话还没说完,录音就结束了。

"没了?"陆航远摘下耳机,放下手中的笔,冲旁边的办案人员说道。

"太谢谢你了师兄!"小侦查员激动地冲陆航远说着感谢的话。

陆航远心里明白:他这是在下逐客令了!自己找了个借口,赶紧离开了办案室。小侦查员尾随着送他离开,然后把门关牢。陆航远知道,他们要在里面讨论、研究案件呢。

这时,他才发现偌大一层刑警支队办公室,竟然只有一个人优哉游哉地走在走廊里——这个人就是陆航远他自己。

突然,一种孤独油然而生。

正当青春大好年华，却被关进了机关的"囚牢"，每天埋首于文案，在外面被人羡慕嫉妒恨，在内心自己却郁闷难过愁。美好的生命时光啊，被囚禁在一台电脑、三尺写字台、一杯茶、一份报纸上了。获得的信息都是间接的，生活的体验少很多的真切，难怪办公室里面的人们喜欢钩心斗角——不然，人难免会疯掉或者痴傻掉吧？

随便上上网，却只能是公安局内部的网站，想要了解"外面的世界"，还得专门跑到隔壁的计算机房去——没人会傻到上班的时间去"逛闲网"，那不就明摆着告诉领导和同事自己很空、很无聊嘛。

在办公室里待久了的同事，各自都有打发时间的办法。瞧，隔壁桌的那个人，别看她一副埋头敲键盘很忙碌的样子，其实她只是在玩游戏，只要有外人进来，电脑屏幕马上切换到工作状态——切换的那个熟练程度简直就是骨灰级的。还有对面那个胖子，因着在办公室的最角落，电脑屏幕打开，工作页面放那，别看他那一只手捂着下巴像是在思考什么重要的问题，其实陆航远一直能听到从他那边传过来的小鼾声……

只有新调过来的陆航远，似乎最空闲。一会儿对着电脑发呆，一会儿跑进跑出，一会儿又拿起报纸看看，一会儿又摇头晃脑……整个人那个坐立不安啊，连隔壁办公室的实习民警小王都看得出他空闲得很。

这天早上上班的时候，陆航远在电梯口遇到了刑警队的小侦查员，人家热情地和他打招呼，接着又提到那天电话录音的事情，少不了又是一阵道谢。说是有了那几段电话录音的线索，他们刑警队找到了几条"大鱼"，破大案、立大功是指日可待了……

小侦查员还说了些其他的事情，陆航远一句也没听见，他在羡慕人家，也在嫉妒人家。

当走进自己办公室的时候，在他脑海里突然回荡起那天电话录音最后一段中的一个名字来：傅秀。对的，是傅珦，不是傅秀！

这个人会是那个涡轮厂的傅珦吗？

陆航远把包朝自己的办公桌上一扔，从楼梯飞跑着去了刑警队……

正如潮汐逐渐推起搁浅的船只，诗歌也是逐渐地取代语法，真理（Gospel）逐渐地取代律法，渴望逐渐地转向顺服。

第三篇　蜕　变

七、问·名

《说文》有释:"名,自命也。从口夕,夕者,冥也,冥不相见,故以口自名。"即:黄昏后,天暗黑不能相认识,各以代号称。《周礼》有云:"婚生三月而加名。"婴儿出生三个月后由父亲取名。这便是名的由来。

名,是个人的。据说我们现在所看见最早的名是商代人的名,这样算来最早的名流传至今不少于3000年,正可谓是"流芳百世"——或许,自此世人开始逐名,以求名扬天下、名垂青史……

55. 诱 惑

一个人不努力去行善,就不知道自己有多坏。有一种愚蠢的看法,认为好人不明白诱惑的含义。事实是,只有那些努力抵抗诱惑的人,才知道诱惑的力量有多大……

经过软磨硬缠,小侦查员终于把最后一段电话录音给陆航远再听了几遍。

这次听得明白,他们是在交易一批影碟。可是,究竟是什么内容的影碟,傅珝竟然开价要100万元。而对方似乎也对这高价碟片甚是感兴趣,只是不断地确认它内容的真实性而不是计较这昂贵的价格。

一肚子的疑问,陆航远还想从小侦查员那儿打听更多关于这个影碟的内幕,谁知他们只关心毒品交易,并没有人对着这个影碟的细节感兴趣。

"我估计就是盗版碟片吧?"小侦查员继续忙着手中的活,对陆航远的话题并不感兴趣,再说,你陆航远只是个机关内勤人员,哪懂得什么破案呀、侦查呀等专业工作。

"难道你没觉得这 100 万的价格也太昂贵了吗?"陆航远再一次提醒他。

"或许碟片里面涉黄吧?这类案子多了去了,大不了。"小侦查员不耐烦地应付着,前面的热情和感激早不见了踪影。

再耗下去也不会有更多收获,陆航远抄了些卷宗的基本东西,因为直觉告诉他这里面肯定有重要线索,只是目前他还没有想明白。

想不明白的时候,千万不要去钻牛角尖,越钻越出不来,说不定还会走火入魔。所以,最好的选择就是暂时跳出来(或先把它放一放),做点其他别的什么事情,如:听听音乐、到街上去逛逛、和朋友聊聊天,打一个很早就想打的电话,处理一下早就要去做的某件受人之托的事情……

陆航远打开电脑,登陆上了公安部的内部网站,漫无目的地浏览着(或者说只是以上网点击为目的,而不是为获取内容为目的)。快要下班的时候,陆航远已经点进了一个地方通讯的网页,上面刊登着全国各地公安局(厅)上报过来的工作通讯。陆航远点进去看了几篇,不禁叹息这些文章的品质实在是差强人意,而且内容就是普通得再日常不过的民警工作。

又点击了几篇,竟然发现很是熟悉,仔细一看,正是自己写的几篇工作简讯。陆航远立即来了精神,仔细阅读并与其他几篇简讯作比较,发现别人的都是"两颗星"、"三颗星"的评价,"四颗星"已经很少见了,自己的那几篇竟然都是"五颗星"的好评。

虽然不是什么多大的事,可是陆航远心里已经是乐滋滋的了——在这平淡的工作中,这件事情自然能击起平静"湖面"涟漪,这倒也不稀奇。

自然,陆航远多看了几遍自己写的这几篇文章,又对比一下别的文章,越看越对比就越觉得自己写得确实比别人要好。不知不觉中,陆航远飘飘然起来。

激动之后,陆航远把网页做了截屏,并打印了出来——这样打印出来的文稿中就有了"公安部网站"的标记,其中的用意不言而喻啦。

只见陆航远把这几篇文章装订在了一起,并把它放在办公桌明显的地方——这样,只要同事(或者领导)走过、路过都能发现它,然后会发生的事情大家都懂的。

晚上约会的时候,冒梅茹发现陆航远紧锁了一个星期的愁眉终于舒展开来了。于是,冒梅茹就问他是不是有什么好事情。他摇摇头,却又忍不住地发笑。

搞得冒梅茹丈二和尚摸不着头脑,只好"严刑拷问",终于"撬"开了他的话匣子——其实,他只是在和她卖关子,这不他拿出了早就准备好了的有"公安部网站"标志的通讯稿。

冒梅茹自然很为他高兴,还为此给他献了几个香吻。陆航远忍不住兴奋的心情,说要请冒梅茹一起去吃顿大餐,好好庆祝一下。

这是一家1930年代风格的二层小洋楼改造的高级餐厅,一层是个食品杂货店,虽然柜台装饰和摆设像极了《孔乙己》里面的布景,只是里面摆放着各式西点、洋酒、肉食等。客人可以坐在柜台前面的旋转凳前面,点两杯洋酒,再来点火腿肉或者其他什么下酒菜,很怀旧很有味道的感觉。

　　2层是个有错层设计的餐厅,里面的摆设则像极了老舍笔下《茶馆》的布置。不过,里面的菜肴则全是西式餐点。搭配昏暗的灯光,竟然营造出了一种浪漫和暧昧兼备的氛围。或者就是这种浪漫和暧昧并存的感觉,竟然吸引了众多男女前来就餐。看,隔壁那一对男女,没见他们喝酒,竟然一副半醉半醒的痴迷模样。

　　自一踏进这家店,陆航远就留心观察着冒梅茹的反应,看她那发自内心的微笑,他就明白今晚的选择没有错。不,是非常的正确才对。

　　好菜配美景,陆航远自然少不了要应景点几个招牌菜肴,再来瓶红酒呀什么的。此情此景,此菜此酒,自然是美不胜收、妙不可言,瞧这二人满足的模样。

　　等吃得差不多了,陆航远乘冒梅茹去洗手间的空当,赶紧叫了服务员把账单拿了过来。

　　好家伙,一共5890元!

　　一开始,陆航远以为是589元,正要掏出600元现金,站在旁边的服务员提醒道:"先生,5890元。"

　　陆航远这才仔细看了一眼,心里直冒冷汗:我的妈呀,一顿饭几乎把一个月的工资吃掉了!幸好自己带着工资卡,不然就要糗大了!

　　等冒梅茹回来,但见陆航远浑身不自在的模样,她还以为他想急着回去,于是很自觉地收拾着自己的东西。正要起身,又见陆航远叫了服务员要把剩菜全部打包,冒梅茹只当是他要在自己面前显示出他"是一个会持家的人"的品德,心中也没有更多的想法。

第二天,来到办公室,陆航远发现昨天放在台子上的那份"公安部网站"标识的材料不见了。陆航远台上台下找了好一会儿也没找到,或许是某同事拿去看了,总会送回来的,再说也不是什么秘密文件,也就没再把这事放心上。

快到中午的时候,政治处副主任把陆航远叫去了。

一进门,他就看见了自己那份"公安部网站"标识的文章摊在副主任办公桌上显眼的位置。原来是领导看到了、拿走了,怪不得在自己那里找不到它们。

"这几篇文章是你写的?"副主任指着桌上的稿子问陆航远。

"是的。"陆航远答应着,心里猜想会不会有什么好事会临到自己头上,不禁乐滋滋的。

"今天早上你们科长拿着它来给了我。我看了,写得挺不错,小伙子很有前途啊。"副主任的这番夸奖乐得陆航远飘飘然——原来是自己的科长干的好事啊,看来自己之前对他的不良看法是有偏差的啊。

"谢谢主任夸奖,还要不断学习和努力!更需要领导更多的帮助和指导。"陆航远乐滋滋地回答着。

"你这文笔的水平放在我们局里那可是没得说的,可是放在全市层面或者全国层面,那么应该还有更大的提升空间。"副主任像是在卖着什么关子,陆航远心中警惕起来。

"是,是,是,要学习的地方还有很多……"

"现在有个机会,可以帮助你迅速提升写作水平,最关键的是能够帮助你扩宽视野,提高思想境界……"原来市局要从各基层分局抽调人员(特别是笔杆子)去参加一年一度的大练兵活动,在这繁忙的时候,哪个分局都不太愿意抽调精英前往。

于是,科长在发现了陆航远的"公安部网站"标识的文章以后,果断地向处领导举荐了他。副处长一开始还问科长把那么优秀的人才送出去会不会影响眼下工作,科长则说他刚来,也不会点别的,就会写几篇文章,影响不了整个科室的工作。所以,才有了副主任谈话这一出。

真是怕什么来什么,陆航远明明就很害怕写文章,可偏偏塑造成了一个"笔杆子"的形象——受这虚名诱惑之后的结果啊,不仅让自己不见了一个月的工资,还置自己于"悲惨"的境地。

心中满是郁闷,陆航远心中悔恨自己难挡诱惑,怨恨自己愚妄无知……

坏人对坏知之甚少,因为他们一直靠妥协过着一种蒙受庇护的生活。不努力与内心邪恶的冲动作斗争,就不清楚它的力量!

56. 圈　子

在我们的生活中,有一个占主导地位的因素,就是渴望进入周围的圈子,我们害怕被排除在外——想进入一个特定圈子的渴望一直折磨着我们,这个圈子被称之为"社会"。

随着时间的推移,灵秀汇的名声慢慢出来了。
她,不仅是一个高档的社会精英的会所,而且更是一群有着崇高理想的人为了一个共同的目标聚在一起的一个社会高层的圈子。她,帮助会所里的每一个会员,并且借助整体的影响力和经济实力资助穷人、庇护弱者、捍卫社会道德底线……

对于普通老百姓来说,她就是个完美的理想世界——人人互助、助人,大家共享才智、财富,个个都有共同的信念、理想……

其实,在里面的人都知道,灵秀汇就是一个特别简单、纯洁和实在的会所。只要你愿意靠近,她从来不会拒绝任何人,哪怕是与她志不同道不合的人。

关于她的这些美丽传说,也不知道是从哪里开始的,反正已经引起了众多人的热情和向往。其中就有还没走出落魄、失意情绪的律师吴志德。

反思自己之前遭遇的一切不幸,吴志德觉得就是自己没有过硬的朋友圈子和社会关系,所以在关键的时候没有人能为自己帮一把、搭把手、抬个轿。既然灵秀汇这样的一个圈子是存在的,那么自己就应该千方百计地加入才是,并成为其中一员。

可是,吴志德却一时找不到合适的人为自己做个引荐。这晚正为这事他一个人在一家环境幽雅的酒吧忧烦着,喝着闷酒,感伤着这世界的悲凉和不公。

耳畔传来的是舒伯特的轻音乐《小夜曲》。这曲调原是用于向心爱的人表达情意的,据说,最初的小夜曲由中世纪欧洲的青年男子夜晚对着情人的窗口歌唱,倾诉爱情。

今晚,在这爱意浓浓的灯光环绕的酒吧中播放出来的这支《小夜曲》,是舒伯特根据雷尔什塔布的诗所写的一首脍炙人口的名曲。旋律轻盈婉转,伴奏模仿拨弦乐器的声音,时而和歌声相应和,给歌曲创造了一种优美恬静的意境。

只可惜无人对饮,在此景此境下,形单影只的人却平白无故地生出几分寂寥的情绪来。

坐在吴志德不远的地方,有一名青年男子在这暧昧的旋律中,正和一个妙龄女子在窃窃私语,一眼看上去就像是一对热恋的男女。只见那男子靠近女子耳根说一句什么话,惹得女子仰身大笑,并用玉手去拍打那男子的胸脯……

好一幅羡煞旁人的情趣挑逗图!

吴志德正羡慕着这男子,一名穿着时髦的妙龄女子坐到了他旁边。

"大哥哥,可以坐这里吗?"女子问吴志德。

"哦,你坐吧。"透过这昏暗的灯光,吴志德还是能够隐约看到这女子曼妙的身材曲线,不觉心中蠢蠢欲动。

"大哥哥,你一个人?"女子又问。

"是的。你呢?"

"你觉得呢?"女子嗲声反问,吴志德早已是浑身酥麻了。

"那我们一起喝几杯吧?"吴志德大着胆子凑到她耳根前,轻柔地说道。女子像是被撩了起来,竟然夸张到前俯后仰地呵呵呵笑着并答应着。

虽然知道这些女子一般都是酒吧预先安排下的"酒托",吴志德却也乐得和她"你侬我侬",就当是特别的"下酒菜"——一个人喝叫闷酒,两个人喝才是情调,特别今晚又是在这么一个浪漫的酒吧。

几杯调酒下去以后,吴志德怀抱着女子,一幅热恋情侣的模样,正要约她晚上一同共度良宵,却见对面那桌的青年和他的"小情人"拉扯着,引来酒吧保安把他抬到后场去了。

"帅哥,那边怎么了?"吴志德问柜台里面的调酒师。

"哦,好像是酒喝多了口袋里没钱付账了。"调酒师一副不屑的腔调,"没钱还学人家摆弄情趣,还敢出来把美眉。哼!"

"哦,是吗?我去看看。"吴志德说完,撇下身边的女子,一个人来到后场。

只见那几个保安已经把这个年轻人摁在了椅子上,其中一人还在他身上掏出了一部手机。

"你打电话叫你朋友来把欠下的账结了,今晚这些事就当没有发生过。"保安说完,把手机递给了他。

年轻人接过电话,打了几通,好像他那些朋友都没人理他的样子。

"都睡了,要么就在外地。"年轻人哆哆嗦嗦地说。

"我不管,今晚你要是不把这账结了,那就别想从这出去。"保安一点不跟他客气的样子。

年轻人再拨了一个电话,谈了好一会儿,等挂了电话,他对这些保安说:"我朋友马上赶过来。"

"好吧。在你朋友过来把账结了之前,你就给我跪着!"一个中学生模样的保安恶狠狠地冲年轻人嚷着。

"怎么可以这样,人家都已经送钱过来了……"站在旁边的吴志德看不下去,站出来说了两句。

"他不仅欠下酒吧酒钱,刚才还在那里调戏我的女朋友"小保安说得很像是那么一回事。

"这样吧,他欠下多少酒钱,我先给他垫上,这样就不要让他跪了吧?等他朋友来了再把钱还我就行。"吴志德知道没法和这些人理论,能把事情解决就行。

"还有对我女朋友的赔偿费!"小保安加了一句。

"没问题,没问题,你说个合情合理的数。"吴志德一边说着,一边掏出了钱包。

这边付好钱后,吴志德拉着年轻人回到酒吧柜台,吩咐调酒师来了两杯啤酒,二人畅谈起来。

原来,这个年轻人正是龚功。

今天,因为闫莉的事情心中抑郁,所以一个人来到这酒吧买醉,却没想到这里酒的价钱是如此的昂贵。后来,又来了个美女酒托,没喝两杯身上带的钱都喝光了,又忘了带银行卡,才落得如此狼狈的下场。

二人正聊着,余幼薇穿着朴素、戴着连衣帽就进来了。她是来给龚功送钱来的,却看到他们二人正喝着酒、侃着大山热乎着呢,心中升起火来。龚功急忙解释,吴志德也在一边做旁证,这才缓解下来。

"我来给你们介绍一下。"龚功分别介绍了余幼薇和吴志德,二人也互相握了手。

"好了,我还要赶回灵秀汇去。你们慢慢喝吧,我就失陪了。"说完,余幼薇就要离开。

听到"灵秀汇"三个字,吴志德眼睛发亮,赶紧拉住余幼薇问道:"你是灵秀汇的会员?"

"对呀。"余幼薇无邪地回答他,"我们正在举行活动,就接到龚功的救命电话,才匆忙赶过来的。"

"哦,这样啊。龚功也是灵秀汇会员?"吴志德盯着余幼薇追问。

"我不是,也没听过什么灵秀汇。干什么的?"龚功只顾喝他的啤酒,并不关心他们两个在聊的话题。

"你听说过灵秀汇?"余幼薇问吴志德,却已经是一副马上要离开的模样。

"嗯,听过很多有关她的故事。心向往之,可是无人引荐。"吴志德故意叹息着。

"这个好办,你如果想进来,我给你引荐就是了。今晚太匆忙,改天带你过去。"说完余幼薇匆匆离开了酒吧。

吴志德本想要她的电话号码,却又转念一想,这龚功不还在自己身边嘛,跟他要就行。

想成为某中圈子内一分子的渴望往往很隐秘,所以得到满足时,人们几乎察觉不到它带来的快乐。在"社会"中,人们想要属于某个群体的诱惑和欲望(如:性欲、抽烟、醉酒等)的诱惑,至少在一开始,占了同样的比重。

57. 势 利

势利是人们渴望进入某个圈子的一种表现形式。这种渴望是人类的一个永远巨大的主动力,也是导致产生目前这个斗争、倾轧、混乱、贪污、失望、混杂的世界的一个因素。

或许正是因为有了某种相同的情感遭遇和类似的悲伤,余幼薇对龚功有一种莫名的怜悯和同情。这两个人说不上是朋友,但又胜似是朋友。有点什么小事,两个人都会互相帮助和支持,就像之前龚功欠下酒吧的账那样,余幼薇会给他送钱过去。

当然，余幼薇的这种友好的举动更与她所处的环境和圈子有很大的关系。早在前面就介绍过这个特别的"灵秀汇"的朋友圈，里面不仅有社会名流、名人、商贾，更有作家、明星、学者等有影响力的人们。余幼薇就是其中一位为大家所熟知的会员。

常静是这个会所的创始人，她的初衷只是为有共同信仰的人们一个互相勉励、关怀、坚定的平台，并以此传扬真理、善道，为人世间的人们预备他们的路。后来，这个会所的价值理念得到越来越多人的认同，特别是那些所谓的社会名流的认同和加入，使得如今的灵秀汇在上流社会层中小有名气，并且向着"以成为灵秀汇中的一员为荣"的社会发展趋势。

可是，林子大了，什么鸟都有。

随着灵秀汇人员规模的日益壮大，确实混进了一些心怀叵意的人。这些人打着灵秀汇的招牌，标榜自己的社会地位和身价，干着一些并不光彩、甚至有点龌龊的事情。

"我来，本不是召义人悔改，乃是召罪人悔改。"或许这才是灵秀汇的存在意义、价值取向和真正使命。因此，她的大门为所有的世人始终敞开着，为义人，且更为罪人。

在余幼薇的引荐下，吴志德顺利成为灵秀汇的一员。灵秀汇像之前热烈拥抱靠近她的人那样，以最无保留的真诚欢迎吴志德，并为他提供所需要的帮助和支持。这些让吴志德获益匪浅，特别是在社会关系方面的资源。

刚加入灵秀汇没几天，吴志德就获得了几个法律顾问的 Case，这几个 Case 是吴志德做梦都期待获得的，现在凭借这个圈子的光环效应，轻松地得到了。尝到了这个小甜头，吴志德心中对自己的未来满怀了憧憬，也有了更大胆的设想和追求。他要好好利用这个圈子和其光环,为自己美好的未来值得搏一把。

在外面市场上多年的滚打,把吴志德培养得对商机的嗅觉异常的灵敏——他想都没有想把律师当成自己的事业来对待,所以他才会在年逾不惑才取得律师资格证书,律师只是他谋求更多金钱的手段和工具。

既然灵秀汇这个圈子的成员是社会上层,那么他们使用的奢侈品一定不少,自然剩余的奢侈品也会很多。国家现在正在鼓励促进内需,其中有一项重要内容就是支持旧货商贸的发展。

二手奢侈品市场早在国内已有发展,但是才刚刚起步,很多规范还并不完善。随着社会的发展,国民对奢侈品的认识越来越多,也越来越趋向对奢侈品的文化追求。因此,这些都为奢侈品二手市场提供了商机。

吴志德很快就嗅出了这里的商机,于是,在最短的时间里,他就做出了一个奢侈品二手交易市场的商业企划书,并利用灵秀汇的"标签",还很快就找到了启动资金。

可是,世事并不是总是尽如人意,特别是动机有问题的时候,算计的将反被算计。

吴志德的商业模式想要获得成功,首先得把在人们手中的奢侈品收集上来。在他的设想中,应该很容易得到这些"二手奢侈品",毕竟大家都有不少闲置的奢侈品——他甚至认为,这些闲置品其实就是"高级垃圾"了。

可是,他没想到的是,当他在灵秀汇的一次公开活动中做宣讲的时候,却鲜有人响应。在此之后,他进行了反思,他觉得之所以会有这种结果,主要是没把这个项目进行商业包装——他认为以"爱心"对它进行包装,应该会有不同的收获。

于是，他以"爱心"募捐的名义在灵秀汇发起募集二手奢侈品的捐赠活动。他宣称：把家里多余的奢侈品牌捐出来，并通过拍卖、销售等市场行为和手段变成现金，然后再把这些资金做爱心捐献。

这种献爱心的方式，很早就有了（如捐书、捐衣物等），只是现在更多地把实物通过市场的手段变成现金，既可以方便捐赠者，也更方便受赠者（现金毕竟比实物更加适用和满足困难所需）。

不少人拿出了闲置的名牌包包、名牌手表、名牌衣服等奢侈品作为捐赠品交到了吴志德的手上。可是，就这些捐赠品很难满足商品交易规模。

这时，吴志德想出了以次充好的办法，就是用高仿产品与这些二手货混在一起，却统统标榜来自灵秀汇成员的真品。一般的消费者很难辨别其真伪，再加上有"来源保证"，很少引起人们的怀疑——再说，又有几个人真是为了品牌的文化内涵而购买的呢？大多数普通的消费者购买奢侈品（特别是二手奢侈消费品）不过是满足自己的虚荣心、攀比心罢了。

有了灵秀汇这个圈子、这张标签，吴志德不仅有了法律顾问的生意，更打造了二手奢侈品交易市场，现在可谓是日进斗金，一切都向着他梦想的方向发展着。他看到美好的未来正在朝他招手，"钱"途一片光明。

生意越做越有起色，吴志德就觉得自己越符合灵秀汇成员的身份。

可是，谁知道那不是：靠得越近离得越远呢？又或者是：这么近却那么远？

在所有情感当中,想要进入圈内的情感,最擅长让一个还不太坏的人干出非常坏的事来。

58. 友　谊

如果我们持续对圈内的追求,这追求迟早会伤透我们的心。但是一旦停止追求,就会出现一个意想不到的结果。

自从余幼薇带来了吴志德,一旁的马拉立刻就认出他来了——他就是那个没有良知的恶毒的律师,就是他差一点害得自己和一帮工友们没了下半辈子的经济保障!

而在吴志德这边,或许他更专注于自己的梦想和对金钱的追求,就算马拉近距离站在他面前,他也没能发现这个自己曾经亏欠过的人。在灵秀汇,他眼中只有陆鸣远、常静、余幼薇等人,甚至都不觉得有马拉这么一号人的存在——他根本就觉得马拉这种身份的人怎么可能配得上进入灵秀汇呢?就连到灵秀汇最低贱的打扫卫生工作都是不配的!

可是,马拉实实在在的是灵秀汇的居民。所有灵秀汇的人都把他当成家人(当然除了吴志德之流)对待,有时候对他甚至比家人还要好几分。

可是,这一切吴志德并不知道——他的不知道,却是他有眼看不见、有耳听不到的结果,而非有人故意遮挡他的眼、蒙蔽他的耳。

马拉却是一直留意着吴志德。

只是刚开始他以为吴志德故意装作不认识他,还以为吴志德是怕别人揭他的伤疤,所以马拉也就不想去使他尴尬——毕竟,灵秀汇是教人向善的地方，吴志德能够自己走进来，说明他内心深处还是有善的，而恶人从善，善莫大焉。马拉心里这么想着。

每天天还蒙蒙亮（不管刮风下雨，还是艳阳高照），马拉就起床了，根据灵秀汇的本日活动所需，骑着他那辆三轮车就到各大菜市场采购蔬菜等日常普通食物。回来后，将采购回来的物品存放在厨房储物间后，就开始打扫卫生——先用扫把清扫、再用吸尘器吸尘、然后再用湿布擦抹，最后再用干布清理。白天的时候，虽然灵秀汇没有给他安排什么工作，他却乐得帮助厨房打下手，或给服务生帮忙端茶倒水。晚上大家打烊以后，他总要进行全面的检查——有没有人落下什么东西，将物品归位，检查门窗、灯光、电源等安全情况。

有一次，一位客人不小心把皮包落下来了，被马拉发现后，从里面找出确认身份的证件，最后辗转联系到了失主，等到大半夜失主来领取。还有一次，马拉捡到一张 50 万元的不记名支票，紧张得他一夜未眠，直到凌晨，失主电话过来问有没有拾到这张支票。后因失主一大早就急着要用这张支票，可是偏又住在郊区（很难叫到出租车）、酒后又不能自驾车，马拉硬是冒着大风雨、骑着他的那辆三轮车把支票送了过去……

马拉似乎在这灵秀汇就是个打杂民工的角色。在大家都享受各种高端会所服务的时候，马拉就像个保姆，看护着灵秀汇的每一个人。直到有一天，在一次感恩主题的活动上，常静第一把他的故事讲了出来，紧接着好像里面的每一个人都受了他的恩惠。

最后，所有人都把目光投向了马拉。他却说着对每一个人感恩的话语——他认识并能准确地叫出里面的每一个人，知道每一个人的习惯，以及每一次活动大家发言的重要观点和思想精粹，同时,他还有个小本子,记录着每一个人、每一次的精彩言论和善心善举。

原来,马拉早已成为了灵秀汇的见证!

上面这些事情都发生在吴志德进来灵秀汇之前,到现在为止也还没有跟他说起这些——其实,主要是他的关注并不在这些"鸡毛蒜皮"的琐事上,他一心要进入自己心目中给她定义的所谓灵秀汇的"核心圈",实际上是为了能够给自己牟取更大的经济利益。

虽然,在心中还有不少的疙瘩,马拉还是要求自己在行动上对待吴志德和其他成员没有差别。可是,在心里马拉还是提防着这个曾经差点毁了自己和工友们下半辈子的恶人。

恨罪而非恨罪人——马拉心中虽然翻滚着波涛,但却强压着它的汹涌。

观察了吴志德一段时间以后,不知不觉中,马拉觉得在他的内心世界——从他的言语反映出来的内心世界——还是向善的,充满闪光点的。再有就是从他进来以后,为弱势群体接了两个免费官司,再有就是那个奢侈品爱心捐赠项目……所有这些,都让还在恨他的马拉心怀愧疚,并在夜深人静的晚上偷偷地责备自己、为他祷告。

于是,马拉更想在现实生活中能够为吴志德做点什么,以补偿自己对他的偏见——当然,也是为了安慰自己。

从一开始,马拉就很积极地帮助吴志德在灵秀汇里面宣传爱心捐赠项目,也确实为吴志德募得了不少的二手奢侈品。为了不让自己不给吴志德帮倒忙,马拉还特意拿了个小本子帮他记录了每日的捐赠情况——数量、品牌、型号、样式、捐赠人,还有捐赠时间、地点等信息。

第一批募集到的二手奢侈品刚挂到网上没几天就销售一空了,马拉也打听到吴志德确实把所有的销售所得以"灵秀汇全体成员"的名义(底下是一张长长的捐赠者名单)捐赠给了慈善机构,并特别注明"专款专用"的使用规则。

从第二批次募集开始,马拉等人更加积极地宣传募集,募集到的奢侈品不管是数量还是质量都有大幅度的提高,最后出现了滞销的状况。

热心的马拉自己也几次登陆了吴志德的销售网站,发现浏览的网民正以几何数量级的速度在增长,不少商品都出现脱销的情况。那么,怎么可能还有那么多的捐赠品滞销不出去呢?

马拉找了个机会问了,吴志德只说是网站数据故障,实际情况并不是如马拉看到的那样热闹的情况。马拉只好眼看着滞销的捐赠品越来越多,心里甚是着急。

虽然觉得哪里不对劲,马拉自己却又说不上来。只好把自己的疑惑告诉了陆航远和冒梅茹,请他们一道分析分析、参谋参谋。

看看网站,听听马拉等人说的情况,陆航远和冒梅茹一时间也没看出问题到底出在哪里。最后,冒梅茹自己注册了个账户,并在网上购买了一样二手奢侈品回来。翻看上面的商品号,再对比马拉的记录,却是对不上。冒梅茹觉得此事定有蹊跷,托了朋友关系找到该品牌的专门鉴别专家,发现自己在吴志德的二手奢侈品交易网上购买到的竟然是 A 货!

"这么说来,吴志德他是打着'灵秀汇'的牌子在外面兜售假冒伪劣产品咯?!"常静听了冒梅茹和陆航远的报告气愤不已,当场就表示要打"110"报警和"12315"举报,请公安和工商部门依法处置。

要不是陆鸣远及时制止,事情还不知道要闹成多大。陆鸣远表示:给他几天时间,让他和吴志德谈谈,如果达不到效果,到时再报警依法处置不迟。

马拉从冒梅茹那里知道了这一事情的真相以后,再一次陷入了深深的自责,捶胸顿足、老泪横流:"我怎么会迷了心窍,助纣为虐啊!"

在这个世界上,全部的幸福可能有一半是友谊带来的,任何一个圈内人都永远无法拥有它。

59. 栽　种

我栽种了,亚波罗浇灌了,唯有神叫他生长。①

面对所有的证据,吴志德只得接受了陆鸣远提出的建议和要求——将他一手成立的二手奢侈品交易公司的 51% 的股权转让给固善投资公司,并且交出公司经营管理权,即不再担任公司任何管理职务(实际上,吴志德还保留董事身份)。

固善投资公司委派了一名富有经验的职业经理人担任了这个二手奢侈品交易公司的总经理。为纠正吴志德犯下的错误,公司主动联系那些购买了假货的顾客,并为他们提供换货、退货、赔偿等服务。

---

① 《圣经·哥林多前书》。

二手奢侈品爱心捐赠活动继续进行,灵秀汇的声誉保全,而吴志德对金钱的欲望也适度得到满足……

吴志德交出公司经营权之后,还一直被马拉缠着到灵秀汇听讲座。反正也不像先前那般繁忙,加上对马拉和灵秀汇的愧疚之心,吴志德倒是对灵秀汇的讲座和主题活动变得积极起来。

这天,吴志德约了余幼薇和龚功在一起吃饭,主要是感谢他们两个帮助自己进入了灵秀汇——当然,吴志德嘴上只是说朋友要多走动才能不断加深友谊。由于余幼薇白天一直忙着拍戏,一直要到晚上 9 点,所以三人的聚会放在晚上 9 点半。

这是一个摩天大楼顶层的旋转餐厅,从这里眺望,可以尽览全市的繁华夜景。此外,这里的西点也是由全市顶级的厨师制作的,所以虽然价格不菲,却也有很多的客人光顾——特别是那些爱浪漫的恋人们。

这个餐厅除了价格昂贵以外,还不接受任何预定。所以,吴志德和龚功很早就来到餐厅占座,两个相差十五六岁的男人一边喝着红酒一边等待余幼薇的到来。

风景是同样的风景,酒也是同一瓶的红酒,聊的同一个话题,但是或因不同的角度、不同的品味以及不同的背景,两人生出决然不同的等待心情来。

吴志德心中满怀成功者的喜悦,他此时的等待自然就是一份淡然的享受、一份满足的喜悦,以及一份清晰的憧憬——他现在需要的是向人倾诉、炫耀和被人需要。龚功则像是满怀心事的懵懂少年,又像是壮志未酬的小青年,还是情场失意的年轻小伙子,他的等待中更多的是迷惘、焦虑和惆怅。

过了约定的时间,余幼薇才带着一身的疲惫到来。

或许因今天的气场不对,即使有这般的美景、美食,三个人各怀心思,才过10点,就散场了。吴志德开车先走了,龚功则搭乘了余幼薇的车。

"你未婚妻怀孕了!"才进到车里,余幼薇激动地说。

"什么!"不知道是没听清还是震惊,龚功大声地问了一句。

"今天下午倪武良打电话给我,说他有个朋友想做人流,他一个男人不方便带着她去,想要我帮个忙。"余幼薇双手紧握着方向盘,目光呆滞地望着前方,继续讲述:"我问他是什么朋友。其实,我已经猜到可能就是这个女的,我只是想听听他到底怎么跟我交代。

"他说,就是一个女性朋友,一不小心怀上了,不想要也不敢要,又没有什么知心朋友,只好找上他了。我说,你不会让她男朋友陪她去呀?他说,她男朋友出远门去了,一时半会回不来,眼看着肚子一天天大起来,怕越到后面越麻烦。又说,他怀疑她肚子里的孩子不是她男朋友的……

"反正编了一堆谎话,就是要让我相信他只是在做好人,也是要努力让我答应陪她去医院做人流。

"我觉得他的这些话中,有很多地方不合理和互相矛盾。就问他:她肚子里的孩子不会就是你的吧?

"听到这句话,他愣了一会儿,接着大声喊道:'怎么可能,别开玩笑了。'又说:'再说你是我女朋友,如果真是我的孩子,我又怎么会笨到让你陪她去医院呢?'还说了其他的一些话。

"我是真不愿意去干这种事情,就跟他说:'我怎么也算是个公众人物吧,让我陪她去医院倒没啥,可是你是让我陪她去医院做人流哎,被人发现还不知道那些娱乐新闻会怎样评论我呢?'估计他自己想想也觉得对,也就不再劝说我了。"

"那你怎么能确定怀孕的就是闫莉呢?"龚功急切地追问道。

余幼薇伸手从旁边拿起一瓶纯净水,使劲拧开,喝了一大口含在嘴里,咽了三次才全部咽下去。

"挂了电话以后,我越想越好奇。"余幼薇把喝过的水放了回去,接着说:"我一定要验证我的猜疑是否真实,所以一定要弄清楚这个孕妇的身份!

"于是,我自己又打了个电话过去。跟他说我的助理可以陪她去医院,他既然听我这么说,当然乐得接受。让我助理当即就赶过去,说是医院那边已经联系好了,也免得夜长梦多弄出许多麻烦来。

"我交代助理一定要把这个孕妇的身份搞清楚。晚上下班的时候,助理把拍到的孕妇照片和姓名等情况给了我。"说着余幼薇掏出手机,翻了一下,递给了龚功,说:"照片上这个女的就是今天下午我的助理陪着去医院检查的孕妇。"

龚功接过手机,只看了一眼,只觉得脑袋嗡嗡响——手机上这个人正是自己日思夜想的女人:闫莉!

在龚功的心里,一直有个盼望,那就是有朝一日闫莉能够回到自己的身边。他不在乎她的这段年少无知,也不在乎她和别人有过肉体的关系(毕竟,她的初夜是属于自己的,这就够了)。可是,他万万没有想到,她竟然怀上了一个不该怀上的孩子——这让他痛苦不已!

那一夜,这之后的事情他都记不清楚了——怎么回家的,发生了些什么事情……全都像被清洗过的录像带,一片空白,只有点滴残缺的图像——霓虹、酒瓶、汽车、快感,以及久久回荡在自己内心的呐喊声……

"我知道你今天要在这世界做一些令人难以置信的事情,求你让我能有这份荣幸,在你所做的事情上有份……"

60. 异　象

异象,就是在目前所处的环境中看出机会的能力,亦指能正确地预估变化并善于应变的能力。

在分局政治处屁股都还没坐热,陆航远就被挑选"流放"到了临时性机构——全市公安系统大练兵工作领导小组办公室(简称"练兵办")。

这"练兵办"的工作很繁杂和琐碎,不过也可简单总结为"文、会、报"三件事情。文,即办文、发文、收文、办文、上行文、下行文和平行文,文来文去本就是党政机关的一大工作特色。会,即是会议,大会、小会、专题会、协调会、沟通会、报告会、布置会、调研会、考察会等反正就是没完没了的会议。报,就是报告,各种请示、报告、情况汇报、检查报告、督查报告、督办报告、情况通报等一大堆永远写不完、读不完的报告。

陆航远来了之后,可算是把他的写作特长发挥到了极致——不管是文件、会议还是报告,总离不开文字,在旁人看来,他似乎是乐在其中、如鱼得水的样子了。因为陆航远文写得好,很快就得到"练兵办"领导的重用,名副其实地成为全办的"一支笔"。

可是,在这外人看来无限美好的表象里面,陆航远深藏着一颗焦虑、躁动的心——热血男儿当浴血沙场,善用兵而立赫赫战功,一直就是他心中的梦想。夜深人静的时候,他常常问自己(也问那全能的造物主):我在这里做的是什么事?难道不是在浪费青春岁月吗?等到行将就木的时候,当会为自己的虚度年华而悔恨、因自己碌碌无为而羞耻!

年轻的心躁动着,热血的男孩焦急着……

这一天,"练兵办"领导安排陆航远到刑警总队走访一位身经百战曾百胜的老探长,意思是要将他的"练兵"事迹和一生的突出表现做成专稿,报市局领导和公安部宣传局,宣扬基层好典型、好民警、好故事,以新时代的公安楷模激励万千民警练好本领、维护百姓安居乐业。

陆航远在刑警总队的会议室见到了这位老探长——

中等的个头,消瘦的身形,像是很久没有洗头而变得油腻腻的短发,眼角挂着眼屎,眼睛却是炯炯有神,嘴唇或因干燥而有些脱皮,披着一件黑色夹克,领子上有点油光发亮的感觉,肩膀上则是洒满了头皮屑……

见了他这副德性和装扮,陆航远实在看不下去了——整个就是一个糟老头的模样!他实在搞不懂,一名优秀的公安干警、公务员就不能把自己收拾得整洁一些吗?实在是有损国家公职人员的形象啊!

显然,老探长见到陆航远也有些害羞,与他打招呼的时候露出了不自然的微笑。

刑警总队的宣传干部把老探长和陆航远相互介绍了一遍,就把他们二人留在了会议室忙自己的事情去了。

"这件事情,在领导找我谈话的时候,我就表过态:最好去找年轻的民警,给年轻人机会,找我一个快要退休的糟老头没多大意思,白折腾。"在陆航远说明来意之后,老探长说了这番话。

"前辈,您太谦虚了！我们年轻人哪够得上你的丰功伟绩,再说也只有您这样的英雄才够得上警队的楷模！"陆航远倒是真心崇拜这些为公安事业奋斗了一生的老前辈。

"活到这把岁数,这些都看淡了,都是些虚名。还不如写那些优秀的年轻民警,对他们自己会是一种鞭策和上升的机会,对于其他年轻民警更是一种激励和勉励。我们这个年龄老刑警,谁没一些英勇事迹？谁又能比谁优秀到哪里去？……"老探长算是将这些话当作开场白了,陆航远无言应答,只好在一边记录着(谁知道在后面写文章的时候就能用上呢？)。

老探长是部队转业干部,于是,他就从自己加入公安队伍那一天开始讲起……

那是一段可歌可泣的警察故事,有泪水、也有欢笑。当他讲到感人之处,还不忘掏出纸巾擦拭一下眼角的留痕；说到欢喜的地方,也情不自禁地大笑起来……

如果照着他的这个节奏说下去,陆航远的这篇文章可能一个月也无法完成。突然,他好像明白了那个宣传干部溜走的原因。

好几次,陆航远不得不将他从沉浸在的遥远回忆里拉回来；也有几次,打断他、引导他讲述自己所需要的素材,而不是他的事迹回忆。

说了一个下午的时间,老探长总算被陆航远引导到了结尾的部分——参加大练兵活动以来的收获和情况。刑警总队的宣传干部进来看了好几回,也提醒老探长好几次要抓紧时间,老探长还是没有要结束的意思。

"陆警官,你看就在这里吃个便饭吧？还是改天继续？"眼看就要到饭点了,宣传干部实在过意不去,只好进来询问。

"哎呀,这都到吃晚饭的时间了。"老探长看看手表,露出难为情的表情来,"这样,我请你到我们食堂吃饭。没尝过刑警们的伙食吧？我敢说它是全市公安系统最好的伙食！走！"说完,拉着陆航远一起去了食堂用餐。

"其实,我们刑警们的故事,那电台都播过了,就那节目,叫'刑警007'的那个。"看着老探长还在窗口买菜,宣传干部凑过来跟陆航远说。

"不过,老探长说得要更加真实和生动啊。"老探长一下午把故事说得虽然唠叨,但是陆航远却并不觉得枯燥和乏味,倒还真是有那么些味道。

"小陆,你进公安多久了？"老探长端着菜过来了。

"已经快两年了。"陆航远笑着回答。

"呦,年轻有为啊！"老探长一副语重心长的样子,"不过,千万不要忘了民警的本职工作啊！我估计你还没接触过几个真正的案子吧？"

"是啊是啊,这正是我的苦衷呢！"让老探长一句话说到心里去,陆航远顿时觉得眼前的这个糟老头变得亲切起来。

"我看你倒是很聪明的一个人,如果你愿意,我倒是想让你跟我一起参与一些案子呢……"

"我愿意,我愿意！"还没等老探长说完,陆航远迫不及待地答应着,生怕他会反悔似的。

"嗯,很好。吃过晚饭,你就跟我出去走走。"

陆航远自然知道老探长所说的"出去走走"的意思。

或许是因为激动,陆航远很快就把饭吃完了。好像都忘记了还有采访的事情,陆航远跟着老探长上了一辆黑色桑塔纳轿车。

约莫30几分钟的路程,这辆黑色桑塔纳轿车停在郊区的某个隐秘处。陆航远跟着老探长趴在一堵矮墙下,只见老探长掏出一副耳机,一只戴在自己耳朵上,一只递给陆航远。

陆航远戴上老探长递过来的耳机,听见里面有说话的声音,原来是窃听器——这种装备陆航远还是第一次使用。

听着耳机里面的交谈,陆航远突然觉得有一个人的声音好熟悉——正是原来在分局刑警支队听过的其中一段电话录音里的声音(那段电话录音陆航远早已经反复听过多遍),没错,就是那段谈论"录像交易"的一段对话中的其中一个人!

欲设计出正确的策略,必须要问对问题……

61. 迷 思

很多不正确的假设开始流传,有时是出于害怕,有时是出于妒忌,有时则出于无知。

原市商务委副主任邴坤因涉嫌强奸、职务犯罪等罪行,虽然已经由公安机关收押,可是,在这之后的几个月里,却不见有官方正式消息的发布。

于是,坊间关于邴坤和"邴坤案"的流言四起,也不知道哪些传言是真、哪些传言是假。

有的说,"邴坤案"牵扯面太广,这里的强奸案不算是复杂的,主要是涉及的金钱数量实在是太大、涉及的官员和社会面实在是太广。因此,一方面上头大领导一时难以下决心,另一方面调查取证还需要时日。

有的说,邴坤只是条"小鱼",后面还有"大鱼",所以"大鱼们"还在互相较劲、挣扎——那可是牵一发而动全身的事情。

还有的说,以上两种说法都不是真的,"邴坤案"之所以迟迟没有定论、官方迟迟没有发布消息,主要还是缺乏相关的有力证据证明这里面有个利益集团,也还没有足够的力量端掉这个利益集团……

不管是什么样版本的流言,有一条是一致的:背后还有故事!

对于普通老百姓来说,"邴坤案"不过又是一场反腐倡廉的大戏而已,也就是茶余饭后的谈资,无聊时候的消遣。

可是,对于倪武良来说,每听到一个版本,都会在心里仔细盘算——虽然,他知道人们传说中所谓的"背后"确实有自己的影子,可是,他却并不清楚邴坤的"背后"究竟还有些什么?最关键是邴坤到底给政府交代了多少"背后的故事"?

躲藏在郊区大院的倪武良现在过着的日子,那可真算得上是度日如年、草木皆兵。他跟张幽说是要出国游玩,请了长假,可是,他连踏出自家院子的勇气都没有。

这些日子,他几乎不跟外界联系,电话线都拔掉了,手机也不开机,实在要联络某人就用外地的手机号(并且都是随时更换,生怕被谁追踪),日常起居和用品则由闫莉照料——十足一个自我囚禁的生活。

在这万般枯燥、孤独的日子里,幸好有美女相伴。

这个时候,倪武良深刻地理解到为什么解放初期中国的人口增长会如此之迅猛——夜里没事可做的时候,就只好做爱了。

在这段灰色的日子里,倪武良疯狂地与闫莉做爱,也只有这个时候他才能短暂的快乐。

后来,这种短暂的愉悦感越来越短,直到剩下只有那高潮时候的几秒钟。为了能使愉悦持续得更长,倪武良只好想方设法地变换方式、地点和时间——什么性爱24式、36式;在沙发、客厅、书房、洗手间、仓库房、厨房、车库、楼梯、甚至阳台,就差露天草地了;白天、黑夜、餐前、饭后,甚至吃饭到一半的时候⋯⋯

刚开始的时候这个办法似乎很有效果,可是,同一种方式、地点反复几次就效果明显下降,只好搜肠刮肚地想尽办法。

闫莉也有实在受不了倪武良的时候,也建议过他是否帮他叫几个外面的小姐试试。可是,倪武良却担心这样一来,自己的境地将非常危险,藏身之所也很容易暴露。

正当他们为这事绞尽脑汁的时候,闫莉发现自己的月经晚了一个多星期还没有来。

赶紧买了几根验孕棒回来,用纸杯盛了自己的小便,将吸尿孔一端放了进去,一会儿拿出来,观察窗上出现了两条红线!

说明书上说,出现两条线,即对照线和检测线都显色,且检测线明显清晰,表示已经怀孕。

脑袋嗡嗡直响,脸都紧张得涨红,闫莉颤抖着手拆开了第二根验孕棒,重复了一遍前面的操作。

还是两条红线!

她接着又拆开了第三根、第四根⋯⋯所有的验孕棒都拆开了、测验了,结果都是一样——两条红线!

随后,闫莉瘫坐在马桶上,仔细回忆是如何造成的——她是那么的小心,从来都不让倪武良有机可乘,总是早早地就让他戴好安全套。

她如此谨小慎微,就是怕一不小心怀上孩子。

可是,为什么还是"两条红线"?!

闫莉感觉自己简直都要疯掉了。

这个孩子肯定是不会要的,那么,就要做流产手术,据说流产手术对女性身体的损害是很大的,还有一定的风险会导致习惯性流产、甚至终身不孕。如果真是这种结果的话,自己将如何面对未来的丈夫,如何向父母交代?

这种事情是多么损伤人的尊严啊!

在闫莉脑海中闪现出了龚功的音容笑貌,多么希望这个时候有他的安慰啊。可是,自己现在这副模样,怎么配得上龚功?

他又怎么还会接受自己?

不对,不对啊!

闫莉突然想起那天晚上,就是龚功向自己求婚的那一晚,在他向自己求婚之前发生的关于车震的故事,在那一段激情时间,并没有采取安全措施。本来想着之后吃紧急避孕药的,可是,谁知道龚功突然向自己求婚,突如其来的状况令自己头脑混乱了,竟然忘记了吃药。

没错,就是那一次!

"这么说来,肚子里的孩子应该就是龚功的。"闫莉想到这里,心里好过了很多。

可是,这个孩子还是不能要……

在马桶上又坐了好一会儿,闫莉脑子清醒起来,解决问题的思路也清楚了。

从洗手间出来后，闫莉坐到了正在客厅看着电视的倪武良身边，并靠了过去。

"告诉你件事情。"闫莉轻声地说，这是她在倪武良面前一直以来的语气，她觉得这样才显得自己"够专业"。

"什么事？说吧。"倪武良也用一贯的柔和语气对她说，他觉得在漂亮女生面前还是要保持一种绅士的风度。

"我怀孕了。"她的语气还是一样的平静。

"好吧。"倪武良也没有震惊的表情，只是把电视机关了，目光对着闫莉，显得比较关切地说："几个月了？"

"应该还不长时间。早点去医院做掉，应该比较好吧？"虽然是询问的话，却是肯定的语气。

"嗯，我马上联系医院和医生，尽快安排你去做手术。"倪武良说完，立即打开手机联系好医院。

末了，倪武良还托了个朋友——这位朋友正是余幼薇的助理——陪闫莉一起去医院先做了个检查。一切身体指标都正常之后，倪武良的这位朋友还陪着闫莉做完手术，并送她回到郊区的这所别墅……

如果能够清楚传达真理，就会有一股吸引人的能力。莫把期望混淆，当活在当代而决不妥协。

62. 聚　光

聚光有很强的力量，分散的光芒则一点热能也没有。

跟着老探长侦察了几次，陆航远总算明白是在忙乎什么了——一个犯罪集团（而不仅仅是个普通的犯罪团伙），从事的是贩毒、走私、杀人、强奸、组织卖淫嫖娼、敲诈、勒索、组织赌博……几乎所有的罪行他们都沾边。

在老探长跟踪一个走私案件的时候，一个偶然的机会让他发现这个犯罪集团不仅仅是走私物品那么简单。

于是，向刑警总队领导汇报，获得领导同意之后，成立了专案组，由副总队任组长，老探长副组长，并从全市抽调民警——主要是那些对这个犯罪集团主要人员已经展开调查或掌握重要信息的民警。

由于并案调查，专案组发现这不是一个简单的犯罪集团，而是一个有着跨多个国家犯罪性质、有着严密组织和纪律以及互相利益的犯罪集团。就目前专案组掌握的线索来分析，要想彻底打掉这个犯罪集团，必须了解清楚他们的组织主要成员、运行机制，当然还要收集更多的犯罪证据。

这几年下来，老探长一直担纲这个专案组长的副总队长，虽然专案组的人换了几轮，但他还是坚持了下来——特别是在组织上考虑到他的表现和年龄，几次想要提拔他到其他岗位任职，他还是拒绝了组织的美意，坚持跟踪调查这个犯罪集团。

"为了这个案子，我们已经牺牲了两名优秀干警了，如果我这时候半途离开，不仅对不起这两位卧底的同事，也对不起自己的这份职业，更高的职位又有什么意思？怎逃得过良心难安？……"老探长说着说着就说不下去了。

听了老探长的话，一股职业的使命感从陆航远的心底升起——为职业的荣誉而战！

人一旦有了使命感（特别是事业的使命感），就会觉得生命有了意义（就是职业有了价值），人生看到了曙光。

虽然"练兵办"的工作依然繁忙，陆航远却不知疲倦地跟随着老探长和专案组的同事们奋战在侦查工作第一线上。

奋战，这个词用来形容现在的状况是多么的确切啊——这也是陆航远人生第一次深切地品尝到奋战的滋味：不分昼夜、不分地点、风雨无阻、风餐露宿……却有一帮兄弟姐妹为了一个共同的目标，同甘共苦，互相勉励，互相照顾，相互协助，相互配合。

这种感受，随着时间流逝，怕是不会再有。

即使后面会有类似的机会，却也断不会是同样的感触和体验了。

虽然专案组的调查还在继续，或许还需要时日，可是陆航远却学到了非常好的思考方法——陆航远把它叫做"整合零碎法"。

就是把各种零散在不同时间、空间的线索汇集起来，使用一定的分析方法（例如某种规律、规则等）把它们串在一起，形成一幅完整的"图像"，然后再拿到现实中去论证它。

这个时候，人们能够发现一个奇怪的现象："果"的出现是因为后面的"因"——当然，陆航远只是把这个现象当作一种推理的工具而已。

根据目前的线索中出现的几个关键词（如：傅珥、顶级会所、录像、敲诈勒索等），陆航远拼凑了一幅这样的图像：

涡轮厂厂长傅珥（当然背后应该就是这个犯罪集团）在厂区内开设了这家顶级会所（恰好这家会所陆航远自己进去检查过），并利用这个会所组织卖淫、赌博、毒品交易等活动。

当然，傅珥他还算是个脑子活络的人，在会所的隐秘处装了摄像头,并利用它拍摄下了"重要人物"的淫秽场面,当然还包括在这家会所里进行其他一些不可告人的行为。然后,他再利用这些录像要挟"重要人物"——或直接敲诈勒索,或作为把柄,反正就是为了控制这些"重要人物"……

当然,真实情况或许更复杂,也有可能比这个图像简单得多。不管如何,陆航远拼凑出来的这个图像,也算是幅地图,指出了一个方向——就像玩 Window 电脑系统里面的扫雷游戏,这些关键词就是那些地雷旁边的提示,要想避开地雷,总是要收集更多地提示,当然还要有一定的运气。

接下来,陆航远就是要寻找出更多的提示,并以此发现"地雷"的准确位置。

再把关键词在自己的脑海里过了一遍,陆航远突然想起双胞胎姐妹大姝和小姝,以及那位差点毁了涡轮厂职工后半生福利的律师。

大姝、小姝倒是容易找到,晚上就可以约她们到灵秀汇一起喝咖啡。可是,那个律师后来不知道哪去了,找起来应该要费点力气。

晚上的时候,大姝因为身体不适没来,小姝一个人如约而来。冒梅茹则因在外面约了客户吃饭,所以没有陪着陆航远一起来。

小姝一踏入灵秀汇的门,就看见了坐在窗口旁边的陆航远——阳光、洒脱、俊俏,穿着一件黑色休闲西服,里面是高领衬衫,看上去很精神的样子。

突然,小姝心里生出一股很奇怪的感觉,这种感觉不仅仅是心跳加快,更有一种莫名的向往。认识陆航远有段时间了,为什么今晚才出现这种感觉? 或许是之前把心思都放在自己的不幸上去了,现在则不一样了,特别是参加了夜校补习班的学习后,小姝觉得终于找到了真正做人的感觉。

有段时间没见小姝了,陆航远觉得她还是那么的青春、靓丽、动人,只是少了一分忧郁,多了一分欢乐,少了一分妖艳,多了一分活泼,看着她,觉得心里很舒服,也喜欢听她的说话声音……

他第一次觉得小姝原来那么美丽。

二人在灵秀汇聊了一个晚上,刚开始还只是谈些关于顶级会所的那些事情,陆航远也在旁记录着。后来,他们就聊开了:流行的音乐、时尚的商品、优美的文学,以及各自的喜好……

直到冒梅茹从外面回来(她还住在灵秀汇),看到他们二人聊得正欢,就像一对情侣那样。心中的酸溜溜一闪即过,坐过去加入了他们的话题,却发现这话题根本就不适合三个人一起聊。

小姝也感觉到了某种尴尬,借口时间不早,赶紧离开了灵秀汇。

"你们俩一个晚上就在谈这个?"冒梅茹酸酸的、带点责备的语气问陆航远。

"哪里,我们在谈关于顶级会所的一些事情。"陆航远紧张地回答着,暗暗吸了一口气,想让自己的心情恢复平静,接着说:"我们还想找原来负责涡轮厂动迁案的律师。你现在是这个案子的律师,可有前面那个被职工逼走律师的联系方式?"

"你说的是吴志德吗?"冒梅茹问道。

"我没见过他。就是上次差点把职工们下半辈子福利坑走的那个无良律师。"

"哦,就是他了。他现在是灵秀汇的常客了,你要找他,算是跑对地方了。"

"啊?灵秀汇沦落到要吸纳这种人进来了?"在陆航远的心目

中,灵秀汇里面的人可都是一等一的好人、义人、善人,怎么能够容忍像吴志德这种没有素质、没有良知、行为恶劣的人呢?

将所有的精力都放在一件事情上,就是忘记背后,努力面前……

63. 美　善

目标美善,就得人尊敬。

经历过几件比较大的事情(起码对于个人来说是这样)以后,吴志德不仅没有受到任何实质性的伤害,而且还因祸得福。

现在,他过着的日子用他自己的话来说,那就是"神仙般的生活"。

因为几个稳定的律师顾问工作,保证了吴志德日常小康以上水平的各种生活开销。而且现在他还持有一个基金公司的股份,并在一家二手奢侈品交易公司有股权,这两条使得他在未来有了一定的财富保障,不再需要为了金钱奔波劳累,也就让他能够更有心思和时间思考和关注生活保障以外的其他事情。

他开始改变生活。

改变了自己原来的那种无序、繁忙的生活,并逐步养成一种符合生命规律的作息习惯。

首先,从那些冗繁的应酬中解脱出来,慢慢远离不必要的饭局、赌局等危害身心健康的活动。然后,从改变睡眠开始——以前他可没办法睡得安稳,总是在半夜的时候从噩梦中惊醒——每天按时关闭所有通讯设备上床睡觉,并且坚持睡到自然醒。一天美好的生活,总是从一夜完美的睡眠清醒后开始……

他开始享受生活。

从来不运动的他,开始踏足绿草地,挥起了高尔夫球杆,并且养成了每周 2 次每次 1 小时左右的游泳习惯。阳光好的时候,驱车驰骋;闲来无事的时候,独坐喝喝咖啡品品茶;此外,还养成每天坚持读书,和最优秀的灵魂交谈。然后,闭目冥想……

他开始思考人生。

一个人的时候,他还会想到自己前面 40 多年走过的路,风风雨雨、坎坎坷坷、行差踏错……现在想来不少事情直令他脸红耳赤、心跳不安。虽然有"人类一思考上帝就发笑"的流言,但是,有些问题的解决却是靠仔细思考,重新安排先后次序,就能得到解决。

他开始想到救赎。

可是,如何开始?从哪开始?——或许应该回到原来的地方,站在原点,寻找一个重新的开始。

原点在哪?

二手奢侈品交易?不是。农民安置基金?不是。三亚的淫秽之旅?不是。顶级会所?也不是,还能更前面……涡轮厂?对了,从结识倪武良开始到正式介入涡轮厂动迁案就是开始。他以为,这就是自己救赎的原点。

如何回得去?——这才是问题的关键!

跳出商业社会纷纷扰扰的尘嚣之后,吴志德才发现灵秀汇的真正魅力所在。于是,花了比其他事情更多的时间在这上面——读书、交流、怡情、养心……

"你真的脸皮有够厚的!"马拉在灵秀汇又一次见到吴志德

时,终于把憋在心里很久的话说了出来:"不义之财放在兜里不觉得滚烫吗?花着这昧良心的钱,晚上睡觉不会做噩梦吗?……你想过那些被你坑骗、陷害的人都在背后如何诅咒你吗?你可曾想过,这些恶毒的诅咒有一天会成为你的现实吗?……你一点都不相信因果报应吗?……你不曾想过,你的灵魂将被丢在地狱的火焰里,忍受永远的痛苦吗?那时,你若呼喊叫人怜悯你,祈求有人用指尖蘸点水凉凉你的舌头,那是完全不可能的……"

刚开始的时候,吴志德还能保持一种风度,可是,听到后面,特别是听到"地狱的火焰"以后,每个字都像钉子一样,毫不留情地钉入他的心灵——先是痒痒的痛,而后是滴血的痛、极度的痛,之后是一种麻木、脱离疼痛,最后,维持在一种长久的痉挛作痛。

马拉骂完之后,哼了一声,甩甩屁股走了。

吴志德脸色苍白,呆坐在沙发上,嘴巴张开却是什么也不能说,眼睛愣愣地盯着窗外却是什么也看不见。可是,他又像是听见了自己因承受着极度的痛苦而发出的呻吟,且仿佛看见自己正置身在满是炙热的焰火里燃烧……

"想什么呢,吴大状。"不知道冒梅茹是从哪里冒出来的,显然她已经坐在了吴志德的对面,好像已经有小会儿了。

"哦,冒律师,你好!"吴志德好不容易回过神来,见是冒梅茹,赶忙整理一下情绪,调整了坐姿,才发现因长久保持一种姿势,肩膀有些酸痛感。

"上次聚会的时候,听了你的发言,很受启发哦。"原来吴志德在上次关于人生幸福的主题活动上发了言,正好冒梅茹也参加了那次活动,并因此认识了他。后来,吴志德在搞奢侈品爱心捐赠活动的时候,马拉还向她专门推介了他,并成功说服她捐赠了一个爱玛仕的名牌皮包。

"那只是一次很随性的交流发言,后来我回去才发现里面说的东西有不少的问题。希望没给你带来困惑和误导才是。不然,我要过意不去了。"吴志德的这句话倒是真话,那时候他只求标新立异、吸引眼球,管他正确与否只管往外说。

"你太谦虚了,还是给人很多启发的。"冒梅茹只当是他在自己面前表示谦虚。像是想起了什么事情,问道:"对了,我听说你原来做过涡轮厂动迁案的法律顾问?"

一听到锅炉厂,吴志德一个劲地摇头:"别提了,那是我的职业耻辱。"连他自己都没想过,自己竟然会坦然承认那是件令人耻辱的事情。

"是这样子的……"冒梅茹也不管吴志德情愿不情愿、嘴里说什么,就把陆航远要找他帮忙协助调查的事情给说了。

本以为吴志德还会推脱一下,谁知道他只是犹豫了一会儿,马上就答应了,并主动跟她要了陆航远的电话,还说他会在最短的时间内联系陆航远。

"冒律师,我听说现在这个案子是你在跟进?"记好陆航远的电话号码以后,吴志德问起了涡轮厂动迁案的进展情况。

冒梅茹爽快地跟他聊起了涡轮厂动迁案的进展情况,并把自己的一些想法跟他说了。吴志德细心地听着,觉得冒梅茹确实是个很有水平的律师,自己自愧不如。不过,就这个案子来说,他毕竟还是比她知道更多的一些内幕,所以——或许是出于一种救赎的心情——吴志德不时地插话进来,告诉她一些自己熟悉的情况,并且在发现冒梅茹掌握的情况不真实的时候,立即打断她,告知以实情。

这次与吴志德交谈下来，冒梅茹发现他并不像陆航远说的那样冷血、黑心、不义、邪恶……

在《理想国》一书中，柏拉图试图告诉人们：要想抓住美善生活的本质，就必须超越偏见和日常生活的惯例。

书说："你们中间谁有一百只羊，失去一只，不把这九十九只撇在旷野，去找寻那失去的羊直到找着呢[①]……"

[①] 《圣经·路迦福音》。

八、问·利

人类社会发展至此,所有的利益关系都围绕三种价值观念的取向(或是趋向)展开:福利、自由和德性。

长久以来,将幸福最大化、尊重自由和培养德性成为全体人类追求的最大利益。某些道德困境源于相互冲突的道德原则,另一些则源于我们不确定事情将如何发展(即不确定性)……

64. 算计幸福

英国著名的道德哲学家和法律改革者杰里米·边沁[①]创立了功利主义学说,它的主要观点很简单,并对人有直觉上的吸引力:道德的最高原则就是使幸福最大化,使快乐总体上超过痛苦。

做完人工流产手术之后的几天,闫莉一直躺在床上,遵循医生嘱咐:不做重体力劳动,少接触冷水,加强补充营养……

---

① Jeremy Benthan,1748—1832,英国的法理学家、功利主义哲学家、经济学家和社会改革者。他是一个政治上的激进分子,亦是英国法律改革运动的先驱和领袖,并以功利主义哲学的创立者、动物权利的宣扬者及自然权利的反对者而闻名于世。他还对社会福利制度的发展有重大的贡献。

倪武良倒像是个好男人,任她躺在床上休息,还给她端茶送饭。闫莉试着差使他一下,他也显得是乐在其中,根本不像原来那副大少爷、花花公子哥的样子。

虽然,经受了小产的身体痛苦和内心的悲伤忧愁,但是,在这段卧床休养的时间里,闫莉内心却生出一种喜悦来——一种小女人得到男人呵护的幸福感受。

幸福究竟是什么?

有人说,幸福是一种感觉,并不需要华丽的修饰,却要让我们用心去呵护。也有人说,幸福就是人们已经失去的、每当想起就会有一种深深留恋感的过去,就是满怀希望对未来的憧憬,也是现在平平淡淡不起波澜的生活——当然,这都是人们关于"幸福"在概念上的不同定义。周立波[①]先生则从人们的行动上定义幸福——幸福,就是对在乎与不在乎的正确选择……

对于闫莉来说,幸福只是种感觉,它让人如履薄冰,还要担心它会稍纵即逝。

与倪武良在一起的这段日子里,虽然实际上只是一种钱色交易,可是闫莉心里其实是很享受这种"两个人的生活"——一起做饭,一起吃饭,一起睡觉,彼此关怀,当然还有"夫妻之间的那点事"……

有时候,她觉得自己好坏。

一个本科生,不好好工作,学人家卖身……这还好不是关键,最关键的是自己还乐在其中,还享受着这种偷来的快乐,盗来的幸福。

---

① 周立波,海派清口文化的发起人。

有时候,她又为自己的未来担忧、害怕。

出卖了身体不算,现在还堕了胎,也不知道将来还能否怀孕生育,更不知道这个"不可告人的秘密"将来是烟消云散还是众人皆知。心中万分愧疚,对不起父母,对不起未来的先生,对不起未出生的孩子……

有时候,她感到莫名的失落和寂寞。

虽然倪武良日夜陪伴,对待自己也还算殷勤,但是这些都只是表象,自己只不过是他饲养的一只高级宠物,现在这只宠物受伤了,他只是作为主人对宠物的怜悯而已。

有时候,她又庆幸自己拥有的现在。

看看自己的那些没赚几个钱、但是整日劳累的同学们——他们辛劳一整年,也没有自己一个星期赚的钱多吧?再看看在自己身边的那些为生计奔波操劳、蜗居和蚁居的人们——他们的栖身之处,估计还没有自己现在躺着的这张床大吧?

多少人向往闫莉现在的生活啊——吃好的、穿好的、用好的、坐豪车、有人宠、还有钱拿……这种幸运不是人人都有的。现在,夜总会里面不是有很多做兼职的小姐和牛郎吗?她们白天是写字楼里的OL,下班以后,摇身一变就是小姐;他们白天是公司里的白领美少年,来到夜总会后,换身衣服就是少爷、牛郎。

这些人自己有着稳定的工作和收入,陪酒、陪玩、陪睡……他们觉得好玩(一种乐趣,就像有人喜欢画画、有人喜欢运动、有人喜欢音乐一样),不仅能够免费满足自己的爱好,而且还有钱可赚。他们并不是因为钱而堕落自己,这事就是他们的兴趣、爱好——观察很多人、比较很多人、发现很多人——他们甚至认为通过这些事情,更能看清人性,并认识自己。

想到这些,闫莉心里坦荡了很多。

可是,她毕竟不是这类人,这些人、这些事的存在只是给她带来一种安慰,却不能帮她真正地解开心中的结,更别说帮她解决实际的问题。

闫莉有自己的心结,同时,她自己本身却是龚功的心结。

虽然那天晚上——就是龚功向闫莉求婚被拒绝的那晚——她开车离自己而去,龚功却从来没有死心。一开始,他觉得是自己的突如其来吓到了闫莉,后来又觉得或许是自己做得还不够好(没房、没钱、没车,这些如今社会结婚的必需品都还没有,而且就目前自己的境况来看,近几年还看不见会拥有这些东西的可能)。可是,又回想了两个人这几年的快乐时光,以及自己对闫莉的了解(她绝对不是贪图富贵的人),她肯定不会因为自己的"一贫如洗"而拒绝这份承诺。

"那么,她一定是有苦衷!"龚功突然想到,之前没有由头地冷落自己、疏远自己,那晚见到自己之后,却在车上激情燃烧,这不是很不合常理吗?

再往前面回想那许多的"非常理"——幸运地找到一份很不错的工作、幸运地拿到了高薪酬、幸运地还住进那个中心城区中的两居室房子,最幸运的是遇到了一个好老板,巧的是这些幸运的事情都发生在她认识这位好老板以后。

当然,不应该怀疑她的能力,就算与能力无关,还是存在同时获得这些幸运的偶然性。

于是,当闫莉跟龚功说:"我偶然地、恰好地都得到了这些幸运"的时候,他相信了,没有怀疑(他也从不会怀疑她)——直到他察觉到所有的一切都不合常理。

他跟踪了她,并且发现了所有的秘密……

痛苦,它并不是由特定神经纤维传导给他的感觉——现在,他那特定的痛觉神经已经麻木,因为他拿自己的拳头狠狠地捶打着自己,却丝毫没有感觉痛楚。

痛苦,它来自最真实的、最拒绝的心理体验——无可奈何,无所适从,心如火燎,气蹙胸夯……同时,又恍惚地怀疑:这一切都不是真的,这只是一场噩梦,一觉睡醒当是如初。

醒来后,泪流满面,独自擦拭,却整理心情——他期盼她能回转,只要她回来,他绝不在乎发生过的这一切。如果他们是因为爱情,他愿意独自哀伤。可是,他清楚,他们之间绝不可能是爱情!

于是,他等待着,等待着爱人的回归,等待着往日的情怀,以及爱的篇章续写。

他相信,一切都可以回到过去,只要她的一个决定。

可是,事已定局,木已成舟,往事只能回味,希望注定成为痛苦的延续——龚功拿着望远镜偷窥,看到他们的恩爱和相敬如宾,那是小两口享受着幸福的小日子……

羡慕,嫉妒,还有恨。当然,更有寂寞,空虚,以及冷。

正当龚功拿着望远镜偷窥观察的时候,一个熟悉的身影掏出钥匙,闯进了这所豪华别墅、爱的乐巢。

掏钥匙的这人,正是倪武良的正牌女朋友——余幼薇。一场闹剧拉开帷幕……

虽然,有些问题的解决靠商讨,深思熟虑来解决。可是,道德就是算计生命、权衡得失呢,还是某些道德责任和人权是根本性的,以至于它们超越于这样的算计之上?

65. 漠视生命

事物值得拥有的唯一标准就是人们想要他。[1]

从片场结束了工作,余幼薇独自驱车,路过这片森林般的别墅区的时候,电台里正播放着这首老歌——

> 终于做了这个决定 / 别人怎么说我不理 / 只要你也一样的肯定 / 我愿意天涯海角都随你去[2]……

突然,一股心酸涌上心头。余幼薇只好靠边停车,趴在方向盘上抽泣了一会。当歌曲结束,她掏出纸巾擦拭了眼角,挂了档位驶进了这个森林别墅区。

那时候,倪武良对她说"我爱你",并把这所别墅的钥匙给了她。可是,她却从来没有来过,原来一直只知道它的大致方位,今天路过,恰巧看到了这个小区的名字。她要进去看看,瞧瞧里面都有些什么……

这把钥匙余幼薇虽然没有用过,但却一直把它带在身上——这是他们爱情的见证物。现在,她决定用它打开两个人的未来,不管里面是什么,她都觉得应该承受得住。

---

[1] 约翰·斯图亚特·密尔（John Stuart Mill,1806—1873）,19世纪英国著名哲学家、逻辑学家和经济学家。密尔著作较丰,除《论自由》外,还有《逻辑体系》、《政治经济学原理》、《代议制政府》、《功利主义》,以及《威廉·汉弥尔顿哲学的批判》等。

[2] 梁静茹《勇气》。

或许是从来没有用过的原因,余幼薇在用它开锁的时候花了一点时间。忐忑缠绕在她心间,让她原本生疏的手颤抖起来。

有那么一段时间,她多么想这锁永远不要被打开。

可是,钥匙是真的,锁也是对的。

门开了,余幼薇却在门口站了半天。她知道推开门以后,各种幻想就会结束,真相只有一个!

那就是——

推开了门,里面一片金黄。西沉的太阳,透过落地的玻璃窗照射进来,给房间染上一片温暖,给人很温馨、很家庭的感觉。有一扇通往草坪的玻璃门没有关,微风正吹起白色的窗帘飘飘荡荡。透过窗玻璃,恰好能够望见背后小山上的教堂,那里此时正挂着落日的余晖,像极了书中描写的上帝慈爱的灵光。

"小薇?!"倪武良站在楼梯拐角,惊讶地望着站在门口的余幼薇……

"阿武哥!"看到有阵子没见的心上人,余幼薇曾在心里设想过多种情形:臭骂他一顿,打他一顿,然后质问他为什么背着自己和别的女人厮混;或者心平气和地与他摊牌,各走各的路去;又或者冲过去抱住他,咬他的肩膀,哭着呼喊他的名字,忘掉过去发生过的一切不开心,重新回到甜蜜的日子……

可是,她没设想到倪武良会站在楼梯上,想干吗都够不到了。再细看时,发现他消瘦了许多,在太阳余晖的照映下,显得有点小老头的味道出来。这让她心中生出怜悯来,这段时间他一定受了不少的苦。

"你怎么找来了?"倪武良很快就调整好了自己的心态,赶紧跑到门口,微笑着拉起她的手。

"你不是说过这房子我也有一半的吗?"

"是的是的。"倪武良心中有鬼,听了余幼薇这句话,心中发颤。

"那我是不是在任何时候都可以来?"余幼薇瞪了倪武良一眼,握着他的手,她感觉到了他的慌张,这让她感觉很不好,怀疑的迷雾正在散去,丑陋的面目正在一点点靠近。

"当然,当然,你想什么时候来都可以。"带着一丝尴尬的微笑,倪武良的脸上正一块一块地变着颜色。

"那还不领我进去?难道里面藏着什么不可见人的东西?"余幼薇不知道哪来的勇气,今天变得咄咄逼人。

"请进,请进,欢迎,欢迎……"真懊悔当初给了她这把钥匙,更要命的是自己怎么也没想过一向乖乖女的小薇会突然闯进来。

倪武良心里虽然很不情愿,可是,事已至此,他也只好硬着头皮让余幼薇进屋。

余幼薇进门后,倪武良领着她这里瞧瞧那里看看,并向她介绍每一个房间和角落。余幼薇知道他是故意扯开嗓门叫嚷,肯定是在向这栋房间里的另一个人发信号。没等他介绍完一楼,余幼薇就要去二楼。倪武良却想拉她去外面的草坪看看,为的是尽量拖延时间。

可是,余幼薇没有搭理他,径自拾级到了二楼。倪武良的心都要跳到嗓门了,赶紧跑到她的前面,引她到除了住着闫莉以外的其他房间。

可是,余幼薇还是推开了闫莉的房间。

一进门,她就闻到了一股女人的味道,错不了,梳妆台上还有一些化妆品,床沿上也有一件女孩子的衣服。但是,就是不见人——这让倪武良多少舒心不少:幸好她机灵,刚好来得及躲起来。

第三篇 蜕 变

虽然没看到人,但是这个房间显然就是一个女人的房间。余幼薇正要与倪武良争吵,这时,一阵急促的门铃声打断了这个尴尬的局面。

带着一份庆幸,倪武良赶紧冲下房间,打开门。见是一个满头大汗的年轻小伙子,正想问他要找谁,小伙子已经推开了倪武良,闯进了房间,直冲向后门的草坪。

"喂!你是谁?要干吗?"倪武良被这青年人的举动惊讶了。

"龚功?!"余幼薇站在楼梯中间,正好看到龚功闯进房间来,"你进来干什么?"

"出事了!摔下来了!"龚功说着头也没回,就冲到草坪。

倪武良和余幼薇紧跟着他也来到草坪,眼前的一切让他们惊呆了:只见闫莉挂在灌木上一动不动,洁白的睡裙下面被染红了一大片……

原来,当她听到倪武良在楼下的说话声,知道有人来了,于是,她赶紧爬到阳台上,却不小心掉了下来,更不幸的是灌木插到了她的下体,枝丫进入了她的私处,刚刚做了手术的她,疼得晕了过去。

所有的这一切,都被在一旁拿着望远镜偷窥的龚功看见了。他本以为她从2楼阳台摔下来,而且在灌木丛上,应该没有什么大问题,所以一开始也只是用望远镜观察着事态的发展。可是,过了一段时间,闫莉还是挂在灌木上一动不动,他才意识到出事情了……

由于枝丫插进了子宫,引起闫莉下体大出血,幸好被龚功发现,否则后果不堪设想。可是,由于闫莉刚刚做过流产手术,虽然及时送医,子宫却因此受到严重创伤。

"只怕是会影响到以后的生育。"医生告诉龚功,让他做好心理准备。

"什么意思,医生?"龚功好像没听明白。

"因为之前病人刚做过流产手术,在短时间内又受到这种创伤,所以导致病人的子宫严重受损,只怕是往后很难怀孕。"医生耐心地给"家属"解释着……

把死亡(或是身体伤害)看做是有利可图的东西,显示出了一种冷酷无情的对人类生命的漠视!

66. 价值转换

是否所有的价值都能被转换成某种通用货币?不少"主义"和得失分析确实尝试着这样去做,它们甚至给人类生命定价。

这天晌午的时候,陆航远接到一个陌生电话,自称是个快递员,说有个包裹要给他,让他到楼下大门口去取。

当他来到大门口的时候,见到一位骑着哈雷摩托车的人等在大门一侧的路边。这个人看见陆航远在门口张望,就冲他喊道:"你是陆航远?"

等得到肯定回答以后,那人把一个包裹塞给了他,开车迅速离开了。

陆航远觉得很奇怪:送快递的也开哈雷摩托车了?还有,怎么也不用签收一下呢?

这是一个密封的小纸盒子,拿在手里感觉就像是一本《现代汉语词典》的重量。

回到办公室,拿出剪刀把封带裁开,上面放着的是一张光盘,在光盘下面压着一张打满字的 A4 纸,拿开这张纸,陆航远瞬时惊呆了——是一沓一沓叠好的人民币!

赶紧把盖子盖上,紧张地环顾办公室四周,幸好同事们都在忙着自己的事情,没有人留意他。

左右瞧瞧,陆航远把盒子打开一条缝,手指伸进去,把光盘和 A4 纸拿了出来。只见纸上开头就写着:"识时务者为俊杰,是光盘还是金钱,请认真选择。"

下面的内容主要是警告陆航远不要介入调查涡轮厂的相关案件:"你若继续纠缠不放,莫怪我们不客气。先给你张光盘,以作警示。好自为之!"

怀着忐忑的心情,陆航远把光盘塞进电脑的光驱,并把声音调成静音模式。

播放器加载影片的过程,让陆航远第一次觉得原来是那么的漫长。

他有一种不祥的预感,又生怕被同事发现,低着头,像个贼那样焦急地盯着电脑屏幕。

终于,画面中首先出现了一张熟悉的脸,很显然她正处于昏迷的状态。她被人带进了一间灯光明亮的房间,从布局来看,应该是一间专业的按摩房(陆航远对它是似曾相识)。

她先被两个戴着面具的人架到了床上,然后,这两个人一个开始褪去她的衣服,另一个拿起照相机拍个不停。终于,所有衣服都脱光了,两个人离开了镜头。屏幕上全是她各个身体细部的特写,特别是她的脸蛋和私处停留的时间特别长……

整个过程约有十五六分钟,这段录像并没有展示后来发生的事情,只看到那两个戴面具的人把脱下来的衣服扔在了床上,影片就结束了。

陆航远是又气又羞还有害怕和自责。

对的,还有自责。

从身上穿着来判断,这件衣服正是那天早上自己在垃圾桶边上找到她时的那套衣服。也就是说,那天晚上发生的事情,正是这段录像。

也就是说,自己并没有把这帮伤害自己爱人的坏蛋抓到。

整整一个下午,陆航远都在恍惚中度过。还差15分钟才下班,陆航远就跟领导打了个招呼,跑回了家里,找出笔记本电脑,又看了一遍那张碟片。这回清晰地听见了里面的对话,其中一个声音自己再熟悉不过了,正是自己跟踪调查的傅玗。

难怪那封信只写了不要再纠缠,而没有具体指明是纠缠什么事情。

这么看来,傅玗已经知道警方正在调查他。也不知道他们内部出了什么情况,才会让他以这种形式警告陆航远。不管怎么说,单就案件本身来说,或许这件事对警方来说是件好事情——这个犯罪集团内部出现了状况。不然,傅玗不可能寄来这张会暴露自己身份的光盘,要么就是他实在是个智商不够高的人。

"哥,这妞身材不错哦,让我们尝尝'味道'吧?"光盘里传出一个男子的画外音来。

"不行。我们警告一下她就行,要玩女人,还怕没有更好的?别忘了,这里是什么地方。"是傅玗的声音,接着就看见一个戴着面具的人把衣服扔在按摩床上,录像结束。

看完这一遍,陆航远志忑的心平复了许多。

他发现，原来自己一下午最担心的是在这段录像之后的真相，冒梅茹是否被他们玷污。不管怎么样，从他们的对话来看，除了拍照片和录像，并没有采取更糟糕的行动。这让陆航远悬了一下午的心，稍微放下来了点。

可是，陆航远还是担心他们还会打冒梅茹的歪主意，得先想出一个办法，把她保护起来。

如果送这张光盘来的人是为了给陆航远一种警告，那么，这一沓10万元现金又是什么意思呢？难道就是信上说的让陆航远在金钱和光盘之间做"选择"吗？

这好像说不通啊。

很多疑惑涌入心头，陆航远多么希望有人可以和他一同分析、协同解决。可是，如果那样的话，就预示着这段录像会有更多的人知道，必然会对冒梅茹造成二次伤害。

对于任何可能伤害到她的事情，他都不会去做。

一时间，陆航远陷入了沉思——他知道，下一步只要踏错一步，要么伤害冒梅茹，要么毁了自己的下半生（或许这10万元的"妙用"就在于此）。

想着想着，陆航远后背渗出汗来，感觉往后的日子将如履薄冰、步步惊心……

这边焦虑，那边也是焦急。

原本已经回家休息的闫莉，突然因大出血不止，再一次被龚功送进了医院。

龚功等在手术室门口，焦急中拨通了余幼薇的电话。可是，接电话的是她的助理，说余幼薇正在拍戏，等一会儿中间休息的时候，会给他拨回来。

上次闫莉从阳台摔下来，龚功和余幼薇两人合力把她送来了医院，等余幼薇返回别墅的时候，却发现倪武良已经离开了别墅。

再拨打他手机，却已经关机了。

憋了一肚子气，余幼薇顺手拿起吧台上的酒瓶摔在地板上，却没有摔碎。

又要去拿别的瓶子，发现吧台上有张字条，是给余幼薇的：

"小薇，我知道很多事情让你困惑，我也一时间没法向你解释清楚。但是请你相信，不管世事多么纷纷扰扰，我对你的爱却是如此单纯、天真。我要离开一段时间，回来后会向你解释一切，请你原谅。另，麻烦你把这张50万的支票交给闫莉，不能到医院看望，深表歉意。还有也请告诉她，我和她的合同关系结束了，她自由了。"

当余幼薇返回医院，恰好闫莉清醒过来，看见龚功正喂她喝水。

突然，一股酸溜溜的感觉涌向她的心头。

闫莉听完余幼薇转达的信息，突然失声痛哭起来。

龚功抱着她，轻轻地拍打着她的后背，虽不知道如何安慰，但却又似明白"此时无需言语"的奥秘。

两天后，龚功把闫莉接回了那套两室一厅的房子，因为闫莉告诉他这套房子是她自己名下的。

龚功已经猜到，这房子定是倪武良送她的，本不想进去，但是却又没有其他更好的选择，也为了闫莉养身体，只好暂时住着。

调养休息了几天之后，龚功见闫莉恢复状态不错，憋在心里的千言万语正要和她说。谁知道，龚功刚一开口提及这些事情，闫莉的情绪突然激动不已，忽地从床上站起来，顺手操起东西就扔向龚功。

"我就知道,你准没安好心会如此积极地留下来照顾我,你只是来看我的悲惨下场的。现在,你看也看了,可以滚了。滚,给我滚出去!"闫莉喊着、嚷着就要把龚功赶出去。

谁知道,她一个不小心,拐了一脚摔了一跤。人走霉运的时候,真是喝口水都塞牙。这一跤,却正好摔在她前面扔出去掉在地上的硬物上,疼得闫莉直冒冷汗。

龚功赶紧过来搀扶,却发现她下体血流不止,于是,只好叫了辆车,急忙忙送到医院去了。

余幼薇拍好一天的戏之后,助理才把手机给她,并告诉她有个姓龚的男子找过她,好像有急事的样子。她赶紧回电话过去,龚功把事情简单地说了一下,并告诉她,闫莉现在已经止血,稳定了。

余幼薇责备了他几句,本还要再说他,却突然觉得一股酸水味从胃里顺着食道往喉咙上来。

急忙挂掉电话,余幼薇冲到垃圾桶边上,对着那里干呕了几下……

其实,现实生活告诉我们,不可能在一个尺度上衡量和比较所有的价值和物品。

67. 个体自由

倘若不伤害到他人的话,人们应该可以自由地去做任何他们想做的事情。——约翰·斯图亚特·密尔在他的《论自由》(On Liberty)中为个体自由做的辩护。

这个月的月经迟迟没有来,余幼薇只想是由于最近工作太累,导致内分泌混乱。再说,这种情况以前也遇到过。所以,她也就没有把它当回事。

或许这段时间真的是太忙了,又加上与倪武良的这些烦心事,余幼薇真的觉得身心都太疲惫了。

温水淋浴从头上浇下来的感觉,让她很舒服、很喜欢、很沉醉……

温水浇在头上,像是有人轻轻呼唤着几欲迷幻的自己,叫她保持一种清醒;水流过她的肩膀,像是有人拍打着自己,给她带来一种安慰;水流遍她的全身,又像是爱人抚摸着酮体,让她觉得有点痴迷;最后,水流经过大腿、膝盖、小腿直到地上,像是把一切的疲劳和烦恼全都带走……

余幼薇用手擦拭着自己的每一寸肌肤,享受着这温水带来的愉悦。突然,她觉得自己的肚子好像长了些赘肉,摸上去有点肉嘟嘟的。这时,她才开始警觉:胖了?——现在,社会上有一种人的肥胖,叫做"过劳胖"。

关掉水龙头,拿条干毛巾擦拭着身子,余幼薇赤身裸体站到秤上。比一个星期前称的时候,重了1.5公斤。

令她疑惑的是,这段时间已经很注意饮食了,就算是过劳也不太可能在一周净重3斤吧。突然,她想到自己这个月的月经已经晚了一个多星期还没来,又联想到这几天一直有干呕的现象,综合这三项情况,一种不祥的预感涌向她的心头,让她坐立不安。

也不顾现在是何时间,急忙穿了内衣并披了件大衣,穿了双休闲鞋,赶紧跑到最近的24小时便利药店买了验孕棒,又急忙忙冲回了家里,躲在洗手间验了起来……

"我完蛋了！彻底完蛋了！"龚功收到余幼薇发来的这条微信,已经过了半夜 12 点。

"怎么了?"龚功回复。

"你看!"余幼薇用手机拍了张出现"两条红线"的验孕棒照片发了过来。

"什么意思？怀孕了?"龚功回复。

"嗯!怎么办?怎么办?"余幼薇在一边"抓狂"。

"谁的?"龚功回复,觉得奇怪:她怎么把自己怀孕的事情告诉我呢?

"……"余幼薇先发来六个点,后面又紧跟了一条:"好吧,当我没说。"

一种困惑涌上心头,龚功回想自己并没有和她有过肉体上的关系啊。可是,还是跟着回复了这一条:"我的?"

见余幼薇没有回复,龚功再发一条过去:"真的怀孕了？你不想要?"

"现在这种情况,还用问吗?"加一张哭脸的表情符号,余幼薇继续发来信息:"赶快想办法,我一天也不能等,也等不下去!"

龚功虽然心中存有疑惑,可是人家已经这样了,也就只好在一边劝慰着,帮着想办法……

都快凌晨两点了,才算把余幼薇哄得平复下来,龚功躺在闫莉隔壁的客房里,却怎么也睡不着。他拼命地回想着与她在一起的点点滴滴,怎么也想不起与她有发生过肉体方面的接触啊——除了第一次约她出来喝咖啡,然后领她到自己在宾馆开的房间里,误会她的意思,在她洗过澡之后,对她有过不敬(可是,那次并没有发生性行为啊,就连命根子都没掏出来过),此后再也没有过不检点的事情啊。

难道说碰一下也会怀孕？龚功实在是想不通。

浑浑噩噩中,闹钟响了。龚功虽然感觉困倦,但是想到闫莉的早饭,他还是赶紧穿了衣服就到厨房做饭了。又想起昨天晚上余幼薇的电话,他觉得中午的时候,有必要和她见个面,把那事情搞搞清楚才好。

这天,余幼薇没有戏码,也因为昨晚几乎一夜未眠,临近天亮的时候,她才睡着。

那边,龚功去了好几个电话,却发现手机一直处于关机状态,只好发了手机短信给她让她回电话。

可是,临近中午了,余幼薇还是没有来电话,她的电话也还是打不通,想到她昨天晚上说的话,龚功突然担心起来：她不会出什么意外了吧？

想到这里,龚功赶紧跟同事打了个招呼,匆匆忙忙离开了办公楼。可是,他只知道余幼薇在哪个小区,却并不知道她住哪个单元、哪套房子。

于是,在出租车上的时候,龚功开始到处打听。他想到了吴志德,他们两个人不都在一个好像叫"灵秀汇"呀什么的地方吗？那么,他有可能有她的详细地址。

反正试试,总有希望。

一路辗转打听,最后找到了常静,终于在抵达小区前,龚功拿到了余幼薇的地址。

余幼薇住在16栋606室,龚功先在大楼门口按了门铃,不一会儿就传来一个陌生女子的声音。龚功以为自己按错了,可是,已经有人应答了,他只好问对方余幼薇是否在家。得到多方肯定回答后,龚功以为和自己说话的就是余幼薇,只是因为经过门禁电话后音色改变了。

"我是龚功啊。打了你一个上午的电话,也没打通,怕你有什么事情,所以过来看看……"

"哦,哦,哦,我不是小薇啦。你等一下……"对方像是在叫唤谁,一会儿又回来了,只听见她说:"你进来吧。"

给龚功开门的正是那个和他对话的女子,她微笑着自我介绍,是余幼薇在灵秀汇的好朋友,大家都叫她"小姝"的。

小姝把龚功请进客厅,只见余幼薇披着睡衣从卧室里出来,一副刚睡醒的样子,冲龚功说道:"你怎么找到这里的?"

"哦,我先找了吴志德,最后找到灵秀汇的常静,是她告诉我你住在这里的。"见到余幼薇完好无损,龚功这才放下心来。

"哦,是静姐啊。那你过来有什么事吗?"或许因为还有小姝在场,余幼薇心里明知道他来这里的目的,嘴上却依然这么问得不轻不重。

"没事,就是今天休假呢,特意来认认门呢。"龚功也不好意思说出自己的真实目的来。

"好了,门也认了,人也见了,我现在这模样,不合适接待异性。不然,狗仔队拍到还得了?"余幼薇的担心是有道理的。

"好吧。我这就走,这篮水果给你买的。"

"放着吧,谢谢。不送哦,慢走……"

送走了龚功,余幼薇松了口气,和小姝坐在客厅聊起天来。

"小薇姐姐,我可能喜欢上了一个我不能喜欢的人,你说我该怎么办好啊?"原来,小姝今天过来是袒露心声、找参谋来的。

"谁呀? 这年头喜欢就喜欢呗,哪来的不能喜欢? 谁呀? 说来听听,我给你参谋参谋。"听说是这种事情,哪个女子不来劲呢?余幼薇凑到她跟前,瞪着眼睛,要听她细说。

"陆航远。"小姝羞答答地说。

"哪个陆航远?"余幼薇像是突然想起来了,兴奋地说:"是陆鸣远的那个弟弟吗?"

我要自由而行,因为我素来考究你的训词。①

68. 真正自愿

只有当人们并没有被过分地压迫(例如对金钱、物质的需要),并且合理地、完整地掌握了备选项的信息时,才能行使自由选择的权利。

这是一个深秋的午后,太阳透过阳台的玻璃,斜射进这 16 层 20 来个平方米的客厅里,并洒在浅黄的皮沙发上,感觉很温馨、很恬静。

再泡上两杯香浓咖啡,来点班得瑞(Bandari)最纯净、空灵缥缈的音乐作为背景,让人觉得十分舒适,大有人生夫复何求的意思。

在阳光的照映下,余幼薇披着一件桃红色蚕丝蕾丝花边睡袍悠闲地斜靠在沙发上,一只素手端着咖啡杯,另一玉手则拿着小银勺优雅地搅动着咖啡。

虽然,昨晚的悲伤还在,但是现在有小姝在一起,她还是觉得

---

① 《圣经·诗篇》。

自己幸运很多——她多少听说了一些关于双姝姐妹的事情。

"也不知道怎么搞的,突然间就觉得陆航远这个人好好哦。"小姝把自己打扮得很休闲——乌黑的长发像流水一般倾泻在肩膀两侧,一件浅绿色的休闲小夹克衬出她洁白光艳的肌肤,里面是一件白色打底连衣短裙,隐约看得见她丰满的胸部,并裸出洁白、苗条的双腿直至脚跟,穿了一双淡蓝色的柳丁帆布鞋,与浅绿色的小夹克相呼应,这一身打扮让人联想到秋的爽朗和青春的烂漫。

"呵呵,陆航远是挺帅的呀,而且比他哥哥陆鸣远要年轻好多。你眼光真不错哦。"余幼薇一边欣赏着小姝的这一身打扮,感叹着她真会打扮自己(不管是衣服的搭配,还是颜色的配合,都是那么的令人眼前一亮),一边也在那里调侃着这个还是天真的小妹妹。

"你别取笑我了。我都快要烦死了!"小姝露出着急的脸色,却又是带着微笑,让人觉得这表情是多么的可爱。

"有什么好烦的呀?大胆地跟他表白去!"余幼薇大声地鼓励。

"可是,可是,他是小茹姐姐的男朋友啊。"这时,小姝的微笑不见了,只剩下焦急。

"那又怎么样?感情这个东西,靠自己争取。再说,从道德上来看,男未婚女未嫁的。在法律上,不仅不禁止,还保护恋爱自由呢。所以,只要他还不是谁的老公,你就还有机会!"余幼薇给她分析着,心里却想:如果我自己也能给自己这样分析就好了。

"话是这么说,理也是这么讲。可是,那个人是小茹姐姐诶,我怎么可以跟她抢?"小姝一副无奈的模样,却生出几分嗲样来。

"好吧。不过,你总该要让人家知道你的感觉和想法吧?再说,我泼你一下冷水,你觉得你一定抢得过小茹?可是,如果你不告诉他你的感觉,肯定抢不到人家。你自己考虑清楚啊。"余幼薇说完,抿了一口咖啡,这香气直沁入心扉,让她感觉所有的烦恼都烟消云散。

"可是,可是……"小姝欲言又止,她想到了自己身世和一切的不幸遭遇。但是,这些要她如何说起呢?

她只好低头答应了:"好吧……"接着就转到其他的八卦话题上去了。

两个人就这么喝着咖啡,有一句没一句地一直聊到傍晚快吃饭的时候,小姝才离开余幼薇的家。

在小区附近几乎等了一个下午的龚功,远远地望见小姝从小区出来了,马上给余幼薇去了个电话,邀她出去一起吃饭……

从余幼薇家出来,小姝鬼使神差地就来到灵秀汇。刚进来,已经看见冒梅茹坐在靠窗的座位,像是在等人——小姝心里知道她在等谁,正想要躲开,却已经听到她叫喊自己的名字。

可能是因为下午和余幼薇讨论的话题的关系,小姝见到冒梅茹的时候,心里就觉得尴尬,就像是已经做了对不起她的事情一样。以前,一见到冒梅茹,小姝的嗓门就像拧开了的水龙头,能一直说个不停,今晚的举止却矜持起来。

"小姝,今晚怎么了?有心事?"冒梅茹察觉到了小姝今晚的异常。

"没有啦,只是不太想说话而已。"小姝不敢直视她的眼睛,而左顾右盼。当望向门口的时候,她的眼睛突然亮了起来——陆航远正站在门口用眼神寻找着某人(当然,应该就是在寻找冒梅茹)。

见到小姝也在,陆航远显得特别兴奋的样子,神采飞扬地讲述着工作逸事和各种笑话。

第三篇 蜕 变

小姝则旁若无人地盯着他在那里口若悬河,外人一看就知道那就是"传说中的"痴迷模样。

这两人的表现,都尽收冒梅茹的眼睛。又联想到刚才小姝在自己面前的尴尬表现,女人的直觉告诉冒梅茹:小姝已经成为自己和陆航远关系的重大威胁!

"你觉得小姝怎么样?"晚饭过后,小姝识趣地先走了,冒梅茹问望着她远走背影的陆航远。

"啊?什么怎么样?"陆航远好像还没回过神来,搞不清楚冒梅茹这么问的意图。

"就是你对她的感觉啊、看法啊?"冒梅茹微笑着继续追问他。

"哦,挺漂亮的、挺养眼的,性格也挺开朗的,反正都挺好的。"陆航远傻笑着,并在眼前闪现出小姝的形象来。

"是哇?挺养眼的,也挺痒心的吧?"

"养心?"陆航远还沉浸在臆想出来的小姝里。

"是心痒痒的痒心。"冒梅茹说。

"哦,是啊……"过了一会儿,陆航远才回过神来,看见冒梅茹正板着脸盯着自己,赶紧补一句:"是挺让别人痒心的。"

"痒别人的心就不痒你的?"

"怎么可能?"说着,陆航远唱了起来:"我的心里只有你没有她……"

世间的人们虽然是自由的,但是却不要借着自由之名行邪恶之事,就算是歪念也不可以。

69. 共同的善

根据一种较低的,而非适合于它的评价模式来对待某物(或某人),这就是人们常说的"贬低"。

由于人类拥有自由的能力,因此人们不应当被仅仅当作对象而加以利用,相反,人们应当得到体面而尊重的对待。

在这个深秋的夜晚,月朗星稀,一对小情人正在繁华的都市高楼里,赏月看景、谈情说爱、打情骂俏、卿卿我我……

自从收到那封威胁恐吓包裹以后,陆航远基本上把工作以外所有的时间,都用来陪伴冒梅茹——他总有种担心,不知道何时从什么角落里钻出人来,伤害自己心爱的她。可是,他又不敢告诉她实情,只道是最近特别想黏着她。而她——同样深爱着他的人——心里也乐得有他黏着、缠着、陪伴着。

两人正在享受这浪漫的时光,吴志德匆匆忙忙地进来了,径直坐在陆航远和冒梅茹的对面。

"出事了,出事了!"还没坐稳,吴志德带点气喘地冲他们说道。

"出了什么事情,吴兄?慢慢说。"陆航远叫服务员端杯水过来。

"我刚才打听到,明天一早将有几十号原来涡轮厂的职工要去区政府闹事!"吴志德说。

"啊?又要集访啊?"陆航远说着看看冒梅茹又看看吴志德,说:"不是说正在平稳地解决问题吗?怎么这会儿又有人跳出来搞事的啦?"

"喂。原来已被确认的在职职工、退休职工一共300多人,按照中央和地方的相关规定,每个人都有伸张自己利益的权利,所以,以前上访中也就是这些人。后来,政府出面调解,并督促、协助厂房解决动迁安置问题。本来一切都在有序推进过程中,谁知到现在又冒出了这帮已经在几年前就自动辞职的人。"吴志德一口气说到这里,服务员把水杯端了过来,他端了起来,大口大口地咽着。

"估计是因为最近才听到涡轮厂动迁的事情,逐利而来啊。"冒梅茹对此像是并不感到意外和吃惊。

"嗯。问题在于,这些人当初是自愿辞职,而且都签订了协议,并且拿了一次性买断的补贴款项。现在又回过头来要在这动迁中捞一笔,只怕于法不合、于理不顺,而且要引起已经确定的身份、享有动迁权益的职工和退休职工的抗议啊。"吴志德继续说。

"这个讨厌了嘛。给吧,职工有意见;不给吧,他们又闹。该如何是好?"陆航远插进一句话来。

"真是林子大了什么鸟都有,而且人心不足蛇吞象啊。"冒梅茹也感叹这世道的怪诞和世人的贪婪。

"嗯。不过现在不是讨论人性问题的时候,这火烧眉毛的事情,看怎么办吧?"吴志德把他们拉回问题的主题。

"我通知区里信访办,让他们做好准备。"说完,陆航远就到一边打电话去了。

"冒律师啊,陆警官虽然电话通知了区里,可是,这事情还是要我们想个办法来解决啊。"见陆航远走开了,吴志德轻声地跟冒梅茹说:"依我看,区里最多也就是引导他们到厂里来解决问题。那么,这个问题自然就落给咱们了。"

"吴大状说得没错。依你看,该如何是好?"冒梅茹问道,她觉得以吴志德行走江湖那么多年的经历来说,这种事情他应该会有解决的办法。

"我觉得,应该大事化小小事化了。"吴志德放下水杯,露出一副师爷的模样来。

"怎么个化法?"睁大眼睛,冒梅茹凑了过去。

"你看哦,这帮人既然决心要闹、要上访,肯定不会善罢甘休吧。虽然,于法于理似乎他们都是没有道理、不合规则的,但是,我简单查了一下他们的背景,他们几乎都是这个涡轮厂的第一批职工,当初涡轮厂就是他们一手打拼出来的,别忘了:至今这个涡轮厂都还是集体企业,没有按照规定变性呢。此其一。其二,只要他们不停地上访,在政府对此事给出定论前——而且我觉得政府也不可能给出个定论——涡轮厂动迁的利益分配方案就不可能执行,那么,现在已经确认身份的职工、退休职工也就不知道何时才能拿到这个动迁福利。其三,只要福利迟迟不能兑现,原来已经情绪稳定的职工又会起来滋事。"吴志德分析着。

"那么,怎么办好呢?"冒梅茹认真地听着。

"所以,我觉得,为了社会、为了工厂广大职工、也为了这些自愿辞职的人,这动迁的福利还是要给他们些的。我看,他们也肯定不会要求能和在职职工、退休职工一样多,多少意思一些、表示心意也是需要的。"吴志德饶了一大圈终于把这句有用的话说出来了。

"嗯。不过,分给他们多少可是个技术活。多了,在职职工和退休职工不愿意;少了,这帮闹事的又不干。"冒梅茹深思道。

"是啊,是啊。得先和职工代表商议一下,早作准备、早备方案才好。"吴志德说。

"喂,我这就给这几个职工代表打电话去。"冒梅茹说着就在皮包里掏手机,好像想到什么,对吴志德说:"大状,我今晚先和代表们做个简单的方案,然后发给你,还要麻烦你帮我们把把关啊。"

"哦,不用那么麻烦。如果你们觉得方便,我晚上跟你们一起做方案吧,正好我这已经有一个别的地方过来的方案可以参考。"吴志德热情地说。

"那真是太好了!"听了他这么说,冒梅茹真是太兴奋了,继续说:"吴大状,你人真好!"

"这也算是我的救赎吧。"吴志德微笑着说。

此时,正好马拉经过,听到了这最后几句话。

"最好是真如你自己所说。我会一直盯着你的!"马拉在旁边甩下这一句意味深长的话,走了……

亚里士多德在关于善的理论中指出,善并不在于使快乐最大化,而在于实现人们的本性,发展人们独特的人类本性。

70. 义务同情

利他主义者的同情,"值得人们赞赏和鼓励,但不值得尊敬。"①

"那天,你怎么就发现了我从阳台上摔下来了的?"经过这几天的调理,闫莉慢慢恢复了体力,并且在龚功的悉心照料下,情绪也慢慢开始稳定了起来。

---

① 伊曼纽尔·康德(Immanuel Kant)《道德形而上学》。

"缘分啊,那么巧就被我看见了呀。"龚功剥了一个橘子,扒开一瓣塞进闫莉的嘴里。

"可是,"闫莉嘴巴里含着橘子嚼了一口,满口香溢,继续说:"房子后面的草坪不是围起来了吗?不留意肯定看不见里面的情况的啊。哦,我明白了,你一直在监视我!"又想起那段时间在屋内与倪武良发生的那些事情,不禁害羞得脸红了起来。

幸好龚功没有再注意她,只管盯着自己手中的橘子。他没有否认监视一事,但也没有承认,只是低着头说:"你总是我的牵挂,叫我如何放心得下?"

"那就是说,你是在那里监视着我咯?"闫莉从被子里伸出一只嫩白的腿,用脚掌轻轻地踢了踢龚功的肩膀。

龚功眯着嘴、憋着笑,把橘子放在桌几上,腾出双手来抓住这只送过来的美腿、玉足。只见他捧起这只小巧玲珑的玉足,先仔细观察一通,接着轻轻地在足尖亲了一口,闫莉痉挛了一下要把脚收回去,却被他抓了回来。顺着足尖,他的嘴唇缓慢向上移动着——细微的美足,白璧无瑕的小腿,最后到达晶莹剔透的大腿。

他的嘴唇在大腿根部停留了下来,接着,闫莉用双手捧起了他的头,恰好四目水平相视。龚功再向前,正好吻到她柔嫩的双唇……

"对不起,对不起,对不起……"亲吻中,闫莉不停地说着这三个字。

龚功知道这段时间要克制住自己的性欲,可是,刚刚看到了闫莉的美腿、玉足,欲火一下子就被她撩了起来。还好,到关键的时候,虽然闫莉没有反抗和说话,他自己清醒了过来。在她额头亲了一下,坐回床边,剥了瓣橘子塞进了她的嘴里。

"我要跟你说件事情。"闫莉像是下了很大的决心。

"嗯'说吧。"龚功说。

"你要先答应我,不可以生气,不可以责骂我,一定要原谅我。"闫莉认认真真地说。

"好,好,好,不管你做了什么事情,我都一定不生气,不责骂你,一定原谅你。"龚功保证说。

"前一阵子,你知道吗?我不是跟着那个人住在别墅里嘛……"龚功明白,闫莉说的"那个人"指的就是倪武良。

"我知道。"龚功耷拉着脸,提起这事,他反倒比闫莉显得更不好意思。

"可是,你知道吗?在我从阳台摔下前,我刚刚做了人流手术……"闫莉顿了顿,并瞪大眼睛观察他的反应,却见他没有任何情绪上的变化。

"我知道。"龚功轻声地回答。

"那你知道,这个小孩不是他的吗?"闫莉想起他在别墅附近监视过自己,心里有些不舒服,说这句话的时候,不禁有些响亮。

果然,听了这句话,龚功愣在那里,两只眼睛瞪着闫莉,说:"啊?你还有别的男人?!"

"你混蛋!"闫莉用脚蹬了一下他,继续说:"你才有别的女人!"

"那,那,是我的?"龚功露出满脸惊讶。

"信不信随你,反正都已经堕掉了,无所谓了。"看到他的这个表情,闫莉的心都凉了半截。

"那你为什么不跟我说?不找我商量?"此时,龚功心中百感交集。

"跟你说？有个屁用！你会相信我说的话吗？结果不还是一样要去堕胎！你看你现在这个表情……哎！"闫莉斜靠在床头柜上，摇着头叹着气。

两人都沉默了。

突然，龚功想起了什么，拿起手机跑到外面的客厅。

"你会相信我说的话吗？"这句话回荡在他的脑海里，他想到，余幼薇跟他说怀了自己孩子的时候，他根本就觉得她是在说玩笑。已经做错过一次了，不能再稀里糊涂犯同样的错误了——说不准这孩子还真是自己的！

那个晚上，当他从余幼薇口中得知闫莉怀孕的消息时，龚功在半晕半醒的状态中，与余幼薇一起先去了酒吧，喝了个烂醉如泥，然后，一起上了余幼薇的车——八卦周刊不也在那一期刊登了他们二人上车时相互搀扶的情形，只是因为相距甚远的关系，看不清楚两人的脸。

现在想来，醉酒驱车离开酒吧以后，二人一起还真去干了其他的事情。难怪在龚功的脑海里有轿车、车震、快感的记忆碎片，本来以为只是自己的意淫，现在分析起来，那晚发生的一切都是真的——有醉酒驾车，有车震做爱，有肉体高潮的快感……

当然，还留下了今天这个故事的"结果"！

"你肚子里的小孩是我的！你肚子里的小孩是我的！是我的！是我的！"龚功冲着手机直嚷嚷，躺在房间里的闫莉都听得清楚、明白。虽然，她不知道发生了什么事情，但是，她已经猜到，肯定不是什么好事情。

下了床，闫莉蹑手蹑脚地走过来，把耳朵贴在门上，又听见龚功在那里嚷嚷——

"我不同意做流产手术!……我会负责任!……我当然有权利这么要求你,因为我是孩子的父亲……我们结婚,明天一早就去领证……"

听了这一段,闫莉彻底明白是怎么一回事了。

本来她早就断了能和龚功再续前缘的心思,只是龚功最近对自己的表现,又点燃了她的希望。

现在,听到龚功这么说,闫莉知道自己该醒了——在这段时间,他所有的殷勤,所有的温存,所有的一切,只不过是对自己的同情。

对的,同情。

他是对曾经那段美好爱情和光阴的同情,也是对那个曾经深爱过的女人的同情,更是对那个曾经被她甩了的可怜男人的同情……

可是,他并不知道这些。

其实,他也不知道这些——对余幼薇的这种复杂的感情,究竟是爱、情、责任、同情,还是其他别的什么东西?

没有人应当得到更大的自然能力,也没有人在社会上值得拥有更加有利的起点。①

因此,只有义务的动机才能赋予一个行为道德价值……

---

① 约翰·罗尔斯(John Rowls),《正义论》(A Theory of Justice);美国政治哲学家、伦理学家、普林斯顿大学哲学博士,哈佛大学教授,写过《正义论》、《政治自由主义》、《作为公平的正义:正义新论》、《万民法》等名著,是20世纪英语世界最著名的政治哲学家之一。

71. 刨根动机

一个行为的道德价值,并不是因为由随之而来的结果构成,而是由完成这一行为的意图构成。

终于,可以收网了。

半夜的时候,陆航远跟着特警队一起冲进了傅珃一伙人的窝点。抓捕过程很顺利,一共抓获 13 个犯罪嫌疑人,这伙人叫来宿嫖的 4 名卖淫女同时入网。

只是在整个抓捕过程中,出现了一段小插曲——主要成员傅珃不见了!

晚饭过后,侦察员已经清点好里面的人数,包括傅珃一共 13 人全部在里面,直至实施抓捕这段时间并没有看见有人从里面出去。可是,现在只抓到了 12 人,难道是清点错了,或者有遗漏?

这是一栋外观看上去普普通通的乡下二层小洋楼,跟旁边其他的房子比较看不出有什么不一样的——也许正是因为这个原因才被傅珃等人选作窝点。

可是,当特警们冲进去、打开灯之后,才发现里面并不简单——各式豪华家具、家居和摆饰极尽奢华,天然大理石下面覆盖着地暖供热,意大利手工制造的真皮沙发,墙上贴的是色泽鲜艳、呈玫瑰红、无明显纹路的非洲红木,桌椅、案几、床榻全部极其讲究。

这 12 个人(以及卖淫女)三三两两地分别住在楼上楼下各个房间,可是,找遍了所有的房间和可藏人的角落,都没有找到傅珃。

难道被他飞走了不成?

陆航远等人正要审问其中一个嫌疑人有关傅珩的下落,吧台的酒柜转动了起来。

一个穿着若隐若现粉色薄纱的女子从里面出来,见到一房间的警察,慌慌张张地往里面跑。

特警们追着她来到一间地下室,并从那张雕龙刻凤的大床上抓到了还在睡梦中的傅珩。

民警们在这套小洋楼里找到了大量的毒品和现金,以及两把手枪和若干管制刀具、铁棍等武器、凶器。陆航远多了一个心眼,他翻箱倒柜地寻找碟片,最后把房间里的所有碟片、移动硬盘、U盘全部放进了纸箱里,并且也把里面的三台笔记本电脑也放了进去……

一个通宵,陆航远把自己关在房间里,把搜回来的所有盘片、笔记本电脑全都看了一遍,但都没有找到他想要的那段录像。

天亮前,陆航远垂头丧气地把这些盘片和笔记本电脑交给了专案组,并作为证物进行了扣押登记。

经过审讯室的时候,老探长正好从里面出来,叫住了陆航远,并把他拉到一边。

"找到你要的东西了吗?"果然是老探长,陆航远以为没人知道他在找东西,却被他抓个正着。

"对不起,探长,我只是想……"

"我问你,有没有找到你要的东西。"老探长打断了陆航远的话。

"哎,找遍了所有的盘片和笔记本电脑都没有找到。"陆航远回答,很沮丧的样子。

"刚才审问的时候,傅珩已经交代了不少事情,也把倪武良供出来了。你赶快去他那找找。我现在去吃个早饭,洗把脸,休息一会儿,8点左右会去这个地方。"说着,老探长塞给陆航远一张纸条,然后就走开了。

陆航远看了纸条上的地址,赶紧跑到外面去,叫了辆出租车,赶到地址上写的那栋别墅去……

在倪武良的这栋别墅里,陆航远找到了一些摄影器材和光盘、移动硬盘、U盘等存储设备。因为考虑到10点以后大队人马要过来,所以陆航远也没敢翻箱倒柜地寻找。

找到这些东西以后,他赶紧又拦了辆出租车——不要看这里是郊区,这条路上却有不少的出租车往来——往自己家里赶。把自己反锁在房里,陆航远打开电脑,对这些盘片一个一个仔细检查。

花了整整一个上午,还是让陆航远失望了,没有找到他要的那段录像。不过,也还是有其他收获的——里面有几段余幼薇的生活录像,而且还有倪武良和另一个清纯女孩子的激情录像。很明显,这几段录像都是在他这栋别墅里拍摄的。

对于余幼薇,陆航远并不陌生,经常能在灵秀汇碰到,只是他并不知道她和倪武良有着如此密切的关系。而对于录像中的另一个女子,陆航远却没有印象。不管怎么说,要抓倪武良已经多了这两条线索。

中午,已经30几个小时没有合眼的陆航远,终于撑不住在家里睡了一觉,却是噩梦相伴——在梦中,陆航远拼命地在奔跑、追赶,很想停下脚步来歇息一下。可是,刚把步伐慢下来,听到背后有狼嚎的声音,回头看时,竟然有一群狼冲自己这里跑来,吓得他拔腿就跑。原以为自己是在追寻什么,却发现自己是在躲避狼群的追赶……

快到傍晚的时候,老探长的电话把他吵醒了。叫他马上赶到专案组,参加案件分析会。

陆航远赶紧穿好衣服,收拾好散落一地的盘片,并打了包,抱着就往刑警总队去了。

到了专案组,陆航远听同事们说,犯罪嫌疑人对自己所犯的罪都已经招认了。于是,他向老探长打听录像碟片的事情,却见老探长直摇头:"他们都没有提到这个事情,我估计在别人的手里,或许就在倪武良那里。"

在这次专案会上,老探长肯定了大家的工作成绩,同时,也提醒大家"革命尚未成功,同志仍须努力",并明确了下一步的侦察和抓捕重点。

无疑,倪武良成为下一步侦察抓捕的重点对象,也是这个案件的另一个关键人物。

陆航远在会上谈了自己的想法,指出余幼薇和录像里的另一个女子当是跟踪倪武良的重要线索。同时,他也指出,因为余幼薇是公众人物,如果处理不好,或许会引起社会关注,那样的话对案件的侦破会很不利,所以,当特别谨慎、小心对待。

此外,陆航远还请缨去做余幼薇的工作,争取得到她的理解、支持和帮助。老探长稍微想了一下,觉得也由他去做余幼薇的工作是最合适的。

散会之后,老探长把陆航远单独留了下来。

"傅珲等人到目前为止都没有提到曾经有寄过包裹给你,我的意思是,你也用不着主动站出来提及这件事情。"老探长在陆航远耳边轻声说。

"可是,等他们回想起来了,迟早会说的吧,那时候可就是受贿了啊。"陆航远回答。

"这个你别管,你只要记住,千万不要主动说出这件事情就行。再说,你也不想你女朋友的录像让更多的人知道、看到吧?"老探长拍拍陆航远的肩膀,离开了会议室。

会议室里,就剩下陆航远一个人在那里发愣。他的内心纠结着、挣扎着,一边是良心、公义,一边是爱人、感情……

我们是那唯一约束我们的道德义务的创立者。

生活中,人们想要一种目的感,一种关于自己生活的叙述性的角度。它们吸收我们的各种负担,并反映出我们作为讲故事的存在,以及作为情境的自我的本性。

72. 公正的利

使福利或社会总体幸福最大化、自由至上、以分配物品来奖励和促进德性为公正提供了三种进路。

接到陆航远电话的时候,余幼薇的心情真是糟糕透了——男朋友不见了踪影,肚子里却怀着另一个人的孩子,本要去堕胎,却遭到"孩子父亲"的强烈阻挠,当然,还有那些没完没了的娱乐新闻和八卦记者……

不过,当陆航远说想和她见个面,谈谈事情的时候,余幼薇只是稍微犹豫了一下,还是答应了。

见面约在午饭后的灵秀汇。

这个时间点的灵秀汇里没有几个人,透过落地玻璃窗从上往下眺望，初冬的太阳正温柔地照射着这座大都市，感觉暖暖的、很温馨。

入冬了——余幼薇感慨着时间的飞逝，除了上一次在别墅不愉快地与倪武良匆匆见过一面以外，自己与他已经快小半年没有遇见了，这哪还像是情侣啊？看看自己的助理，一天到晚都和自己的小男友黏在一起。

摸摸自己的肚子，余幼薇又庆幸倪武良不黏着自己，不然，该如何是好？可是，她又想，如果他能够一直黏着自己，怎么可能有这个稀里糊涂出来的小孩呢？她开始怀疑自己和倪武良的关系——从小到大他们两个一起长大，可以说是青梅竹马，自小她就觉得要嫁给这个哥哥，即使她听到一些流言蜚语，以及后来他与闫莉的事情，她只是很生气很生气，可是，也没有想过要离开他，他一直就是她认定的丈夫——即使他再不济，也是自己的男人。

因为生气，所以她要用"其人之道"发泄怨恨——那个晚上放纵了自己，与龚功发生了性关系。可是，她没有想到，仅仅偶然的一次就让自己怀孕了——她与倪武良那么多次的性爱中没有采取安全措施都没事。

"这就是缘分，老天特意安排了我们这段姻缘。"龚功在电话里跟她说要娶她的时候，跟她说了一句话。

"可是，TA为什么不早点安排这个缘分出现呢？而非要在这种时候？为什么不是在我刚开始懂得世事的时候？为什么也不是在将来我不再在意倪武良的时候——如果将来有这么一天的话？"余幼薇对着电话咆哮着。

"或许TA要给我们一个警告和提醒？也或许特别是要给我的，而你仅仅成了我救赎的机会，你是在为了代赎？"龚功说的话真是不知所云,或许因为从来没有遇到过这么复杂的情况,他早就懵掉了,只能胡言乱语。

"先不管你要不要娶我,我会不会嫁给你,都要先解决两个问题:一是孩子一定要做掉,二是你如何面对闫莉。"余幼薇的话让龚功愣住了。

"老天自有安排的吧?"龚功木木地回答她。

"自有安排?好吧,你自己慢慢等着吧。我自己一个人把涉及我的第一个问题解决掉。"说完,余幼薇挂掉了电话……

在这之后,龚功向闫莉怎样解释的,余幼薇不知道,也不想知道。但是,那天晚上,龚功就拎着大包小包冲进了她的家,说是要住下来照顾余幼薇母子。

"见过不要脸的,没见过像你这么不要脸的。其他先别说,听说闫莉流产、楼上摔下来之后,你就搬进了她家,像是她的男人似的。那时候,倒是觉得你像个爷们,有担当。所以,当发现怀孕了才特意打电话告诉你,因为我觉得你是孩子的父亲,你有权知道这个情况。你现在倒好,在闫莉那边拍拍屁股走了,竟然厚着脸皮要住到我家来,我算是明白了:为什么闫莉怀孕、决定堕胎、做流产手术,以及之后一直不告诉你的原因了!你就是个吃软饭的!而且是吃软弱女子软饭的人……"余幼薇嚷着嚷着坐在了沙发上。

像是什么都没听见似的,龚功只管把包里的日用品拿出来。当听到她提及闫莉怀孕的事情,他突然发现,原来连她都早就知道闫莉肚子里的孩子是自己的,心中万分羞愧,一下子瘫倒在地上……

经过这么一闹之后,余幼薇只好让他暂时在自己家里待着。但跟他约法三章:不许偷窥,不许碰家里的任何东西,不许逾越给他划定的活动区域。

家里多了这么一个半生不熟的男人在,余幼薇感觉特别不方便,也还要提心吊胆被那帮娱乐记者抓到蛛丝马迹……

见到余幼薇盯着窗外、满脸愁容的样子后,陆航远心中难掩窃喜——她肯定知道倪武良的下落,这愁容八成是因为他而起。

"幼薇,幼薇,晚上好!"陆航远叫了她第二遍才回过神来,显然,她是在想什么事情想得太投入了。

"晚上好!"余幼薇勉强挤出笑来,顿了顿,深呼吸,整理了一下情绪,接着说:"陆大警官,今天怎么有这份闲情要我出来喝咖啡啊?"

"我觉得主要是好久没看见你了,怪想念的。"说着,陆航远坐在了她对面。

"哟,小茹知道吗?我觉得还是算了吧,你这边已经够乱的了,我就不掺和进来了。"余幼薇说。果然是演员,能够那么快就掩饰好自己的感情。

"什么叫'已经够乱的了'?我们是纯洁的爱情关系。"陆航远冲她嚷着。

"三个人的纯洁爱情?"看来今天余幼薇是要把小姝也牵扯进来了。

这是一种什么心理?唯恐天下不乱?

"什么意思呀?三个人?"陆航远这边确实不明白她所谓的三个人是什么意思,更不知道她指的是小姝。

"小姝妹妹最近好吗?"余幼薇以这种提问的方式点出了这层关系。

"她呀?应该还好吧。"陆航远一时没反应过来,可是当他反应过来,只见余幼薇已经在那里抿嘴发笑了。一下子一股热量从脚心往头上冲,陆航远双颊发红,嘴里却说:"我跟她是纯洁的朋友关系,就像你和我之间一样。"

这段对话,明显是余幼薇大获全胜。不过,这些都只是朋友之间的调侃而已,彼此之间都不会去较真和追究,只不过是图得一时的嘴上快活。

"今天请你出来喝咖啡,是有一事要请你帮忙。"陆航远见她笑也笑够了,赶紧把话题转到今天的主题上来。

"我有什么能够为你效劳的?别是帮你摆平你那三角爱情关系吧?我可先告诉你,这种感情的事情我搞不来的。"余幼薇继续笑他。

"不是,不是……不,不,不,也没有这样的事!"陆航远着急地说,顿了顿,接着说:"是要请你帮忙找到倪武良。"

听到"倪武良"三个字,余幼薇顿时收住了笑。

"你找他干什么?"余幼薇端正了自己的坐姿。

"我们是朋友,我就实话跟你说吧。事情是这样的……"陆航远把整个案子的情况跟她说了。

老探长原来交代他的时候,是要他套出倪武良的下落即可,没有必要跟她讲那么多关于案子的事情,以免节外生枝。

可是,骗她的话(就算那不是骗而是隐瞒实情)陆航远根本就不能向她做出——毕竟,他们两个也算是朋友吧。

听完了陆航远的介绍,余幼薇冷冷地说:"你实话告诉我,如果冒梅茹犯了什么事,你会亲手抓她吗?"

听了这句话,陆航远无言以对——是啊,如果冒梅茹犯了法,自己能够做出大义灭亲的事情来吗?现在,自己不是正为了她,已经几次违反纪律了吗?"

"不要跟我说那些冠冕堂皇的大道理,我一个弱女子,不懂。我只知道,做人就要讲情义。如果我给你们提供线索,我的良心就会一直责备我。他在外面有多么罪大恶极,那是你们警察的事情,不然要你们警察做什么用,而不是我的事情,更不是我的义务,我的良心不会允许我这么做。"

说完,余幼薇站了起来,披上外套,拎起包包,礼貌地冲陆航远说:"感谢你的咖啡,不过,我没什么能够帮到你的。再见!"

什么算作贡献?这取决于一个特定社会所恰好看重的各种才能。什么算作报酬?取决于这个社会恰好想要什么。

有些难题,不是仔细思考、依靠商讨、深思熟虑就能解决的,而是唯有祷告才能解决。

祷告,能使人们心绪平静,辨清方向……

九、问·真我

《礼记·中庸》有云:"道也者不可须臾离也,可离非道也","性之德也,合内外之道也"。人,由于活得和这宇宙的灵性及控制它的道德律相符合,便实现了"真我"。

亦云:"天命之谓性,率性之谓道,修道之谓教。"我们是一片草地,除了草籽别无所有,我们就不能产出麦子来。要产出麦子,就需要做出深层次而非表面的改变——我们必须被耕犁,也必须重新播种!

人在发现真我时,同时发现宇宙的统一性。同样,人在发现宇宙道德规律的统一性时,实现真我、真人性。

73. 倒塌而来的墙

科学,是上帝给人类靠近 TA 的其中一种工具。

说实话,余幼薇自己确实也不知道倪武良究竟藏在哪里,而且,现在他也很少联系自己,即使来个电话,也就是一般的问候。

她都几乎要忘记他的模样了,这哪还是人们所说的情侣?

最近,一大堆乱七八糟的烦心事情涌过来,已经让余幼薇疲惫不堪了。这会儿,从灵秀汇出来,突然发现自己好久没有回家了(父亲的住所)。赶紧掏出电话,给父亲去了一个电话,就说晚上过去吃饭。

跟上一次见到父亲尤国海相比较,只是短短的两个多星期,余幼薇却发现他明显衰老了不少,不禁心中生出万分愧疚来——父亲的操劳,自己原来一直都不懂,还尽在外面招惹些事情,想想就觉得对不住父亲的养育之恩。

想到这些,余幼薇走过去,站在父亲后面,伸出双手放在他的两肩上,轻轻地搓揉着。被女儿如此按摩,尤国海显得很安详,舒服地闭上眼睛,享受着天伦之乐。

"你倪伯伯家最近出了点麻烦事。"尤国海闭着眼睛轻轻地跟余幼薇说。

"怎么了?"余幼薇猜到是和今天下午陆航远跟她说的事情有关。

"他现在身子不太好了,想走动走动,却发现所说的话已经没几个人要听了。"尤国海轻声地叹息着。

"他身子又不好了?"余幼薇表现出关切,毕竟小时候这位倪伯伯对自己还是挺不错的。

"就是一些老人病,心情舒畅的时候就没事,心里堵的时候就犯病。"

"哦,是吗?"余幼薇笑着说。

"你别笑,你爸我也好不了那里去。年纪大了,总要有些病……"

"爸爸不会的,爸爸永远年轻,永远健康,万寿无疆呢!"余幼薇将按摩的手停了下来,蹲下后,双手缠绕在父亲的脖子上,把自己光滑的脸贴在他那已经长满皱纹的脸颊上。

"傻孩子,'万寿无疆'的皇帝老子们,最后不都一个个的灰飞烟灭了呀?"尤国海拍拍余幼薇的头,微笑着说道。

"我不,我不嘛。我就要爸爸你永远青春,魅力无限!"女儿永远是父亲长不大的小孩,余幼薇继续在他面前发着嗲、撒着娇。

"好吧,好吧,我保持永远青春,保持魅力无限。"尤国海被女儿搞得只好这么说着哄着她。

女儿开心地在父亲脸上亲了一口,重又站了起来,继续给父亲揉着双肩。

"你最近和小良处得怎么样?"尤国海嘴中的小良,就是倪仁杰倪伯伯的儿子倪武良,小良是家人和至亲对他的昵称。

见余幼薇沉默不语,尤国海已经猜到几分,闭着眼睛说:"倪伯伯家的这次麻烦,就是他惹出来的。你最好减少跟他的来往……"

正说着,电话铃声响起。

余幼薇伸手拿了电话,"喂"了一声就把电话递给了尤国海。只见他的神色越来越严肃,越来越难看。

"倪伯伯送医院去了!"挂了电话,尤国海站了起来,一边整理衣服,一边对余幼薇说:"今晚你一个人在家吃吧,菜都由阿姨做好的。"

"什么情况?我跟你一起去吧?"余幼薇看着父亲一脸的惶恐。

"不用。你就家里待着好了。"说着,尤国海已经到了门口,蹲下来系鞋带了。像是想起了什么,回头交代:"记住,最近要和倪武良保持一定的距离!"

"我知道了。只恐怕他也没空理我呢。"听说"倪武良"三个字,余幼薇黯然神伤。

"要变天了!"推开门,尤国海向外张望了一眼,眉头紧锁,不无忧愁地说着,像是在跟站在房间里面的女儿说,又更像是自言自语、感慨叹息……

30 分钟后,尤国海终于在医院的病房里见到躺在病床上的倪仁杰。他奇怪的是,这次倪仁杰住院跟以往任何一次都不同——要是在以前,这病房门口一般都是站得人山人海,又带水果又带补品,嘈杂的说话声音中却始终一个话题:倪老的病情。可是,这次一踏进住院部,尤国海就觉得"冷冷清清",走到病房门口已是感到"凄凄惨惨",等到进来病房,心中生出"戚戚"之情来了——偌大一个领导干部病房,除了躺在病床上不能说话的倪仁杰以外,就他的老伴坐在一旁独自拭着泪水。

"老倪这次怕是挺不过去了!"倪老太太看到尤国海进来,拉着他的手,哽咽地说着。

"不会的,嫂子。就像以前一样,大哥一定能够挺过来的,往后的日子,肯定会比现在还要好!"其实,尤国海心里也觉得倪仁杰这次病得跟往次不同,"挺不过去"还真难说。不过,当老嫂子拉着她手的时候,他只好说这些连自己都会怀疑的话。

老嫂子拼命地摇着头,不停地抽泣着,不知道下一步该如何是好。却把尤国海的手抓得牢牢的,好像溺水的人抓住了一根救命的稻草。

尤国海感觉到被她抓住的手已经微微作痛,想要抽回来,无奈已经被她牢牢抓住。

"哎,这世道真是炎凉啊。"等稍微平复了一下情绪后,老嫂子轻拍着尤国海的双手,向他倾诉:"想当年,老倪做市长的时候,一有个小毛小病,多少人跑过来'表忠心'、'送关心',说出来的话哦,比蜜糖还甜。几年前,老倪退休了,虽然没有了做市长时候的风光,但是他身体好,还能走动,说的话大家也都还听,所以,像之前几次住院,那个场面,你是见过的……"

尤国海微笑着,见她陷入了悠远的回忆去了……

"老倪一辈子帮了那么多人,末了,临终的时候,全都忘恩负义了。哎,是他的悲哀呢还是那些人的冷血?又或者是这世道的炎凉……"老嫂子歪着头,眼睛盯着地板,没完没了地说着:"还是阿海你有良心,想当初,老倪是怎样帮助你发的迹……"

"阿海"这个名字是尤国海的小名,早在几十年前当他就任江海置业公司董事长以后,就再也没有人这么叫他了,当然,除了倪仁杰夫妇。

老嫂子细数着倪仁杰当年如何如何地帮助尤国海搞起生意,做大生意,直到今天家缠万贯。

在旁人听来,尤国海之所以有今天,完完全全就是倪仁杰当年的提挈帮助,如果没有倪仁杰,尤国海或许就是个穷山恶水的村氓野夫。

听着她的这个老段子,看着躺在病床上奄奄一息的人,尤国海第一次感觉她的这段话如此的刺耳、扎心——难道没有你们老倪家我尤国海就活不了了?你们家老倪难道是我的上帝不成?没错,你们老倪家在我做生意的事情上确实帮过不少的忙,可是,难道你们家人就都是耶稣基督,一点回报和好处都没有得到吗?……

狼和狈到底是谁依附了谁呢?

上帝经常借用我们自己的手(选择、想法、行动等)来给予我们所祈求的东西,可是,由于我们只是顾着抱怨TA还不显灵,因此而忘记了这一点。

74. 远离而去的人

把人揍哭叫暴力，但是把人招惹哭就是艺术了。

虽然，陆航远在余幼薇这边没有得到关于倪武良的线索，但是，由于专案组已经掌握了确凿的证据证明倪武良的罪行，老探长在派出陆航远这条线的同时，还派出了另一条线去拜访了倪仁杰。

几个便衣刑警来到病房，却发现倪仁杰躺在床上不能说话，老太太（正是倪仁杰的夫人）坐在旁边的沙发上，拉着一个30多岁男子的手，正老泪横流地诉说着什么。见到几个陌生人进来，老太太以为是来看望老伴的——在倪仁杰的这些社会关系中，老太太确实认识的没几个。

"谢谢你们能来看老倪，有心了！"老太太略显激动地冲进来的这几个便衣刑警说。

"老太太，我们是……"有一个年纪较轻的刑警正要亮出自己的身份，却被另一个同行的中年人打断了。

"老太太，我们是来看看倪市长和您的。"说着中年人靠近病床看了看倪仁杰，再转身来到老太太身边，关切地说："倪市长病情如何啊？怎么突然就住进医院来了呢？"

说起这事，倪老太太又一次流下泪来，虽然这个问题她已经回答过不知道多少遍了——每一次生病，每一次有人来探望，每一个人首先关切的就是这个问题，好像人生病是件很令人吃惊的事情——但是，每一次她都还是尽职地流泪，并详细地向每一个人诉说那"突如其来的病倒"。

"这些天,老倪已经有点感觉不是很舒服,站也不是,坐也不是,躺也不是,晚上上厕所也特别勤。我早就让他来医院瞧瞧,他却是不肯。没想到,只几天的事情,他就……"说着,倪老太太伸手擦拭起了眼泪。

"哎,倪老市长可是个好领导,好人自然会有好报的,老太太请宽心。"中年男子安慰着她。

"希望是这样吧。老倪可算是把他这一辈子全部奉献给了国家和人民,可是,你看看,今天的下场竟是冷冷清清……"说着老太太环顾了一下四周,像是在说"你们看,多冷清,没几个人来看望"。

"老太太,你们的儿子怎么没有来呀?就你一个人陪着怎么受得了?"中年男子并没有领会老太太"冷冷清清"的意思,而是切入了正题。

老太太突然警觉起来,一句"忙着呢"之后就不再说话了。

"我看老太太也累了,我们大家都走吧,也让她老人家休息一下吧。"坐在倪老太太旁边的男子听出了点他们之间的话外音来,赶紧向这几个陌生人下了逐客令,并起身向倪老太太告别,逼着这几个便衣警察只好跟着他一起出了病房。

出了病房,那个中年男子表明了自己的刑警身份,把今天到访的缘由简单地跟这个男子说了,并请他协助警方提供倪武良的有关线索。

"哦,巧了。倪武良本是我公司的同事,我们最近也在找他,却不曾想你们警方也找他……"这名男子正是固善资本有限公司的董事长、总经理陆鸣远。他听说倪仁杰住院了,今天正好过来探望,却不曾想在病房里撞见了前来搜查线索的刑警们。

陆鸣远跟着刑警们来到医院附近的一家咖啡厅,几个人在里面交流了很长一段时间……

另一边,在灵秀汇,常静、陆航远、冒梅茹三人等待陆鸣远过来一起吃饭,肚子都已经开始咕噜咕噜叫了。

半个小时过去了,陆航远坐不住,起来上厕所——虽然没有强烈的便意——却把手机留在了桌上。这时,几条短信连续地发了过来,这种强烈的、不间断的提示音引起了冒梅茹的注意。

她拿起他的手机瞧了一眼,是一个陌生的号码,却看到短信中提到了自己的名字——现在的不少智能手机,有一个功能,就是当短信过来的时候,不用翻阅,只要拿起手机就能直接看到信息的内容(当然,你可以在手机"设置"一栏中关闭此功能)。

透过这几条短信,冒梅茹终于知道了在某个黑暗的地方,有人还在拿她威胁陆航远。这使她陷入了悲痛和困境,脸色白一阵、红一阵,愁一阵、忧一阵……

陆航远从洗手间出来,坐在冒梅茹对面的常静一个劲地给他使眼色。见他不明白自己的意思,常静急了,站起来冲陆航远一边指指点点,一边假装说:"阿航,听说你最近忙着个大案子呢?"

这时,陆航远看得明白——冒梅茹的脸色不对劲。

"呃,主要是跟在师傅旁边学习。"陆航远心里却在思虑:她又怎么了?

"跟师傅学习?!学坏吧?那么大的事情也不告诉我了,可想而知我在你心目中的地位!"冒梅茹突然站了起来,举着陆航远的手机摇来摇去,最后,干脆把手机朝他扔了过去,幸好被陆航远接住。但是,她的这句话和举动,搞得陆航远和常静不知所谓。

"阿航,你干了什么坏事?惹得阿梅如此光火?还不赶快道歉！"认识冒梅茹那么久，第一次见她如此光火，常静的第一反应是陆航远肯定做了什么坏事。

"对不起，对不起。可是，你要跟我说清楚是什么事情嘛？"陆航远还不知道冒梅茹所指为何？

"你自己看你的手机短信！"甩下这句话后，冒梅茹头也不回地走开了。

常静赶紧抢过陆航远的手机，翻开手机短信，阅读了那几条威胁短信，才知道原来陆航远承受着这么大的压力。

看完之后，常静把手机递还给陆航远，说："你呀，这么大的事，怎么不跟你大哥商量商量！"说完，跑开去追冒梅茹去了。

陆航远愣在那里，还不知道她们说的究竟是什么意思。等常静跑开了，他才有机会阅读那些短信。是个陌生的手机号码发来的，并且始终没有说明他的身份。但是，上面提到了冒梅茹的录像短片，以及那十万元现金，随后，对方要求他必须在两天时间内，将傅玥案件的详细进展情况和警方掌握的相关证据以电子邮件的形式发过去。

"如若在收到短信的48小时内没有收到所需资料，必将曝光你女友冒梅茹的不雅录像，以及向纪检部门举报你所受十万元贿赂的情况。"这是最后一条信息。

读完短信之后，陆航远赶紧去找冒梅茹。只见常静陪着她在休息室里说着什么，冒梅茹却只在那里摇头、哭泣。见陆航远进来，常静给他使了个脸色，退了出去，关上房门，留他们二人在里面。

"我们分手吧！"还没等陆航远靠近，冒梅茹抬起泪眼，平静地说。

"什么？"陆航远怀疑是自己听错了。

"我说,我们分手吧。"冒梅茹擦拭着泪水站了起来,睁大眼睛盯着他的眼睛说:"说实话,一开始和你在一起,是因为我觉得你对我好,而那时候的我正好比较无助。我以为你可以成为我的倚靠,而我也以为假以时日我会爱上你。可是,我错了。对不起,和你在一起这么长时间,我竟然都没有爱上你,真的对不起!看着你一如既往地对我好,我很愧疚,心却也很累。我们虽然在一起,但是在忧愁时彼此无法真正安慰,成功时也不能真正分享快乐。对不起,这不是爱!那就让我们分手吧,放开彼此,各自去寻找自己孤独灵魂的伴侣……"

孟子云:"圣人与我同类者",故他教导我们"人皆可以为尧舜"。所以,当要有这样愉快和高贵的乐观心态:弃我去者昨日之日不挽留,乱我心者今日之日不烦忧!

75. 固执流逝的时间

人,没有必要用言语来催眠自己!

初冬的早晨,轻轨车厢内的移动电视正在播放新闻,天气预报播音主持说,未来几天将有寒流来袭,并在屏幕的右下方挂着橙颜色的寒流预警信号标志。可是,轻轨外面,阳光依然明媚,一点没有寒流逼近的征兆。

满脸沮丧的陆航远,手里拎着黑色的公文包,拖着疲惫的身子,站在轨道交通的车厢内。

这时,车辆进站,进来三个穿着淡蓝色校服的高中生紧挨着陆航远站着,两女一男,其中一男和一女紧紧相拥,一看就知道是一对小情侣,而另一个女孩当然就是"电灯泡"了。

车辆发动后,这对情侣肆无忌惮地开始拥抱、亲吻、抚摸,根本就是把整车厢的人当作空气。

因为他们三人紧贴着陆航远,这使得他看得清楚——在这对小情侣忘情相拥、相吻、抚摸的同时,旁边的小女生故意贴得他们很近。只见小男生拥抱着小女朋友亲吻,一只手抚摸着小女朋友的项背,另一只手却和小女生十指相扣,还不时地用眼睛越过小女友的肩膀去瞄小女生。小女生则脸带幽怨地盯着小男生和别人亲吻着……

三个中学生终于到站了。

这时候发生的一幕触动了陆航远的心——车门一开,小女朋友从小男友怀中挣扎出来,飞跑出去,头也不回。小男孩也没有去追,却拉起旁边小女生的手,两个人大摇大摆地走了出去……

下了车,三个中学生的那一幕却一直在陆航远的脑海里反复回放——有的人或许会谴责,有的人或许会感叹,有的人或许是联想出三个人背后的种种故事……他却被这件事触发了心中的自我诘问:还有比小女友更好的选择吗?还有比小男生更好的解决办法吗?还有比他们三人更和谐、更良好的处置办法吗?

从轨交站出来的时候,阳光直接照射在了陆航远的身上,这时,他突然想通了一件事情:在有光的世界里("起初,神创造天地",第一件就是"要有光"[①]),一个人必须有共有意识,勇敢地接受现世的生活,并像禅宗的信徒一样与它和平共处——正如庄子

[①] 《圣经·创世纪》开篇。

相信是与非同样混合于无限的一。

昨天晚上,冒梅茹搬离了灵秀汇,住到她同事那里去了。陆航远试图要继续和她交流、沟通,可是,她心意已决,最后干脆手机关机了。

一整夜,他几乎没有闭眼。就是想不通,她为什么要和自己分手。直到遇见这三个中学生,他终于在阳光的照射下,跳出了一夜的疑问。很多问题,正如"骆驼穿过针的眼"[①]和"四两拨千斤"的寓意,在人(当局者)是不可能的,但是对于神(跳出迷局)则是没有不可能的。

每个人心中都有自己想要去解开的心结。

余幼薇认为解开她当前与龚功、倪武良还有闫莉的这个结,就是先要把自己肚子里的这个"结"解开。

由于龚功坚决反对她去做人流手术,时间流逝,余幼薇强烈地感觉到小胚胎在肚子里正快速地发育成长。她已经失去了与龚功磨蹭的心思,一个人跑到医院去挂了号,躺到手术台上去了……

当余幼薇从睡梦中苏醒,一开始忘记了自己做了人流手术,等恢复意识后,她想要赶紧离开医院。可是,却发现浑身无力,身体完全不听使唤。她只好闭上眼睛休息,等待着麻药药力的消除。

等待的时间是那么漫长的,好像是绵绵无期。她回首了自己短暂的这 20 年——经过漫长的黑暗,她听到了自己的啼哭声、外面的嘈杂声,以及冷、暖、热、光等过程,在她的记忆中第一次看清光和其他一切别的物事,是在一次生日庆祝会上(也不知道是谁的生日),那光是柔和的烛光,人们的脸是慈祥的脸。在这之后,记

---

① 《圣经·马太福音》。

忆像是快进的影片跳跃着剧情,微笑、伤心、泪水、爱、恨、情、仇、喜、怒、哀、乐,然后,到了躺在手术台上,医生给自己静脉注射麻醉……

再往后想,年华逝去,花朵凋零,最后,走到生命的尽头。这时,她想努力看清周围的世界,却是一片漆黑;她想感受周遭的冷暖凉热,却是一片麻木;她竭尽全力聆听,却是一片寂静……那是死亡以后的世界吗?还是死亡以后的自己?是在等待轮回还是等待审判?那个时候,生命已经消失?时间是否还在?时间如果不在,等待应该不再?

焦虑、忐忑、慌张……全都涌向心头,慢慢地她感觉到自己手心冒着汗,并且已经浸湿了床单,感觉有点凉。于是,她试图站起来,这一次发现自己竟然成功了!

可是,刚一站起来准备迈开一脚步,一个踉跄,余幼薇心里大叫"完了",一双大手伸过来抱住了她……

余幼薇抬头看,竟是许久未见的倪武良!

他消瘦了许多,穿着黑色的风衣,更显得他苍老和憔悴,但是一双眼睛却保持着一贯以来的炯炯有神。

是温暖,是羞愧,是高兴,是愤懑……余幼薇扑倒在他的怀里,大声地哭了起来,并用拳头捶打着他的后背。

倪武良任由她哭闹,一直静静地站在那里等待着,直到她平复了情绪。

他抱起了她,来到医院的地下,把她抱进了一辆MPV车里,并为她系好安全带,驶车开离了医院。

汽车稳稳地行驶着,停在市中心繁华地段的一家五星级酒店的车库,再一次为她解开安全带,双手抱起,乘坐电梯一直到66层的豪华行政套房里,把她平放在床上……

这一路上,两个人一句话也没有说,却并不觉得气氛冷清和寂寥。

"公安局在找你。"刚躺下来,余幼薇突然想起这事来。

"我知道。"倪武良平静地回答,同时,把热水壶灌上水,插上电源,煮起开水来。

"那你还带我到这里来?"余幼薇说着就要从床上下来,但是被倪武良制止了。

"这里很安全,你不用担心。"倪武良脱下外套,坐到床沿上,给她削起了苹果。

"倪伯伯生病住院了,你知道吗?"余幼薇又问。

"知道。没事的,过段时间就好了。"倪武良好像并不担心自己父亲的安危。

"好吧。"余幼薇拿了个枕头过来,这样她就可以舒服地半躺着说话,"你怎么到医院来了?"

"我跟你说过,当你需要我的时候,我就会出现。"其实,这医院的一位副院长和他是很要好的朋友,而且知道她是谁,就是这位副院长打电话告诉了他余幼薇怀孕的消息。

"那你知道我怀的并不是你的孩子吗?"余幼薇没想过要隐瞒他这件事情,从这句问话来看,倒不如说就是在告诉他真相。

"知道呀,所以我并没有跳出来阻止你做人流手术。"倪武良微笑着回答,好像他并不介意余幼薇怀过别人的孩子一样。

这一点让她心里有点不高兴:难道你倪武良那么不在意我吗?她宁愿他骂自己几句,就是打几下也没有关系,至少这样就能减轻她的负罪感。可是,他偏偏没有这样做。

"那你知道,闫莉做掉的孩子也不是你的,你知道吗?"好像故意要惹怒他似的,余幼薇特意直起腰杆,清晰地说出每一个字,生怕倪武良听不清楚。

可是,她的期望落空了,因为倪武良说:"知道呀,是龚功的吧?连同你做掉的那个,也是他的。"

"你怎么什么都知道?"余幼薇心中充满诧异——原来,一切的秘密他都知道;原来,他并不是冤大头;原来,他是在装傻……

想到所发生的这一切,余幼薇羞愧起来,当然还有害怕和惊恐。

其实,在造物主创造的万物之中,最美丽的当属时间。它看似冷酷地淘尽一切凡尘俗事,也包括人的生命,却留给人们公正、规则以及其他一切值得珍视的良善、美德。

76. 没有选择的出生

在任何时候,他人都可能会比我更加清楚地明白,在我眼前的各种道路,哪一条更加符合我的生命轨迹。[①]

离手机短信上说的 48 小时的期限,已经不到 6 个小时了。可是,陆航远却好像一点都不着急的样子。倒是一旁的常静为他着急死了,昨晚到现在已经来过好多电话了。

"你这人怎么一点不着急的啦?"电话里,常静像个长辈,又像个母亲。

---

① 迈克尔·桑德尔(Michael J. Sandel)。

"没事,大嫂。"陆航远的轻描淡写让常静愈发着急。

"怎么能没事呢?下午4点就要到期限了,难道你已经都做好应对安排了?"常静对着电话机嚷起来。

"真的没事,大嫂。我跟你说,说不准那几条短信就是谁发过来恶作剧的呢。"陆航远笑着说道。

"可是,你自己昨天不也说了,那个录像和10万块钱都是真的呀。"说起那10万块,常静突然想起什么,赶紧插了一件事情进来:"对了,10万块我给你准备好了,你先拿去。"

"我要你的10万块干吗?我又不缺钱。"陆航远说。

"你这孩子!你不拿了人家10万块钱吗?那我这10万块还人家去。"常静这话说得真像是他的母亲。

"大嫂,我真没拿那10万块钱。"顿了顿,陆航远继续说:"没错,我是收到了那10万块钱,可是,我真的没有拿这钱。"

"你这话什么意思?什么叫'收到了'可是'真的没有拿'?"常静觉得陆航远这话中有话。

"我的亲大嫂,你别问那么多了好吗。我向你保证,我绝对是干净的,这件事情也肯定不会有问题。好吗?"陆航远无奈但是自信地向她保证。

"我不管,反正这事我已经跟你哥说了,估计他会找你,或者用他的方式帮你解决吧。"常静告诉陆航远。

"好吧。我一会儿会给他电话,不过,大嫂,我现在真的好忙,求你不要给我添乱了行不?"陆航远恳求。

"好吧。还有最后一件事,你跟阿梅谈得怎么样了?后来我看见你们是不欢而散的。"常静确实就是陆航远的监护人,这一点就连陆鸣远也已经知道。

"分手了……"

"什么？！分手了？"常静很诧异，"你为她做了那么多的事情，说分手就分手了？到底是为什么？我找她去！"

"别，别，别，大嫂，我们的事情你就别管了，算我求你了。再说，男女之间感情的事情只能双方去解决，你一个外人介入进来，算是怎么一回事？"陆航远开始觉得常静真的好烦。

"好吧。你忙你的吧，用心解决好自己的事情，有需要帮助的，我和你哥都已经就绪了。"

"知道了，拜拜！"说完，陆航远挂了电话。他坐在办公桌前，心却久久不能平静。

从前天下午那几条手机短信到现在，陆航远的生活发生了很大的变化，这让他始终保持在一种兴奋的状态。他不知道是怎样走到今天这一步的，但是，这些经历让他"开了眼界"。

下午4点已过，一切还是那么的平静。

他本想给冒梅茹打个电话，告诉她一切都过去了，那几条短信只是短信而已。可是，刚一拿起手机，手机就响了。

"航哥，今晚你有空吗？"是小妹的声音。

陆航远本想说没空，但是话一出口却变成是这样的："有空的。"

"那今天晚上我请你看电影，行不？"他能感觉到她在说这句话之前下了一个多么大的决定。

"好啊。不过，我先请你吃顿晚饭吧。"陆航远说。

"好啊，好啊。我们6点钟在灵秀汇碰头，吃好晚饭去看电影？"听得出来，电话另一头的小妹很开心、很兴奋。

"今晚我们不在灵秀汇吃，我带你到别的地方……"陆航远跟她说着,脑海里出现了她微笑的脸庞——多么美,多么清新,多么舒服……

直到就要离开办公室,陆航远满脑子都还是冒梅茹和小姝的微笑,最后终于只剩下了小姝的形象。他忘记了原来要给冒梅茹去个电话,告诉她期限到了,世界依然平静、祥和,那几条短信不过就是恶作剧。

不过,这些都已经不重要了,因为,他已经忘记了拨打这个电话,或许"忘记"这件事情本身就说明,他并不是像自己想的那样在乎那个人。

陆航远领着小姝来到一个浪漫的餐厅,民族风情味道的布置和装修,昏暗的烛光衬托出暧昧的感觉。

经过精心打扮的小姝,今晚显得格外迷人,当她脱掉外套露出紧身衣的时候,一股香气扑鼻而来,沁人心脾,陆航远第一次感觉到"这是个女人"、耐人寻味的女人——她不像冒梅茹的一本正经,更不像冒梅茹的"贤良淑德"——在她身上,他感觉到了美女的妖媚。

对的,就是妖——从骨子里显现出来的妖味。

他终于明白为什么聊斋里面的那些秀才、举人,以及正人君子,为何无一例外地过不了妖精魅惑这一关——妖气来袭,势不可挡。

两人点了一瓶红酒,酒入肚肠之后,微醺的人话匣子打了开来。先是陆航远把这几天来的苦闷像小姝倾诉,一直说到冒梅茹与自己分手。

听到分手这一段,小姝起身从对面的座位,挪到陆航远的身边坐下,一只手搭在他的肩膀上,并且轻轻地拍打起来。

这种拍打,让陆航远觉得很安慰、很舒坦。

"其实,跟我的遭遇比起来,最郁闷的是我啦。"小姝端起一杯红酒,与陆航远碰了一下,二人一饮而尽。

"怎么可能?你看你现在活得多开心?"不知道陆航远是有意安慰还是真的忘记了她的那段悲惨经历。

"我自打出生到现在,就从来没有一件事情是遂心愿的。"小姝给自己斟了酒,举起高脚玻璃杯,在眼前一边摇来摇去,一边说:"赤贫的家庭倒也罢了,更有悲哀的人生。小时候被继父们蹂躏,长大了又被骗到这个城市任人摆布。我曾经诅咒老天,他若有眼怎么不睁开来看看我?他若有怜悯的心,怎么把我扔给这样的一个家庭?……"

说到这里,她开始抽搐起来。陆航远伸出手,把她揽入怀中。她的经历,她的遭遇,更有她的妖媚,让他不由自主地抱住了她。

"我在想,"在陆航远的怀中,小姝感受到了安全和倚靠,这让她可能大胆地说出憋在心里很久的话,"如果我出生的家庭,能和小梅姐姐或者小薇姐姐那样,那么,起码我就不会在幼小的时候遭受蹂躏,就能大胆地去追求,起码能有做人的基本尊严!"

或许是靠得太近的缘故,陆航远的嘴碰巧在她额头上轻轻地吻了一下。

"如果不是遇见你们,特别是你,我觉得自己活得就跟猪、跟狗、跟鸡等等畜生没有什么区别。我曾深刻感受,为什么人们把妓女叫做'鸡',就是把我们这些风尘女子当作畜生啊……"

听着小姝的倾诉,陆航远觉得自己和这个社会的大多数人都是幸运的——这个感觉,却又让他觉得自己好邪恶,竟然拿别人的悲哀来安慰自己。

最可恨的是还揽她入怀,窥视她的美色,自己和那些蹂躏过她的人有什么两样?起码,比他们多一份怜悯之心吗?

不!陆航远觉得自己比那些蹂躏过她的人还要邪恶,因为,那些人毕竟还给过她糖果、金钱等物质上的东西。可是,自己呢?除了觊觎着她的妖媚以外,甚至还得到了她的信任、她的情感,或许还有她的心。

想到这些,陆航远本能地欲将她推开。

可是,此时,她正泪流满面,双手已经缠过他的腰紧紧地、紧紧地抱着。好像他就是她这一生在汹涌大海中漂泊时,遇到的一个救命的、倚靠的礁石……

人类是讲故事的存在①,人们作为叙述性的探求者而生活着。过一种生活,就是制定一种叙述性的探索,它追求某种功利或连贯性。

77. 莫名其妙的孤独

人类灵魂的孤独,是一切宗教,及一切俱乐部、会社、教会,及国家等组织存在的理由。②

听了常静关于陆航远遇到的恐吓与威胁,陆鸣远并没有直接去找这位表弟。陆鸣远有自己的想法,觉得这种事情对于在公安

---

① 阿拉斯戴尔·麦金泰尔(Alasdair MacIntyre)《追寻美德》(After Virtue)。
② 林语堂《信仰之旅》。

局工作的表弟来说迟早得遇到，但是早遇到总比晚遇到要好，也更有利于他的成长和成熟。

虽然如此，陆鸣远还是做好了最坏的打算。可是，他却要保证不让自己的表弟知道。

有钱的人替没钱的人付款，是件很有意义的事情；同样，能力强的人帮助能力弱的人，也是一件高尚的事情。

陆鸣远又一次召集了他人生旅途的团队和伴侣——在市政府办公厅工作的孟祥，在公安局工作的兄弟等至交好友。

很快，他就搞清楚了陆航远牵涉到的案件的主要情况。令陆鸣远感到欣慰的是，所有的消息都表明自己的这个表弟头脑是清楚的——确实，他是收到了一个包裹，里面包括一张碟片和10万元现金，但是，他却把这10万元交给了专案组的老探长。至于那个碟片，或许是因为涉及冒梅茹的名誉，陆航远自己收藏起来了，并没人知道他是如何处理的（最大的可能是他自己收藏起来了）。

此外，陆鸣远和他的团队还打听到，陆航远在收到这几条手机短信后的第一时间，就把这个情况汇报给了专案组。专案组很快就锁定了这个发来短信的手机号码，根据他们的分析判断，这个号码后面很可能就是这个案件的"大人物"，或者起码也跟这个"大人物"有关联。

或许，发这几条手机信息的人，突然意识到了专案组可能会根据这个手机号码"顺藤摸瓜"，最后找到自己，继而改变了想法。专案组从电信公司得到的情报是，自从这几条短信发送以后，该号码就一直处于断线状态。

专案组还通过技侦手段，检测到了这个号码最后发送短信的具体位置,就在本市的市民广场。可是,这个市民广场是手机信号的热点地区,专案组无法进一步获得更多的线索。

于是,专案组换了一个技术侦查手段——寻找使用过这张SIM卡的手机。很显然,这个人有很强的反侦查能力,头脑也特别清楚,使用过这张SIM卡的手机不再使用。侦查又一次陷入困境,专案组暂时寄希望于陆航远身上——希望这个手机背后的人会再一次联络他。

知道了这些情况后,陆鸣远舒了一口气,感叹"廉颇老矣",还有"长江后浪推前浪"的悲凉。

只是他并没有把这些情况告诉常静,只是跟她说不用担心自己的这个表弟,并告诉她说:"这件事情,他处理得远要比我们想象的好。放心吧。"

虽然,常静心里还有担忧,但是,既然做哥哥的都不担心,自己就更没必要去"狗拿耗子"。

可是,她还是惦记着陆航远和冒梅茹的情感进展,毕竟她是他们两个的媒人。这个时候,他们两个因为几条短信就分手了,这是她想不通的事情。

晚上,常静约了冒梅茹在一家幽雅的咖啡厅见面,她想要为他们两个的这段感情做些努力,起码让大家的心里都不再有心结——不仅仅是陆航远和冒梅茹之间,还有常静自己的心里和他们两个之间。

"曾经确实以为他就是我的真命天子。"还没等常静开口问,冒梅茹自己就先挑明了这个话题,毕竟常静是他们二人的介绍人,这些事情有必要跟她说明:"可是,后来发生了很多事情,现在回想起来,才明白究竟是怎么一回事。"

"不是因为那几条莫名其妙的手机短信?"常静还一直以为就是那短信惹的祸。

"我的姐姐啊,你觉得我是那种如此轻率的人吗?"冒梅茹微笑着反问。

"我以为你不是。可是,你后来做出的事情让我产生了怀疑。"常静回答,表现出一种急切要知道事情的模样。

"短信事件是我找到提出与他分手的一个序幕。其实,我很感谢他为我做了那么多,也承受了如此巨大的压力。那天,我看到这些短信就在想,是否要反悔自己心里做的决定。可是,也正是这些短信,让我觉得要马上跟他说明白,不然,眼看着他就要越陷越深。"冒梅茹冷静地娓娓道来,就像是在讲述着别人的故事。

"为什么呀?一直以来你们两个不都好好的吗?"常静心里着实惊讶,搞不清楚现在的年轻人到底是如何思考这些情感问题的。

"嗯,或许我给他的信号,导致我们两个给旁边的人的信号,出现了误解,甚至是误会。"冒梅茹顿了顿,好像是第一次谈论这个话题,她还要好好地整理一下思路,可是,又像是早就思考过了这些事情,现在只是进行语言的组织。

端起咖啡杯,靠近嘴巴,却只是闻闻——感受它的味道而不是真的想要喝它。冒梅茹接着说:"其实,我也努力过去爱他,并且用过'假装'爱他的方式去爱他。可是,我却感觉到自己依然孤独。时间越是长久,我就越清楚地明白,我对他的爱,并不是爱情的爱,因为我的灵魂依然寂寞、孤独。"

"是他做得不好吗?还是其他什么原因?例如,有第三者?"常静没太明白冒梅茹所说的话,因为她是如此幸运地遇到了自己的灵魂伴侣——陆鸣远。

"不是,他做得很好。可是,爱情是双方的呀。我要的是爱情,而不仅仅是被爱。爱情,应该是双方的互动。他做得越好,我就越觉得愧疚。我对他缺乏爱的动力,那种最原始的、最本能的行为动力。"冒梅茹并不想争辩,因为她突然意识到,这时候所有的言语都只是为自己的自私掩饰,而这一点让她感觉到自己很罪恶。

两人沉默了。

一个为自己曾经的行为和现在的掩饰忏悔,另一个则在细细品尝斡旋失败的味道。

这时候,咖啡厅里突然响起这样的旋律——

还是原来那个我 / 不过流掉几公升泪所以变瘦 / 对着镜子我承诺 / 迟早我会还这张脸一堆笑容 / 不算什么 / 爱错就爱错 / 早点认错 / 早一点解脱 / 我寂寞寂寞就好①……

这时候,冒梅茹听到这首歌,突然感触良多。原本以为"寂寞寂寞就好",两个人在一起时间长了这种感觉迟早会"解脱"。可是,自己真的错了,应该"早点认错",起码就不会让他"爱错就爱错"。

想到"爱错"这两个字,冒梅茹哭了起来——不知道他现在过得好吗?能否"寂寞寂寞就好"?会不会"痛到受不了想到快疯掉"可是还能坚持"死不了就还好"的勇敢?人的灵魂本来就寂寞的,希望他能把我戒掉……

---

① 田馥甄《寂寞寂寞就好》。

已经半夜 12 点了,陆航远和小妹还在 KTV 包厢里面。小妹刚刚点唱了这首《寂寞寂寞就好》,已经迷迷糊糊的陆航远突然泪流满面。

站在点唱台上唱得正欢的小妹忘情地发挥着,当唱完最后一句"我就不相信我会笨到忘不了 / 赖着不放掉 / 人本来就寂寞的 / 我总会把你戒掉"以后,她才发现陆航远已经像个泪人。赶紧放下麦克风,跑到他身边坐下,紧紧地抱住他的头。他埋在她的怀里,泪水淌进她的前胸,尽情地释放着、释放着,像个受了委屈的孩子躺在母亲的怀里,又像受了伤的小鸟找到了停歇的港湾……

当生命中最重要的事情发生时,人们当时常常不明白究竟。往往只有在回首往事的时候,人们才意识到发生了什么。

78. 无可奈何的遗忘

寂寞无形,变化无常,死与生与?天地并与?神明往与?芒乎何之?忽乎何适?万物毕罗,莫足以归。①

服务员推开 KTV 包厢的门进来的时候,里面正在响着柔和、浪漫的旋律——

简单的是 / 把爱情写成一首歌 / 情绪是来自你我他的 / 假如会唱出谁心里的忐忑 / 要忘记你曾甘心的曲折 /

---

① 庄子《天下篇》。

复杂的是重新开始一段生活／改变对习惯来说意味着什么／不在意痛苦／幸福就会来的／来试着遗忘／昨天就远远的①……

陆航远和小妹双双抱着躺在沙发上睡着了。服务员把房间的灯都打开,并且把音乐关闭了,这样陆航远二人就都醒过来了。

"先生,你们还要继续唱歌吗?"服务员礼貌地问道。

"哦?现在几点了?"陆航远睡眼蒙眬,发现小妹正趴在自己的胸前,好个小可人儿。

"已经是早上7点了。"服务员弯下腰回答。

"那不唱了,我们收拾一下,马上就走。"

"好的。谢谢先生。"服务员说完退了出去,并把门带上,方便两位客人在里面"收拾"一下。

"早安,航哥!"见服务员退了出去,小妹赶紧将双手挂在陆航远的脖子上,娇滴滴地问他好,并对着他的嘴唇轻轻地吻了一下。

陆航远只是在她背上轻轻地拍了两下,微笑着说:"早安!我们赶紧收拾一下,还有去洗手间洗漱洗漱吧。"

"哦。不过,我今天上午没课,下午一点半才有英语。"小妹显然对他恋恋不舍。

"可是,我要上班呀。"陆航远差点都忘了,现在大小双姝姐妹正在大专班进修文化课程呢。

"好吧,今天我送你上班。"说完,小妹从沙发上跳了起来,兴奋地说:"我马上去洗手间洗漱一下,你等我!"

---

① 杨洋《遗忘》,《宇宙只有我和你》专辑。

陆航远本想阻止她，可是见她如此欢欣，实在不忍心说出那些话。

等她离开房间，陆航远从口袋里掏出手机，发现就在前面半个小时前收到了一条彩信："你没有按照期限把材料给我！这张照片以作警示，限你在两个小时内准备好我要的材料，否则，后果自负……"

随信附来的照片是半裸的冒梅茹，闭着眼睛，摆出一副迷茫、飘忽的姿态——很明显就是在昏迷的状态。

陆航远赶紧把这个情况告诉给专案组的老探长，却得到他这样的回答："我们已经知道了，并且查到了信号发出的地点，现正赶过去呢……"

听到这个消息，陆航远也很兴奋，赶紧站起来整理一下衣服，跑到女洗手间门口，冲着里面喊："小姝，有紧急案件要我赶过去，你自己找个地方吃个早饭吧。"

正对着镜子整理头发的小姝听到门口有人喊，赶紧一边答应着陆航远的话，一边跑了出来，一只手还拢着自己的头发，露出雪白嫩滑的脖颈。

见到半散头发的小姝，陆航远赶紧冲上前，在她的额上亲了一口，才急急忙忙地离开了……

当陆航远赶到老探长说的那个酒店的时候，刑警们已经进去了。由于手机定位还未能实现太高的精准度，专案组只好来到酒店的监控室，调出这两天的监控录像，特别是昨天晚上到今天早上这一时段的监控。

同时，老探长还安排了一批人分别在酒店几个门口把守，以免犯罪嫌疑人逃脱。此外，还请求指挥中心，派遣了附近的派出所民警在酒店附近展开巡逻和盘查。

半个小时后,在监控室调查的民警,终于找到了一个嫌疑对象。只见那人开着一辆 MPV 车进入了酒店的地下停车场,并从车上抱了一人,从地下车库乘上电梯,直接上了 66 层,并进了 6666 室。

酒店经理赶紧把该房间的登记信息打开,一个专案组并不熟悉的人,也没有任何的违法记录。

为了确认该房间入住人的情况,刑警吩咐酒店经理把这两天打扫该房间的服务员叫来。谁知,服务员却说该房间外面一直挂着"请勿打扰"的牌子,敲过门,但是里面传来男子的声音,说不用清扫、整理。

因为弄不清楚房间里面人员的身份,特别是那个被抱进房间的那个人的身份,所以专案组不敢轻举妄动。他们主要担心的是那个被抱进去的人会不会是人质。

就在大家陷入僵局的时候,前去检查停在地下车库那辆 MPV 车的民警报告情况说,经过核对信息,发现这辆车的车主正是傅珥,但是并未在汽车里面有更多的发现。

这时,察看监控录像的民警又有新发现——6666 房间的客人,在今天早上大约 7 点 15 分的时候,有一西装笔挺的男性离开了房间,并顺着这个线索,监控录像上显示在 7 点 18 分许,在酒店门口乘坐出租车离开了酒店。

得知这个情况后,老探长立即命令专案组扮成服务员,敲开了 6666 房间的门。可是,等了一会儿,里面也没有回应,办案人员担心里面发生什么状况。于是,命令酒店经理拿出备用钥匙卡强行进入房间。

陆航远随着办案人员一同进入到客房内,却发现余幼薇正躺在床上休息,见进来那么多的警察,吓得卷起被子在一边哆哆嗦嗦。

幸亏陆航远认识她,赶紧跳出来证明她的身份,并让大伙出去,只留下他和老探长。

"我们知道你跟倪武良在一起……"等其他人都出去了,陆航远对余幼薇说,心里却觉得有不少的尴尬。

"余小姐,是这样的,"老探长抢过话来,对余幼薇说,"我们正在抓捕倪武良,跟踪线索找到了这里。请你配合我们工作。"

"我不知道你们在说什么,请你们赶紧离开!"余幼薇从惊恐中慢慢恢复过来,强硬地冲着他们两个嚷道:"你们打扰到我正常休息,侵犯到我的隐私,干涉到我的自由了!我要投诉你们!请你们立即离开!"

"配合警方抓捕犯人,是每个公民应尽的义务!"遇到这么不讲理的人,老探长心里着实"起火"了。

"好吧。我怎么不配合了?"余幼薇扯开被子,露出内衣,站在床上。老探长和陆航远只好转过身去,背对着她。

"余小姐,请不要这样。你也算是个名人,不要忘了你的身份。"老探长说得很不客气,本来扑了空已经够晦气的了,现在还遇到这么一个泼妇。

"小薇,你快把衣服穿起来。"陆航远在一旁劝说,也不知道如何是好。

"怎么?我现在够配合了吧?你们有话就问吧……"

闹了半天,也没问出个有用的线索来。看来余幼薇对倪武良是死心塌地了——她竟然为了他,可以遗忘掉自己的身份,抛弃名人的尊严,放下淑女的形象。

她的这一点,令陆航远联想到昨夜今晨,小姝陪着自己的时候,不也是遗忘世界、遗忘时间、遗忘历史吗?

想到这些,陆航远默默地离开了房间……

复归于朴。
生与死,不过是同一样东西不同的两面。
道是沉默,弥漫一切……

79. 无法左右的嘲笑

哲夫成城,哲夫倾城。[①]

虽然,一直到最后,余幼薇也没有透露出一丁点有关倪武良行踪的线索。可是,民警们却在破门进入客房以后的 15 分钟后,在酒店大堂抓住了倪武良。

当民警抓他的时候,倪武良还端着一碗从外面买回来的生煎馒头。民警们看着他进了电梯,这时才一拥而上,把他堵在了里面。

眼看着无法逃脱,倪武良却恳请民警让他把这份生煎带给还在 6666 房间等着吃早饭的人。

他的这个请求,最后由陆航远帮他完成。

"昨天晚上,我跟他说,我要吃正宗的生煎馒头。他说,好的,今天早饭一定让我吃到。他离开房间的时候,我还没有醒来,他是

[①] 《诗·大雅》。

想让我在一睁开眼睛的时候,就能闻到这生煎的香味呢。"余幼薇穿着睡衣,坐在客厅的沙发上,手捧着这碗生煎,先是闻了闻它的香气,然后直接用手抓起一个狼吞虎咽起来。此时,泪水止不住地往下流,嘴里却念念有词:"好吃,真好吃……"

陆航远不知道该如何安慰她,却再也看不下去。走近她,只在她肩膀上轻轻地拍了两下,说道:"等允许见他的时候,我给电话……"本还想说些什么,竟是无语。

回到刑警总队,审问倪武良的工作正在紧张地进行。陆航远在审问室门口来回晃着圈,老探长看到他,当然明白他的心思。

于是,对他说:"别急,人都已经在这里了,会给你答案的。只是,现在先得把更加重要的事情审完。不过,他现在还不是很配合,可能要花些时间。"

"喂,谢谢探长!我明白的,给你添麻烦了!"陆航远说完,不好意思再杵在门口了。

正想着要到哪里去溜达一圈,小姝发了条微信过来:"想你了!(附带了一个"亲吻"的表情图,还有"漫天的星星")"

"我也是。"心里有些激动,陆航远稍微停顿了一下,才回了这三个字。在这之前,就是和冒梅茹在一起的时候,他们从来不会发那么肉麻的话。

"很想很想你!很想很想见到你呢!怎么办?(附带了一个"思考"的表情图)"

"那中午我们一起吃饭吧?"

"好啊,好啊!我现在就过来找你……等我哦(又是一个"亲吻"的表情图)"

"嗯,好的。我请你吃警察食堂……"

"好啊,好啊,好兴奋啊……(附带了一张两个小人拥抱的表情图)"

图,所表达出来的意思,远比单纯的文字要丰富和生动,因为它连人物的情绪也表达出来了。有了表情图的配合,一句单纯的文字语言,一下子使得在背后说话的人物形象丰满起来。

两个人在刑警总队的食堂吃得很开心,也引来不少同事羡慕或嫉妒的眼神。可是,在小姝的眼睛里,警察食堂是新奇的——先不管饭菜味道如何,光是来吃饭的一个个都穿着帅气的制服,就已经让她激动不已了。

陆航远将她带在一个位置坐下,问了她想吃什么以后,一个人跑到售饭窗口买菜、打饭去了。

等他买好饭菜回来的时候,却发现小姝脸色铁青。

"我们到外面去吃吧。"小姝拉拉他的衣袖,轻声说道。

"为什么?你刚才不还很兴奋的吗?"陆航远盯着盘里买的菜,很不情愿地被小姝拉着离开了,却只好把菜递给了刚进来食堂的同事。

两个人在离刑警总队不远的地方找了家干净的餐馆,点了两个小菜胡乱吃了起来。陆航远盯着小姝,却不见她说一句话。一副气急败坏的样子,盯着碗中的菜,偶尔抬头看两眼陆航远,却是迷离、愤怒的眼神。

陆航远不知道她出了什么事情,问她,她却只说没事。中午时间短暂,随便扒了两口饭,小姝就说要去学校上课了。陆航远见她一副不开心的样子,也不敢去招惹她。心里却想,等晚上她心情好一点的时候再安慰她吧。

本来下午陆航远要赶回"练兵办"去写简报的,可是,他心里惦记着审问倪武良的工作进展。于是,跟"练兵办"的同事打了声招呼,把简报素材发到邮箱,他坐到老探长的办公室去写这份简报了。

刚刚坐下来,办公室的一名刑警就凑了过来。

"小姑娘长得不错啊。"

"还行吧。"陆航远心里甜滋滋的,以为接下来他要夸奖自己的眼光好呀什么的。

"你胆子可真够大的,把这种小姑娘带到食堂来吃饭。"

"怎么了?什么小姑娘?"陆航远感觉到他话中有话,很是不妙的样子。

"你真不知道她是谁?她可是圈内知名的花魁啊!"说到这种事情,该刑警满口雌黄,说她和她的双胞胎姐妹如何风骚,如何风情万种,谁谁谁还跟她们有过"交情"。

陆航远早已经听不下去了,却碍于这是人家的地盘,而且自己的资历又浅,只好忍耐着、听着,就当是刺耳的鸭叫声。可是,当他在最后,还在自己面前极尽侮辱的时候,陆航远站了起来,把凳子甩到一边,愤愤地离开了。

其实,小妹不会让人联想到雨果笔下《悲惨世界》里描述的妓女芳汀吗?——寒冷的夜里,脸色苍白的芳汀为了给私生女寄去抚养费,特意穿着暴露站在妓院门口揽客。可是,三个嫖客却嫌她脸色苍白像僵尸,就有意侮辱她,并把冰雪塞进她的嘴里、衣服里。在一旁观看的巡警实在看不下去就要去制止,却被站在他旁边的巡官拉住。等到可怜的芳汀从背后反击侮辱她的嫖客的时候,巡官这才走过去,狠狠地踢了她一脚,并要治她的罪,还要判她六个月的牢狱,但是,对那三个嫖客却只是呵叱驱赶……

人们宁愿对《悲惨世界》里的芳汀满怀怜悯,但是却为什么容不下现实世界里的小姝呢?今天,发生在小姝身上的这种事情,被嘲笑的人是她、还是他们,抑或是这个社会?

想到中午小姝吃饭时候的闷闷不语,以及愤愤的情绪,陆航远赶紧在刑警总队门口拦了辆出租车,赶往小姝读书的学校去了。

他之所以急急忙忙去找小姝,不是为了要给她安慰,而是为了救赎自己……

把别人的嘲笑当成一种批评,而不管嘲笑者的初衷是什么,我们都应当把它视作警醒和提示——人们的嘲笑或许正是真理对谬论的态度,因为我们确实无法获得全面信息,却得出的那些自以为是的结论和观点。

80. 不可救药地喜欢

爱一个人或者尊重一个人,就是以一种高于这个人被利用时所得到的对待方式来对待她(或他)。

倪武良被捕的消息,很快就在全市传播开来了。因涉及其父的特殊背景,坊间各种流言四起。最后,终于把病卧医院的倪仁杰"吵醒了"。

"苏醒"过来的倪仁杰,马上下了床,出了医院,马不停蹄地奔走于全市上下,"放下架子"到处为其儿子求情、托关系。于是,民间又有传言:倪仁杰昏迷是假,躲避是真。为了独苗,什么事情都愿意做,也都做得出来。真是可怜天下父母心!

随着坊间流言的深度挖掘和传播,有关倪武良被捕过程的细节也被曝光开来。著名演员余幼薇,再一次被推到了社会舆论的风口浪尖。

她在宾馆是为了陪伴自己的爱人,不管这个世界多么的纷纷扰扰、是是非非,他们两个却依然爱得如此认真、单纯和坚定。这是听过了关于余幼薇和倪武良的爱情故事而赞叹的声音,不过,更多的则是质问和鄙视的话了——

——据说,余幼薇是在宾馆里调养身体,也不知道是什么病,还是刚做过什么手术。

——哎哟,现在的娱乐圈可乱了。像她这个年纪,这般长相,八成是倪武良这个公子哥包养的情人啦。

——哪是什么病?估计她那个是在保胎吧。

——保胎?不可能,像她这种正在上升期女明星,哪里敢要孩子呢?

——所以,我觉得她是刚刚做完了堕胎手术,在宾馆里休养呢。

——听宾馆里面的保安说,她是被倪武良抱着进了房间的,之后就一直没有出来过,也不让服务员进去打扫卫生。

——哦,这么说来,房间里面一定有不可告人的秘密。

——会是什么秘密呢?娱乐圈的秘密也就不外乎这几个:偷情、卖淫、吸毒、聚赌、怀孕、堕胎……

——看他们这副模样,不是偷情,就是堕胎了。

……

听了这么多的流言蜚语,龚功实在是痛苦极了。他已经猜到,关于余幼薇堕胎的事情,应该是真的。只是流言并不知道的是,她堕掉的那个孩子不是倪武良的,而是他龚功的。

其实,自从一个星期前没了余幼薇的音信,龚功就知道要出事了——她肯定是不顾自己的劝说,跑到医院去做人流了。虽然,打了很多电话,却一直是关机。也发了很多短信过去,也是一直没有回音。他还跑到她的家门口去等待,没有等到;又跑到片场,不见她的踪影……

那天,在倪武良被警察带走以后,余幼薇退了房,叫了辆出租车,本来要去父亲家的,可是,半路想到自己现在这副模样,难免会让他老人家担心和伤心。于是,余幼薇给常静去了个电话,只说请她帮忙找个住的地方,过渡几天。

常静已经听陆航远简单说了一下她的遭遇,现在她找到自己了,当然会给予所有的帮助。幸好冒梅茹已经搬出了灵秀汇,于是,常静就安排余幼薇住了进去,并叮嘱马拉好好照顾她,给她做饭、煲汤——就像坐月子的待遇那样照顾着。

偏偏在余幼薇搬进来的那天,在电梯口遇见了吴志德。虽然,在后面的几天流言满天飞的时候,他还是管牢了自己的嘴巴,可是,当他在酒吧遇见消瘦、苍老的龚功之后,忍不住和他八卦起了余幼薇的事情,并且爆料说:"余幼薇现在就躲在灵秀汇里……"

听到这个消息,本已经喝得昏昏沉沉的龚功,赶紧跑了出去,叫了车,就往灵秀汇赶。吴志德怕他出事情,也叫了辆出租车,紧紧跟着他。

当龚功冲进灵秀汇寻找余幼薇的时候,常静正陪着她在靠窗的角落里聊天。

酒气冲天的龚功,冲到她们面前,二话不说,扑通一声跪在余幼薇面前,直吓得她们二人以及旁边的其他顾客惊讶不已。

"你要干什么?"看到余幼薇说不出话来,常静挺身而出,问他想要做什么。

"小薇!"龚功想拉住余幼薇的手,却被她甩开了,只好跪在那里流着泪说:"小薇,求你给我一个机会,一个让我好好照顾你、疼爱你的机会……"

"你快起来呀,难看哇?"余幼薇环顾四周,看看跪在自己面前的龚功,又看看旁边的常静,不知道如何是好。

常静猜到定是余幼薇的追求者,只是现在整个情势不对,不然,她倒是愿意帮忙成人之美的。看到余幼薇无助的样子,常静对他说:"你看,这里是公共场所,有话到旁边的贵宾休息室谈,好吗?"

"小薇,我不怕难看!我已经错过你一次了,我不会再错过第二次,我已经伤害过你一次了,也不会再让你受伤了……"龚功根本没听常静的话,满嘴的酒气喷出来很是让人觉得恶心。

见他执迷不悟,常静只好叫了两个伙计,硬是把他驾到旁边的贵宾休息室里去。却弄得龚功像是杀猪似的嚎啕大哭:"小薇,我爱你!小薇,我们永远在一起!小薇,我们还可以一起再生一个孩子……"

"怎么回事啊?"吴志德一进来就看见龚功被人架走,那个样子就像是被人绑架了,他急忙走到余幼薇的身边问她。

"没什么事,散了,散了。"常静让吴志德等人散了。

"不是啊。前面他跟我一起喝酒来着,提到余小姐以后,他就奔了过来了……"吴志德想要打听。

"原来是你告诉他我住在这里啊!"余幼薇非常生气,跺了跺脚走了。

"你呀……"常静冲吴志德摇了摇头叹了口气,跟着余幼薇走了。——其实,她也不知道为什么摇头,或许只有通过这种视觉表象的传达方式,才能充分表达出想要表达的意思和某些观念吧。

"要不等他酒醒以后再谈吧?"常静追上余幼薇对她说道。

"算了,反正跟他也没什么好说的,我把自己的想法跟他说了也就结束了。"余幼薇说。

"那我让马拉给他倒杯咖啡醒醒酒,你先到自己的房间休息一会。"说着,常静吩咐马拉端了杯咖啡给龚功。接着,常静又陪着余幼薇在另一个VIP房间(现在是余幼薇临时的卧室)坐了一会,聊聊天。

半个小时过去了,马拉跑过来说龚功已经清醒得差不多了。余幼薇吐了口气,就要过去,常静在后面喊:"要我陪着吗?"——说完这句,自己就觉得后悔。

"我自己能应付,谢谢姐姐。"余幼薇冲常静笑笑,她知道这是好意。

推开门,余幼薇就看见龚功端坐在沙发上,双手撑着脑袋,手掌蒙着眼睛,头发凌乱不堪,一副没睡醒的样子。

当发现她进来,龚功立马站了起来,却不知道应该把手放在什么地方,在这种尴尬以后,他做出个"请坐"的手势。

余幼薇冲他笑笑,坐在龚功的对面,两个人的长谈就这样开始了……

人们爱一个人,却常常是以自己的认为最好的方式去爱。可是,这种方式往往不是被爱之人所能完全接受、最适合之的方式,有时甚至还是其最讨厌、最排斥的方式。

81. 无可避免的死亡

我是谁？这个世界如何开始？在这世界之外有什么？
我是怀疑者及可怀疑者。①
子曰："未知生，焉知死。"

当余幼薇进去以后，常静让马拉站在房间门口，并吩咐他注意里面的动静，一有什么不对劲，就要冲进去。

一个多小时过去了，房间里面似乎很安静，马拉把耳朵贴在门上，也没听清楚里面谈话的内容——很平静，平静得让人忐忑。常静忍不住就要进去看个究竟，这时候，龚功拉开门出来了，低着头，一副沮丧的模样，灰溜溜地逃走了⋯⋯

紧跟在后面出来的余幼薇则和龚功完全不同，她一脸的轻松，人也显得比之前精神了很多。看到她这种状态，常静已经舒了一口气。

"没事了，前面他也就是喝多了而已。酒醒了，把事情说开心，心结也就解开了。"余幼薇跟常静说着，长舒了一口气。

她们二人正说着，陆航远走了进来。

"对倪武良的审问已经告一段落了，再过两天应该就能安排你们见上一面。"陆航远显然很兴奋，但在余幼薇面前却故意压着这种情绪。

"谢谢你！"余幼薇平静地对陆航远说，却又像是在自言自语：

---

① 爱默生（Ralph Waldo Emerson，1830—1882），美国思想家、文学家、诗人。

"哎，不管怎么样，他一直以来都对我特别好，而且我又正好犯贱般地爱着他。剪不断，理还乱……"

"那么，小梅的那段录像也找到了？"常静还一直惦记着这件事情。

"拿回来了，拿回来了……"终于掩饰不住心中的喜悦和兴奋，陆航远开心地笑了起来。

"那就好，那就好！"常静也很兴奋，接着问他："告诉小梅了吗？"说完，好像想到了什么，心中责备自己一直以来的口无遮拦和直肠子。

"给她发了短信了，她说要感谢我，要请我吃饭呢。"陆航远并没有觉得常静问得唐突，依然保持着原来的状态。他的这个表现，倒是让常静心里似乎有一种转瞬即逝的失望，不过，更多的是欣慰——他们分手依然还是朋友！

"那很好啊，跟她说，我也参加哦。"常静说。

"嗯。好的。"陆航远说。

"对了，这个录像，你如何处置的？"常静还惦记着这段录像。

"放心吧，碟片都销毁了，硬盘也格式化了。"陆航远说着，显得很轻松的样子。

"倪武良的父亲没事吧？"余幼薇突然插话进来问陆航远。

"不是很清楚啊，他能有什么事呢？"陆航远不知道她问这话的用意。

"没事就好，希望他不会因为这件事情而倒下。"余幼薇双手抱拳做出祈祷的样子。

原来，倪仁杰听到儿子倪武良被捕的消息以后，立即从病榻中爬起来，动用自己的一切关系，想要从公安局把倪武良"捞"出来。

可是，就在他劳苦奔波、求爹告娘的时候，就是在还没等他找到"解救方案"的时候，倪仁杰倒下了——他从 50 多级高的政府门口，不小心一脚踏空从楼梯顶端摔了下来，终于又躺回了医院，这一次，他是真的不能说话和动弹了。

除了老干部局的同志，还有余幼薇、陆鸣远等人也去看望了他，并给倪家送去问候金和物品。可是，倪老太太却不再像前一次那样拉着人的手叙旧事、谈旧情、说旧恩……现在，她只是呆滞地盯着病床，显得如此苍老。

    东边日出西边雨，道是无晴却有晴。①

这些天，马拉特别的高兴，不管见到谁都满脸堆笑，就算是见到吴志德也是如此——其实，见到吴志德，马拉心里是特别高兴。

在吴志德的直接帮助下，固善投资预付了很大一部分土地收购款给涡轮厂，终于，在年前员工们拿到了一笔可观的安置费，每个人都可以高高兴兴地过年去了……

看着涡轮厂的案子能够告一段落了，冒梅茹把剩余的工作都交给了吴志德，她已经决定接受律师事务所的馈赠，赴英国继续深造法学学位。

临走之前，她向陆航远道别，两人成了好朋友，真的应了那句歌词：

    有时候交谈变得空洞 / 沉默却像沟通 / 当情人那么

---

① 刘禹锡《竹枝词》。

第三篇 蜕 变

沉重 / 当朋友反而轻松 ①……

离开滨海的那一天,陆航远和大小双姝到机场送别冒梅茹。三个女人抱在那里久久不愿道别,陆航远则在一边独自感伤、祈祷、祝愿。

"对了,大姝、小姝,等我到了英国,适应了、扎根了之后,你们可以考虑一起过来啊。"冒梅茹也不知道自己为什么突然会有这种想法,不过,想想如果有一天三人在伦敦聚首的画面,也是一件挺美好的事情啊。

"好啊,好啊!"大姝兴奋地答应着,小姝却在一旁笑而不语。

"我陪小姝过去玩玩就好,或者到时我们两个送大姝过去。"一旁的陆航远听到她们的对话,急忙过来,揽住小姝的肩,她则顺势倚靠在他身上,一齐冲她们两个微笑。

"唉,好吧。真是有了男人忘了姐妹啊!"大姝故意在一旁叹着气,小姝则赶忙过去安慰。

"好了,好了,我要走了。临行前,我问个很不礼貌,但是,却一直想要知道答案的问题。"冒梅茹把手放在行李车把上,一副要走的样子,问他们三个:"大姝、小姝,你们贵姓、名甚?"

四人对视好一会儿,突然,都大声地、爽朗地笑了起来……

除夕前一天,问候、祝福的手机短信满天飞。这个时候,会给很多长久不联系的人发去问候,当然也有很多长久不联系的朋友发来祝福。当然,大多数人都会在这些短信后面(或者前面,也有中间的)署上自己的姓名,估计大家都意识到,对方或许已经丢失

---

① 梁咏琪《有时候》。

了自己的手机号码了,有个署名,正好避免掉因长久没联系而遗忘对方的尴尬。

陆航远刚换了新手机,很多手机号码都还来不及输入进去,所以特别留意这些不显示来信姓名的短信,这样就可以直接储存号码,而免去从旧手机输入号码的麻烦。

这些短信五花八门,但却都是一个意思:祝福新春吉祥如意、身体健康、家庭幸福、事业腾达、学业进步,当然,还有现代人人都希望的"恭喜发财"。

除了以上说的这些内容,陆航远还收到了这么一条短信,让他原本喜悦的心情变得那个忐忑起来:"想要拿回你女朋友蒙小妹的不雅录像么?请准备好现金10万元……"

老子有云:"汝斋戒疏瀹(音同:越)而心,澡雪而精神。"——意思就是:诚恳地洗擦你自己,除去你一切仁义的德性,你就可以得救。

耶稣传福音:"你们若不回转,变成小孩子的样子,断不得进天国。"又有:"你们的义若不胜于文士和法利赛人的义,断不能进天国。"

潜·觉

人之死亡,无可避免。

科学家们在解释原子或其他这类的东西时,会做一些描述,通过这个描述,会在我们的头脑中产生一个图像。但是,随后科学家们会提醒你,这个图像并不是对原子的真正认识,科学家对原子的认识其实是一个数学方程式,那些图像只是帮助大家理解这个方程式。

图像没有告诉我们真实的东西,只是告诉我们一个大致类似真实的东西,它们只是帮助大家理解,倘若于我无益,可以不要这些图像。

这本书叙述的只不过又是一幅图像,不要把它当作事实本身。本书的目的在于促使有缘的读者心湖起风泛波澜,而后蒙学、蒙问并进行反思、反问,了解真实的自己,以及这些真实源于何处。当然,它若不能给你帮助,就不要理会它。

我们的生命来自他人,来自父母和所有的祖先,未经我们的同意,通过一个非常奇特的过程来到尘世,其中包含了快乐、痛苦和危险。

"我栽种了,亚波罗浇灌了,唯有神叫它生长……"

图书在版编目（CIP）数据

风起水波澜/ 牧太甫著.-上海：上海文艺出版社.2016
ISBN 978-7-5321-6156-0
Ⅰ.①风… Ⅱ.①牧… Ⅲ.①长篇小说－中国－当代
Ⅳ.①I247.5
中国版本图书馆CIP数据核字（2016）第312987号

发 行 人：陈　征
责任编辑：徐如麒
封面设计：钱　祯

书　　名：风起水波澜
著　　者：牧太甫
出　　版：上海世纪出版集团　上海文艺出版社
地　　址：上海绍兴路7号　200020
发　　行：上海世纪出版股份有限公司发行中心发行
　　　　　上海福建中路193号　200001　www.ewen.co
印　　刷：上海天地海设计印刷有限公司
开　　本：890×1240　1/32
印　　张：11.75
插　　页：2
字　　数：259,000
印　　次：2017年4月第1版　2017年4月第1次印刷
Ｉ Ｓ Ｂ Ｎ：978-7-5321-6156-0/I·4910
定　　价：38.00元
告 读 者：如发现本书有质量问题请与印刷厂质量科联系　T:13817973165